나의 천사
루시퍼에게

나의 천사

루시퍼에게

정진향 장편소설

arte

성난 하늘이 비를 뿌린다. 나는 운전석에 앉아 눈을 끔벅인다. 차는 시동이 꺼져 있다. 차창마다 빗방울이 동그랗게 매달려 있다. 타닥타닥, 빗소리가 투박하다. 눈이 감길수록 빗소리는 선명하게 들린다. 빗소리가 자장가 같다. 졸리다. 잠들면 안 되는데……. 눈꺼풀이 무겁다. 감기는 눈을 부릅뜨며 생각한다. 가만, 어딜 가려고 했지? 머릿속이 하얗다.

'도망가야 해.'

속삭이는 목소리는 내 것이다. 나와 내가 대화를 나눌 수 있을까? 졸려서 헛소리를 들었을지도 모른다. 나는 머리를 좌우로 흔든다. 축축한 것이 머리에서 이마로 흐른다. 으슬으슬 몸이 춥다. 히터를 틀고 따뜻하게 자고 싶다. 아니다. 안락한 침대가 있는 집으로 가야 한다.

'벌을 받을 거야.'

아득해지는 정신을 붙잡으며 되묻는다. 내가? 벌을? 무엇 때문에?

"그는 죄가 없어요! 누굴 죽인 것도 아니잖아요?"

차창 밖에서 날아든 목소리다. 날카로운 여자의 목소리에 나는 무거운 눈꺼풀을 간신히 뜬다. 빗방울에 뭉개진 붉은빛이 눈앞에 어른거린다. 눈을 감자 기다렸다는 듯 남자의 목소리가 따라온다.

"그는 죄를 지었으므로 벌을 받으리라."

"그는 어디 있죠? 그를 내가 있는 곳으로 데리고 가게 해주세요."

여자가 '그'를 찾는다. 남녀가 말하는 '그'는 누구인가. 나는 왜 그들의 싸움에 귀 기울이고 있는 걸까. 이토록 모든 것이 귀찮은데 말이다. 실눈을 뜨고 양쪽 창을 둘러보지만 까맣게 내린 밤과 뭉개진 불빛 외에 보이는 것이 없다. 목소리들은 계속 이야기한다. 남자가 단호한 음성으로 말한다.

"말할 수 없다."

"제발, 이렇게 부탁할게요. 앞으로 책임지고 그를 감시하겠어요. 다시 이런 일이 없도록. 그러니⋯⋯."

"너 또한 벌 받고 싶지 않다면 이곳을 떠나라."

나는 눈을 감은 채 미간을 모은다. 액체가 이마를 지나 미간 사이로 흐르는 것이 느껴진다. 걸쭉하고 뜨끈한 것. 흘러내리는 이것은 빗물이 아니다. 냄새가 난다. 이게 무슨 냄새더라?

생각하는 도중에 내가 다시 속삭인다.

'도망칠 수 있게 도와줘. 나를 들여보내줘.'

어디로? 차 안으로? 물어도 대답이 없다. 나는 차 안에 있는데 또 다른 나를 차 안으로 들인다는 게 말이 될 리가 없다. 꿈을 꾸고 있나. 몽롱하다.

'살릴 수 있어.'

살려? 누구를? 나의 질문을 무시하고 저를 들여보내 달라고 부추긴다. 과연 나는 누구의 목소리를 듣고 있는 걸까? 정말 나의 것인가. 일단 차문을 열어줘야 할까? 붙잡고 있는 핸들이 차갑다. 손가락 마디가 굳어 잘 움직이지 않는다. 콧잔등을 씰룩거리자 액체가 천천히 코를 타고 내려온다. 무슨 냄새인지 기억났다. 시큼한 피 냄새. 피다. 피라고? 왜 내가 피를 흘리고 있지?

"신의 꼭두각시, 제 머리로 생각하고 행동할 줄 모르는 머저리들! 너도 무서운 거겠지. 그분에게 밉보였다가 루시퍼처럼 강등당할까 봐."

간절히 부탁하던 여자가 태세를 바꿔 소리 지른다. 귀가 따갑다. 여자가 소리칠 때마다 머리가 울린다. 피곤하다. 남자와 여자가 어디서 싸우는지 차 안에서도 들릴 만큼 크게 싸우고 있다. 짜증이 난다. 여자의 도발에도 남자는 침착하게 받아친다.

"루시퍼는 스스로 타락한 것이지 강등당한 것이 아니다."

"그의 이름을 함부로 입에 담지 마라! 그는 너를 형제로 생각했다. 그런데 너는 어떻게 배신했지? 라구엘, 네가 미카엘의 무리와 다를 것이 무엇이냐!"

"릴리스, 너와 입씨름할 생각 없다. 놓아줄 때 가라. 너마저 벌을 받아 지옥 바닥에 갇힌다면 누가 그를 찾아내겠느냐? 그러니 가라, 어서."

남자의 이름은 라구엘, 여자의 이름은 릴리스. 그리고 그들 사이에 거론되는 그, 루시퍼. 나는 모르는 이름들이다. 나는 잠들기 위해 무시하기로 한다. 전부 나와 상관없는 이야기다. 계속들 싸우라지. 순간 조용해졌다. 이제야 잠들 수 있겠다. 몸이 무겁다. 정신이 몸에서 멀어진다. 갑자기 차 문이 열린 것 같다. 어디선가 찬 공기가 들어온다. 눈을 뜰 수 없는 대신 다른 감각들이 날을 세운다. 습한 아스팔트 냄새, 달라진 빗소리, 그리고 누군가가 내 어깨를 두들긴다. 나는 눈을 뜰 수 없다. 졸려서 미치기 일보 직전이다. 잠들지 못하게 하는 모든 것들에 화가 난다. 눈썹을 꿈틀거리고 있노라니 방금까지 들리던 그 남자, 라구엘의 목소리가 내 귓가에 들려온다.

"잊으면 안 된다, 루시퍼. 네가 무슨 죄를 지었는지. 그러니까……. 어쩌다 인간의 몸에 갇혔는지 말이다. 그것만이 너를 구원할 것이다."

루시퍼라니? 그에게 되묻고 싶다. 내가 루시퍼라고요? 아니에요. 내 이름은……. 내 이름은 그게 아니에요. 그게 아닌데,

아니란 말입니다. 남자가 핸들 위에 올려놓은 내 한 손을 잡았다 놓는다. 남자의 한숨 소리가 들린다. 차 문이 다시 열린다. 비 냄새, 빗소리가 쳐들어왔다가 고요해진다. 차 문이 닫힌 것이다. 그를 붙잡아야 하는데 몸이 움직이질 않는다. 눈을 뜨기는커녕 손가락 하나 까닥할 힘이 없다. 울부짖고 싶지만 통 목소리가 나오지 않는다.

에에엥.

누군가의 울음 같은 사이렌 소리가 들린다. 강하게 치고 들어온 소리가 가까워졌다가 이내 멀어진다. 잠, 잠이다. 드디어 아득한 잠의 세계로 빠져들고 있는 것이리라.

1

의문의 일기장

나는 예비 신혼집에서 착실하게 내일을 기다리고 있었다. 남들처럼 집을 장만하고, 그를 닮은 아이를 낳고, 그와 함께 늙어가다 죽을 날을 꿈꾸며. 순조로운 출발이라고 생각했다. 그 이상한 이름을 발견하기 전까지만 해도.

결혼식 전 장만한 집은 온기가 없다. 그도 그럴 것이 예비 신부 홀로 집을 지키고 있기 때문이다. 나는 썰렁한 거실을 지나 서재로 들어간다. 바닥에 탑처럼 쌓인 책들은 여행 책자에서 보았던 장가계의 풍경 같다. 나는 책 속으로 들어가 앉는다. 이 많은 책들을 언제 다 정리하나. 무심코 잡은 책들이 족족 내 것이다.

내게는 오랜 독서 습관이 있다. 표지를 넘기면 곧장 보이는 컬러풀한 면지, 그곳에 내 이름이 아닌 타인의 이름을 쓰는 것이다. 책과 관련된 또는 무관한, 그러나 떠오르는 누군가의 이름을 적어둔다. 추억에 젖어 한동안 책장만 들썩거린다. 별 하나에 당신, 이라더니 책 한 권에 당신, 이다. 소식이 끊긴 옛 친구의 이름을 손끝으로 더듬다가 그의 빈자리를 생각한다.

들쑥날쑥한 책 더미들, 그 사이로 유독 붉은 양장 표지의 책 한 권이 눈에 띈다. 빨간색 오돌토돌한 질감의 양장. 한 권만 더 들춰보고 책장에 꽂아야지. 얼른 꺼내와 만지작거린다. 표지에 제목과 작가가 적혀 있지 않다. 나는 여태까지 그랬던 것처럼 책장을 펼치고 면지 위의 이름을 찾는다. 면지는 까만색이다. 하단에 흰색으로 '고려'라고 적혀 있다. 낯선 글씨는 내 것이 아니다. 이름을 쓴 것이 그일 리도 없다. 내 버릇을 두고 갓난아기 살결에 문신을 새기는 짓이라 비난하던 그였다.

책장을 휘리릭 넘기니 바람이 인다. 귀 뒤에 꽂은 단발머리가 날린다. 귀밑머리에서 아침에 바른 에센스의 장미향이 난다. 뒤이어 눅눅한 습기에 엉긴 잉크 냄새가 따라온다. 인쇄된 글자가 있어야 할 자리에 손글씨가 있다. 이름의 글씨체와 동일한 흘림체다. 몇 장 더 훑어보니 누군가의 일기장 같다.

신혼집에 난데없이 발견된 낯선 여자의 일기장. 나는 일기를 쓰지 않는다. 내 것이 아니니 그의 것이어야 하는데 이것은 여자의 글씨체다. 다른 의미로 그의 것일 수도 있다고 생각되자 마른 침을 삼키게 된다. 일기를 쓴 날짜를 보니 그와 내가 만나던 때다. 설마……. 나는 아무 장이나 펼치고, 손에 짚이는 문장을 읽는다.

"내가 처음 이곳에 왔을 때가 생각난다. 얼마나 많은 일들이 있었던가. 우리 세 사람은 아주 많이 삐걱거리며 오늘에 이르렀다."

'세 사람' 중에 그가 포함되어 있는 것일까? 서재에 한참 앉아 있으니 엉덩이의 감각이 둔해진다. 나는 읽던 것을 챙겨 들고 거실로 나와 소파에 걸터앉는다. 벽시계를 보니 그가 돌아오기 까지 네다섯 시간이 남아 있다. 나는 일말의 의심을 다독인다. 일기장을 꼼꼼히 읽어볼 시간은 충분하다. 그와 관련된 여자의 것인지는 차차 밝혀지리라. 나는 일기장의 맨 첫 장으로 돌아간다. '그 여자가 나타났다'라는 문장으로 낯선 여자의 일기가 시작되었다.

그 여자가 나타났다. 그날처럼 몸매를 드러낸 타이트한 흰 셔츠에 까만 가죽 미니치마를 입고서 유유히 장미 슈퍼로 들어왔다. 핏빛 립스틱을 바른 그녀는 아무것도 사지 않고, 아무 짓도 하지 않고, 잠시 그렇게 서 있다가 말했다.

"안녕, 아가씨?"

그녀의 목소리에 팔뚝부터 오슬오슬 소름이 돋았다. 나는 넋이 나가 그녀를 바라보았다. 설마설마했는데 올 것이 왔구나. 내 인생에 등장한 그녀가 너무도 두려웠다.

지난겨울까지 나는 D시의 후미진 동네 원룸에 살았다. 대낮에도 인기척이 없어 자꾸 뒤를 돌아보게 만드는 골목 구석 집으로 해가 지면 주홍색 가로등 아래 소변을 갈기는 개, 말고 그 같은 아저씨들이 많은 변두리였다. 나름 인적이 드문 곳이라 부러 자리 잡았건만 얼마 지나지 않아 동네에 사건이 터졌다. 40대 남성이 숨진 채 발견된 것. 그것도 내가 사는 원룸 바로 앞에서.

　발견 당시 사체는 검은 정장 차림에 무릎을 모은 채 고개를 숙인 자세였다. 흡사 태아와 같은 모습이어서 사람들은 이를 두고 말이 많았다. 사체의 신원은 근처 아파트에 사는 이 모 씨로, 사인은 동사(凍死)로 밝혀졌다. 체내 알코올은 물론 다른 이상 성분이 검출되지 않았다. 어두운 골목에는 방범용 CCTV가 없고 주차된 차량의 블랙박스 또한 먹통이어서 사건의 가닥은 잡히지 않았다. 탐문 수사마저 별다른 수확이 없었다. 하지만 동네에서는 이 모 씨를 두고 뒷말이 많았다. 특히 같은 아파트 입주민들은 그가 반쯤 미쳤었다고 속살거렸다. 헛소리를 듣거나 헛것을 본다는 식이었다.

　피해자가 쓰러진 곳을 중심으로 거리마다 목격자를 찾는 플래카드가 걸렸다. 플래카드는 아침저녁으로 내 눈앞에서 바람에 펄럭거렸다. 나는 눈살을 찌푸린 채 그 앞을 지나다녔다. 원룸 계약 기간 연장을 두고 고민하는 사이, 그 일이 발생했다.

어느 때보다 고요한 밤, 침대에 누워 책을 읽던 참이었다. 느닷없는 폭발음이 들렸다. 놀라 움츠렸던 어깨를 펴고 4층에 위치한 내 방에서 창밖을 내려다보았다. 창밖은 평화롭기 그지없었다. 나처럼 밖을 내다보는 사람조차 없었다. 나만 들었나? 고개를 갸우뚱거리고 있는데, 가로등 불빛 아래 웬 여자가 서 있었다.

여자의 머리칼은 빨간색이었다. 주홍빛 가로등 불빛을 받아 더욱 붉게 번들거렸다. 그 붉은 빛깔에 홀려 있을 때였다. 시선을 느꼈는지 여자가 고개를 들었다. 먼 거리인데도 여자의 얼굴이 또렷하게 보였다. 눈코입이 시원스럽게 큼직큼직한 데다 가지런히 자른 앞머리 아래의 두 눈은 무척 검었다. 얼핏 보면 두 눈이 퀭하게 뚫려 있다고 착각할 만큼. 등골이 오싹했다. 나는 도망치듯 창문을 닫았다. 마음이 뒤숭숭해져 읽던 책을 덮고 스탠드 조명을 껐다. 잠을 청했으나 여자의 얼굴이 머릿속에서 떠나질 않았다.

플래카드를 걸어둔 지 한 달 만에 사건의 목격자가 나타났다. 피자 배달을 하던 남자가 범행 시간 즈음, 사건 장소에서 낯선 여자와 이 모 씨가 대화하는 모습을 보았단다. 문제는 여자의 외모에 있었다. 미모의 여성은 흰 셔츠에 가죽 미니스커트를 입고 있었는데 중요한 것은 무려 빨간 머리였다는 것이다. 같은 장소, 같은 인상착의의 여자. 이 모든 것을 우연이라 생각해야 할까? 나는 곧바로 짐을 쌌다. 내가 본 여자가 범인

또는 용의자라고 장담할 수 없지만 나를 소름끼치게 하는 존재인 것은 틀림없었다. 그렇게 야반도주해서 겨우 정착한 곳이 바로 D시에서 떨어진 G시의 장미 슈퍼였다.

올 겨울, 장미 슈퍼에 안착한 나는 어느덧 여름을 맞이하고 있었다. 5월 초가 되자 장미 길은 구불구불 철사 방범 구조물 사이, 높은 초록 대문 위, 하얗게 칠한 나무 울타리를 감싸며 꽃망울을 피우기 시작했다. 한여름이 되면 골목 전체가 붉도록 장미꽃이 피어날 것이었다. 그 때문에 이 길은 장미로 혹은 장미 길이라 불렸다. 안타깝게도 나는 막 아름다워지고 있는 이곳을 떠날 결심을 했다.

"저……. 그만둬야 할 것 같아요."

"뭐? 왜? 무슨 일 있어?"

계산대 곁에 앉아 TV 아침 드라마에 넋을 놓고 있던 슈퍼 아줌마가 돌아앉았다. 나는 계산대 옆 쿠션이 터진 의자에 앉아 있었다. 아줌마가 나의 양손을 붙잡으며 물었다.

"이렇게 갑자기? 정들자마자 가는 거야? 고려야, 안 가면 안 돼?"

저도 그러고 싶어요. 나는 목구멍에 걸린 답을 차마 내뱉지 못하고 머리를 숙였다.

"죄송해요."

생겨먹은 것이 이렇다 보니 하는 수 없었다. 어느새 나를 잘 알게 된 아줌마가 걱정스레 말했다.

"언제까지 떠돌면서 살 거야? 고단하지 않아? 돈이 문제라면 내가 도와줄게."

고단하지 않을 리가 있나. 부유하듯 떠돌며 간신히 벌어먹고 사는 동안, 나는 많은 것을 잃었다. 그녀가 고개 돌려 눈가를 훔친 후 다시 말을 이었다.

"왜 떠나야 하는지 이야기 안 해줄 거야?"

나는 D시의 사체로 발견된 남자를 떠올렸다. 헛소리를 듣고 헛것을 본다던 그. 붉은 머리의 여자와 대화를 나눈 뒤 사체로 발견된 이 모 씨. 내가 그와 같은 절차를 밟고 있는 건 아닐까. 이러다 어느 날 갑자기 죽은 채 발견될지도. 아니, 어쩌면 내가 돌아버린 걸 수도. 여자의 정체가 환영일지 알 게 무엇인가. 온갖 생각이 나의 의지를 확고하게 만들었다.

"아줌마……"

이상한 여자가 나타났어요. 어쩌면 내가 미친 걸지도 몰라요. 하고 싶은 말을 입에 품고 앉아 고개를 가로 흔들었다. 꼭 그 일이 아니더라도 시간이 지나면 언젠가는 떠나야 할 터였다.

사람들은 다양한 이유를 가지고 나의 세계로 파고들었다. 내게 다가서는 사람들을 마지못해 껴안으면 그들은 이내 나의 세계를 파먹으려 들었다. 혹은 고쳐놓으려 했다. 나의 세계를 그들 틈에서는 지킬 수 없다고 깨달은 뒤로는, 관계가 복잡해지면 살던 곳을 떠났다. 깊이 얽히는 것, 감정이 오고 가는 것을 기피했다. 그들의 세계를 떠나는 것으로 나의 세계를 지키고 있었다. 이번에도 아줌마가 붙잡고 있는 나의 일부를 힘껏 내리칠 작정이었다. 쌍쌍바처럼 반으로 똑 떨어져야 나도 살고 그녀도 사는데, 아플지언정 같이 붙어 있고 싶을 만큼 나는 그녀가 좋았다.

서른이 되도록 나의 삶은 이방인의 것이었다. 낯선 언어와 문화에 동화되지 못하고 겉돌았다. 눈치를 보며 어울리려 노력해보아도 간극은 좁혀지지 않았다. 그런 세상에서 나를 따뜻하게 안아준 유일한 사람이 장미 슈퍼 아줌마였다. 고졸에 고아, 고무줄로 질끈 묶은 머리. 누가 나를 받아줄까 싶었는데 그녀가 받아주었다. 아줌마는 일을 찾으러 왔다는 나를 보곤 두툼한 손으로 손뼉을 짝짝 쳤다. 내가 그녀의 선물이라 말하며 소녀처럼 기뻐했다.

그날부터 당장 장미 슈퍼에 달린 방에서 잠을 잤고 아줌마와 함께 밥을 먹었다. 시급 또한 넉넉했다. 딸 같아서, 라고 말하는 아줌마의 목소리가 좋았다. 아줌마가 싸주는 도시락도 좋았다. 아줌마가 TV 드라마에 넋을 놓으면 나는 등지고 앉아 책을 읽는 평범한 시간들이 좋았다. 누구보다 아쉬운 사람은 나라서 울상을 짓고 앉았노라니 아줌마가 지쳐 대답 듣기를 포기했다.

"알았다, 알았어. 새로 일할 곳은 찾았어?"

"아니요, 아직."

"월세가 비싸서 돈 모으려면 숙식 제공하는 곳이어야 할 텐데, 어째?"

얼룩덜룩 호피무늬 얇은 일 바지의 무릎 위로 아줌마의 양 손이 차지게 붙었다 떨어졌다.

"참! 미안한데 슈퍼 며칠만 더 봐줄 수 있을까? 진숙이 결혼 식이 금요일이라는 걸 깜박했네."

누차 듣고 지낸 터라 익숙해진 이름, 진숙은 그녀의 외동딸 이었다. 틈만 나면 결혼할 거라고 노래를 부른다더니 결국 가 긴 가는 모양이었다. 홀로 키운 외동딸을 분가시키고 자신의 삶은 슈퍼에 짱 박아둔 그녀의 뒤태가 나무 밑동마냥 펑퍼짐 했다. 나는 잠시 고민하다가 답했다.

"다녀오세요."

"미안해서 어째."

고마운 마음을 이렇게라도 갚고 떠난다면 홀가분할 터였다.

"며칠인데요, 뭘."

"그럼 이러자. 다녀와서 일자리 알아봐줄게. 알지, 나 아는 사람 많은 거?"

그녀의 너털웃음을 보며 나는 고개를 끄덕였다. 오늘이 수 요일이니 빠르면 내일모레, 늦어도 토요일. 사흘만 참으면 이 곳을 시원하게 털어낼 수 있을 터였다.

목요일부터 슈퍼 계산대를 혼자 지켰다. 나는 무릎 나온 연 보라색 운동복 차림으로 쿠션 터진 의자에 앉아 쏟아지는 햇 살을 맞았다. 기지개를 켜고 무료한 아침 시간을 TV로 달랬다. 점심은 즉석 밥에 야채참치 통조림으로 때웠다. 아줌마가 없으니 금세 식단이 부실해졌다. 잠깐 손님이 와서 바빴다가 조용해진 틈을 타 휴대폰을 들었다. 적당한 거리감을 느끼는 동시에 사회에서 소외되지 않았다는 확신을 갖고자 뉴스 기사를 기웃거렸다.

"이 나쁜 년!"

나는 TV를 힐끗 올려보았다. 네모난 상자 안에 어떤 여자가 울고 있었다. TV를 끄고 다시 모바일 기사에 집중했다. 자극적인 제목에 이끌려 클릭하며 내용은 대강 훑고 댓글에 신경을 쏟았다. 저마다 짓고 있는 표정들 위로 발 도장 찍듯 '좋아요' 혹은 '싫어요' 버튼을 눌렀다. 그렇게 한참 작은 휴대폰 액정을 들여다보던 참이었다.

"내놔! 이 도둑년!"

앙칼진 목소리에 곧장 TV를 노려보았다. 브라운관이 까맸다. 그제야 TV를 껐다는 사실이 생각났다.

"토해내! 아무거나 주워 먹고 다니는 더러운 년아!"

주인 없는 여자의 목소리가 허공에 둥둥 떠다녔다. 주변을 둘러보았다.

'에이, 설마……'

슬리퍼를 고쳐 신고 슈퍼 밖으로 나왔다. 열기에 달아오른 아스팔트 냄새와 커다란 초록 잎이 달린 가로수, 그 아래를 걷는 사람은 없었다. 아니길 바랐으나 틀림없이 환청이었다.

그 여자를 만난 후 이 모 씨처럼 환청이 생겼다. 처음에는 '야' 하고 부르는 정도였으나 욕을 퍼붓는 지경에 이르렀다. 바깥 환경의 소리와 조잘거리는 여자 목소리가 겹쳤다. 주로 하는 말은 제 것을 돌려달라는 것이었다. 듣기 싫어서 귀를 막거나 노래를 불러봤지만 소용없었다. 나중에는 보는 사람이 없는 틈을 타 대꾸했다. 무슨 일인지 모르겠지만 나는 당신 물건을 가져가지 않았어요. 그러면 여자가 뻔뻔한 년이라고 욕했다. 반대로 돌려주지 않을 거라고 으름장을 놓으면 도둑년이라 욕했다.

나는 허리에 양손을 얹은 채 좌우를 살폈다. 그리고 거나하게 욕했다.

"I, C방면! 좋니~ 십팔, 사략, 고르곤 졸~라, 개, 객귀 같은 게! 어디서 면~접 같은 소리를 하고 지렁이야?"

눈에는 눈, 이에는 이, 욕에는 욕. 독한 욕을 배우려고 인터넷 검색을 얼마나 했는지 모른다. 그러다 발견한 것이 욕 같은 의미 없는 말이었다. 입이 너덜너덜해질 정도로 신명 나게 떠들고 나니 환청이 잠잠해졌다.

"이런 말은 못 들어봤을 거다, 귀신아."

의기양양하게 슈퍼로 돌아가려는데 장미 골목 어귀에 웬 남자가 서 있었다. 호리호리하고 훤칠한 남자는 품이 넉넉한 흰 셔츠에 일자로 떨어지는 검정 슬랙스를 입고 있었다. 초여름 햇살 아래 그의 그림자만 유독 진하게 보였다. 가만 보고 있노라니 그가 불쑥 다가왔다.

"참치 캔, 어디 있습니까?"

남자의 목소리는 따듯한 온도로 시작해 차갑게 끝맺어졌다. 첫마디가 부드러운 듯싶다가 말끝이 공기 중에 섞이듯 흩어져 버렸다.

"참치 캔이오?"

처음 본 남자가 단박에 나를 슈퍼 점원으로 알아보았다. 무릎 나온 운동복에 맨발 슬리퍼, 내 모습이 그럴 만도 했다. 그에게 잠시 서 있으라 하고 참치 캔 하나를 들고 돌아왔다. 그가 두 손을 모은 채 온순하게 기다리고 있었다. 이상한 사람이다, 생각하며 그의 손 위에 참치 캔을 올려놓았다. 그러자 그가 인사만 하고 돌아서는 게 아닌가. 나는 그의 셔츠 자락을 붙잡으며 물었다.

"돈은요?"

그가 손을 주머니에 넣었다가 빈손을 빼 보였다.

"저기요, 돈 없으면 못 가져가요."

"외상⋯⋯."

"에, 헤이! 언제 봤다고 외상이에요? 오늘 처음 보는 얼굴이구먼?"

남자가 뭐라고 웅얼거리기에 한 발짝 다가서며 되물었다. 차가운 얼음 덩어리 곁에 서 있는 양 남자에게서 한기가 느껴졌다.

"뭐요?"

"루시퍼로 찾아오십시오."

"루시퍼? 그, 그, 그 루시퍼? 마, 마성의……."

그의 옷깃을 놓자마자 나는 두 손으로 입을 틀어막았다. 마성의 상담사, 루시퍼? 이 남자가 정말 그 남자? 그에 대한 명성을 익히 들은바, 머리가 빠르게 돌아갔다. 만약 이 남자가 진짜 그라면 이것은 하늘이 내려준 기회가 분명했다. 눈을 크게 뜨고 남자를 위아래로 훑어보았다.

"그걸 어떻게 믿어요?"

화난 개처럼 콧잔등을 씰룩거려 보였다. 내게 붙잡힌 채로 그가 새끼손가락에 있던 반지를 빼 내밀었다. 금빛 반지는 군더더기 없이 동그란 링이었다. 이리 보고 저리 봐도 그냥 반지인데 이걸로 뭘 어쩌겠다는 건지. 그가 의문스러운 나의 표정을 읽고 먼저 말을 꺼냈다.

"외상. 담보. 뭐 그런."

나는 고개를 꺾어가며 남자의 얼굴을 살폈다. 구릿빛 피부에 잘생겼다고밖에 할 말이 없는 얼굴에 감정이 없었다. 남자는 굳은 얼굴로 나를 보고만 있었다.

"이거 금이에요? 18k? 24k?"

참치 캔 하나쯤이야 내가 먹었다고 말하면 그만이어서 일단 외상을 허락했다. 남자가 슈퍼 모퉁이를 돌아 장미 길로 들어가기에 굳이 목을 빼 골목 안쪽을 보았다. 파란 하늘 아래 탐스러운 장미 꽃길, 그 가운데 걸어가는 키 큰 남자가 그림 같았다.

"사랑하기 좋은 날에 사랑하기 더 좋은 남자군."

나도 모르게 나온 말에 어깨를 부르르 털었다. 무언가가 마음을 툭툭 치고 있었다. 나는 반지를 맞는 손가락에 찾아 끼고 슈퍼 셔터를 내렸다. 마성의 상담사, 진짜 그일까? 입술을 삐뚤삐뚤 좌우로 꼼지락거리다가 장미 길로 뛰어갔다. 남자의 정체를 확인할 겸, 숨죽인 채 거리를 두고 뒤를 밟았다. 그를 놓칠세라 걸음을 재촉하면서도 발소리를 죽였다. 햇살을 튕기며 반짝이는 그의 긴 셔츠자락을 눈으로 쫓았다. 앞은 셔츠를 꽂아 넣고, 뒤에는 꺼내 입은 남자가 어울리지 않게 통통통 튀듯 걸었다. 어딘가 아빠 옷을 훔쳐 입고 나온 아이처럼 보였다. 나는 입가에 간지러운 미소를 지었다. 소리 나지 않게 입술을 때리며 마음을 단속했다.

장미 골목 끝에 다다랐을 즈음, 그가 우두커니 섰다. 나는 장미 넝쿨 뒤로 몸을 숨겼다. 그와의 거리가 불과 50미터 안팎이었다. 다행히 눈치채지 못했는지 별다른 행동 없이 어느 건물 안으로 사라졌다. 그제야 수면 위로 올라온 고래마냥 참았던 숨을 토해냈다. 호흡이 가쁘고 심장이 요동쳤다. 가슴을 다독이며 떨리는 발걸음으로 그가 들어간 건물 앞까지 걸어갔다. 대문 앞에는 붉은색 입간판이 서 있었다. 그곳은 장미 길에서 유일하게 장미나무가 없는 집, 악마 심리상담소였다.

"참치 캔, 그놈이 루시퍼의 그놈이었어. 진짜 그놈이었어."

요망한 콘셉트로 사람을 홀린다는 마성의 상담사. 소문에 의하면 그의 한마디에 실어증 걸린 여자가 폭풍 수다를 떨며 나왔고, 개마냥 끌려 들어간 남자는 다음에 또 만나요, 손을 흔들며 나왔다는. 그래서 점쟁이를 찾아가듯 찾는다던 그곳, 악마 심리상담소 루시퍼.

바람이 불 때마다 일찍 핀 장미꽃이 저들끼리 부닥치며 우수수 소리를 냈다. 비벼진 꽃잎에서 장미향이 퍼져 골목을 메웠다. 나는 낡은 2층 주택을 물끄러미 보았다. 저곳에 들어갈 수만 있다면 얼마나 좋을까? 환청 치료는 당연지사, 환영 같은 그 여자가 쫓아오지 못할 것은 덤 같았다. 오래 방치된 성처럼 장미 길에 꽃나무 없이 서 있는 벽돌집. 초록 담쟁이가 벽을 타고 올라가는 그곳이 안전한 요새로 보였다. 나는 팔짱을 낀 채 한동안 심리상담소 건물 앞에 서 있었다.

❯❯❯❯❯❯♥❮❮❮❮❮

박 여사가 2층으로 그를 불렀다. 식사 시간이 거의 가까워질 무렵이었다.

"하 선생, 참치 캔 하나만 사다줄래? 장미 슈퍼 알지? 골목 따라 쭈욱 큰 도로변."

그가 대답 않고 멀뚱히 서 있자 박 여사가 어투를 바꾸며 되물었다.

"너무 송구한 나머지 저녁 먹을 면목이 없다고 이러는 건 아니죠, 하연 선생님? 경영난으로 자책할 필요 없어요. 참치 캔만 사오면 맛있는 김치찌개를 끓여줄게요."

박 여사는 걸핏하면 그를 상담소 말아먹은 죄인으로 몰아세 웠다.

악마 심리상담소를 표적으로 한 비난 방송은 몇 번이고 재 방되었다.

"아, 그 루시퍼요? 진짜 악마 같은 놈이죠. 1회 상담에 50만 원인데 가만히 앉아서 말만 번지르르하게 하고 돈 벌기 참 쉬 워요. 제 친구도 두 번이나 갔는데 루시퍼가 이상한 종이에 서 명을 받았다네요? 그걸 가지고 뭘 하는지 알 게 뭐예요?"

피해자들의 증언이 끝나자, 이 심리상담소가 젊은이들을 현 혹해 사기 치는 곳이라고 기자가 직격탄을 날렸다.

방송이 나간 바로 다음 날부터 상황은 악화되었다. 상담소 대기실에 줄을 서던 내담자들은 고사하고 예약까지 줄줄이 취 소됐다. 방송이 나가고 한참 동안 전화기가 쉼 없이 울렸다. 받아보면 취소 문의고 또 받아보면 기자였다.

"당신은 악마입니까?"

그는 기자들의 질문에 시달렸다. 그렇다고 곧이곧대로 '네, 그렇습니다'라고 답할 수는 없는 노릇. 1층 영업용 전화선을 뽑았더니 그야말로 조용한 개인 주택이 되어버렸다. 예쁜 할머니와 잘생긴 악마가 사는 주택.

예쁜 할머니, 그러니까 변함없는 단발머리의 박 여사에게 떠밀려 그는 외부 계단을 밟아 내려갔다. 아래가 뚫려 마당의 잔디가 보이는 철제 계단이 불안하게 텅텅 울렸다. 고작 이런 꼴을 당하려고 인간의 몸에 갇힌 것인가. 그는 어금니를 사리물었다. 오늘도 아침 일찍 쓰레기봉투를 내놓고 온 그였다. 양쪽에 초록색 쓰레기봉투를 들고 다니는 것도 모자라 참치 캔 심부름이라니. 이런 처지에 놓인 것이 분하고 억울했다.

그는 암담한 마음으로 대문을 나섰다. 길에는 장미꽃이 피고 있었다. 빠른 걸음으로 장미를 피해 걸었다. 그는 장미꽃에 약했다. 장미꽃은 본디 천사들의 정화 의식에 사용되던 것. 악마로 지낸 세월이 길었던지라 인간의 몸을 입고도 그는 장미를 피해 다녔다. 장미꽃은 그에게 과거의 추억과 또 다른 과거의 고통을 떠올리게 했다. 그가 입고 있는 하연의 몸에 닭살이 돋았다. 그는 껍데기의 팔뚝이며 배, 목 언저리를 더듬으며 중얼거렸다.

"이건 루시퍼의 문제지, 하연 당신의 문제가 아닙니다."

그의 진짜 이름은 루시퍼, 스스로 빛나는 자. 새벽을 빛내는 별이라는 뜻으로 그분이 친히 지어준 것이었다. 한때 그는 모든 존재의 사랑을 받았었고 천사의 우두머리였다. 그가 장미길 끝 모퉁이를 막 돌 때였다. 여자가 하늘에 괴이한 소리를 지른 뒤 의기양양해하고 있었다.

"이런 말은 못 들어봤을 거다, 귀신아."

루시퍼는 여자를 자세히 보았다. 인간의 상처는 더러 곪아 터져 징그러운 몰골이기 일쑤였다. 누구든 작은 균열쯤 안고 살기 마련이므로 길을 걷다 보면 갖가지 추한 것이 시야에 들이닥쳤다. 때문에 루시퍼는 바깥출입을 삼갔고 나가더라도 고개를 숙이고 걷는 일이 잦았다. 그런데 한 번도 본 적 없는 부류의 인간이 나타났다. 핑크빛 유리 파편으로 짜 맞춰놓은 하트 모양의 심장은 잘 세공된 다이아몬드 같았다. 여자의 얇은 피부 밑에서 반짝이는 것은 상처 없이 순결한 심장이었다.

뒤늦게 인기척을 느꼈는지 여자가 돌아보았다. 그는 저도 모르게 여자에게 다가섰다. 하마터면 여자의 가슴에 손을 얹을 뻔했다. 물론 여체의 곡선이 아닌 심장 때문이었다. 인간, 너는 정체가 뭐지? 질문을 담은 눈으로 여자를 살폈다.

어깨 아래로 내려오는 곱슬곱슬 긴 머리, 시원하게 찢어진 눈, 하얀 피부. 얼굴만 보면 여자는 대학생 같기도 하고 연륜이 쌓인 기혼 여성 같기도 했다. 가벼운 복장에 슬리퍼를 신고 있는 것으로 보아 슈퍼에 왔거나 슈퍼에 있거나 둘 중 하나인 듯싶었다. 힐끔 장미 슈퍼 안을 보니 계산대에 있어야 할 늙은 호박이 보이지 않았다. 몇 개월 만에 찾은 슈퍼이니 직원 하나쯤 구했다고 해도 이상한 일은 아니었다. 그가 어림짐작으로 눈앞의 여자에게 물었다.

"참치 캔, 어디 있습니까?"

"참치 캔이오?"

여자가 물러서며 낯을 붉혔다. 애매한 미소를 보이던 여자는 총총 슈퍼 안으로 뛰어 들어가 참치 캔을 가져다주었다. 그가 감사 인사하고 돌아서려는데 대뜸 여자가 그의 옷자락을 붙잡았다.

"돈은요?"

무언가 사는 것이 익숙하지 않은 터라 미처 준비하지 못한 그였다. 그가 주머니를 뒤졌다가 빈손을 보여주었다.

"저기요, 돈 없으면 못 가져가요."

"외상……."

그의 입이 떨어지기 무섭게 여자가 소리쳤다.

"에, 헤이! 언제 봤다고 외상이에요? 오늘 처음 보는 얼굴이구면?"

"루시퍼."

여자가 알아듣지 못하고 몸을 바짝 붙여오자 통증이 밀려왔다. 그의 껍데기, 하연의 심장이 종(鐘)처럼 요란스레 울었다. 큰 종 머리가 흔들리고, 그 안에 쇠구슬이 종의 안쪽을 거세게 치는 양 통증이 전해졌다. 그의 눈동자가 좌우로 빠르게 흔들렸다. 아까 그가 여자에게 다가설 때는 아무런 문제가 없었건만, 그는 가슴을 부여잡으며 여자로부터 거리를 두었다.

"뭐요?"

그녀에게서 익숙한 냄새가 났다. 루시퍼는 코를 킁킁거렸다. 인간에게 어떻게 마귀의 냄새가 나는가. 이 여자, 뭐지? 그는 날뛰는 제 가슴을 다독이며 말했다.

"루시퍼로 찾아오십시오."

"루시퍼? 그, 그, 그 루시퍼? 마, 마성의…… 그걸 어떻게 믿어요?"

놀라 입을 틀어막던 여자는 가면극 배우처럼 표정을 잘도 바꿨다. 외부인을 경계하는 개처럼 으르렁거리는 여자의 곁에서 멀어지고 싶었다. 해서 왼손 새끼손가락에 끼고 있던 반지를 빼내 건넸다.

"외상. 담보. 뭐 그런."

"이거 금이에요? 18k? 24k?"

차후 돈과 반지를 맞바꾸면 되었다. 다행히 여자가 이해하는 듯 담보 외상을 허했다. 정중히 인사하고 돌아선 그는 빠른 걸음으로 걸었다. 세상 신기한 것을 본 그의 가슴이 아직도 벌렁거렸다. 여자는 그가 거쳐 온 모든 세계를 통틀어 만나본 적 없는 특별한 존재였다. 마귀 냄새와 순수한 심장이라니. 인간이 갖지 못할 것들을 다 가지지 않았나. 그는 참치 캔을 두 손으로 꼭 쥐고 종종걸음 쳤다.

얼마나 걸었을까. 여자에게서 맡았던 냄새가 장미 향기에 묻히지 않고 너풀너풀 그를 따라오고 있었다. 슬쩍 돌아보니 여자가 그를 쫓고 있었다. 루시퍼는 금방이라도 뛸 것처럼 속도를 내어 걸었다. 마귀 냄새는 분홍빛 연기 기둥으로 형상화

되어 그를 쫓아왔다. 참다못한 그가 제자리에서 빙글 돌며 냄새 꼬리를 노려보았다. 일순, 냄새가 그를 앞질렀다. 그를 반환점 삼아 돌더니 멀지 않은 거리에 숨어 있던 여자의 심장 속으로 뱀처럼 미끄러져 들어갔다. 여자의 투명했던 유리 심장이 탁한 핑크빛으로 채워진 것이다.

기겁한 그가 상담소로 뛰어 들어갔다. 참치 캔을 한 손에 든 채 마당을 가로지르고 시끄럽게 우는 현관 종소리를 지나 불 꺼진 상담실로 뛰어들었다. 문을 잠그고 엉금엉금 기어 책상 아래에 몸을 숨겼다. 자신이 무엇을 본 것인지 알 수 없다. 맥박이 잦아들지 않았다. 그는 두 다리를 끌어안았다. 루시퍼와 같이 양쪽 성격이 공존하는 인간. 문제는 저 특별한 존재가 가진 의도였다. 어느 쪽에서 보낸 방해꾼이지? 천사? 악마? 설마 그분이? 그럴 리가. 루시퍼는 불온한 제 생각을 떨쳐냈다. 인간이 된 후, 첫 꿈에서 구원의 길을 밝혀준 것이 그분이었다.

인간 천 명의 상처를 치유하고 새로이 재판 받으라. 그리하면 구원받을지니.

재판에 승소한다면 루시퍼는 천상으로 돌아갈 수 있었다. 그러므로 그분을 의심해서는 안 되었다. 그럼 도대체……. 그는 불안하여 손안의 참치 캔을 만지작거렸다.

"하 선생! 참치 캔!"

돌연 그를 부르는 박 여사의 우렁찬 목소리가 1층까지 들렸다. 현관문 종소리로 그가 돌아온 것을 안 모양이었다. 그는 책상 밑에서 기어 나왔다. 뛰는 심장을 다독이고 외부 계단을 부러 큰 소리 나게 밟으며 올라갔다. 얼마나 큰 위험을 무릅쓰고 참치 캔을 구해왔는지 모르는 박 여사가 늦게 돌아온 그를 타박했다.

"찌개가 다 끓어서 못 넣겠어. 뭐 하다 이제 오는 거야?"

그녀의 잔소리를 한쪽 귀로 흘리며 식탁에 앉았다. 가뜩이나 식욕이 없던 그는 음식을 보고 낙담했다. 김치 쪼가리들이 둥둥 뜬 국, 간장 속을 수영하는 마른 멸치들, 물김치와 백김치 사이 어딘가의 겉절이, 깨에 파묻힌 이름 모를 풀. 젓가락과 숟가락이 갈 곳을 잃고 주춤거렸다. 먹지 않고는 버티지 못하는 인간의 몸이 야속했다. 이곳이 틀림없는 지옥이라 생각하며 깨 가운데 풀을 찾아내 털고 있는데 박 여사가 별안간 제안했다.

"라디오 광고를 해보는 건 어때? 게다가 선착순 100명의 손님을 무료로 봐주는 거야. 좋은 일로 이미지도 바꾸고, 홍보도 하고. 일석이조잖아."

그는 박 여사의 손님이라는 단어를 내담자로 고치지 않았다. 손님, 고객, 내담자, 환자. 네 가지 호칭이 그녀 안에서 정리되지 못한 채 떠돌았다. 그녀는 무척 명랑한 60대였다. 하루하루 죽어가는 노파라고 보기에는 의구심이 들 정도로.

박 여사는 최근 부쩍 하고 싶은 것들이 많았다. 심지어 경영

난을 빌미로 당당하게 심리상담소의 영업권을 가져갔다. 루시퍼는 최대한 대거리하지 않았다. 말이 길어지면 휘둘릴 것이 뻔했다. 밥을 다 먹자 박 여사는 이례적으로 간식을 내주었다. 달달한 것에 약한 그를 구워삶으려는 속셈이 분명했다. 백화점에서 사온 특등급 수박이며 복숭아, 참외가 담긴 쟁반을 내밀며 본색을 드러냈다.

"이 난국을 헤쳐 나갈 인재를 뽑자."

그는 제 앞의 과일들을 보며 침을 삼켰으나 억지로 고개를 돌렸다.

"안 됩니다."

박 여사는 재빠르게 복숭아 껍질을 벗겼다. 달큰하고 풋풋한 복숭아 향이 금세 부엌 가득 퍼졌다. 그의 목젖이 꿀렁 움직이자 박 여사는 복숭아를 한입 크게 베어 물었다. 즙이 뚝뚝 떨어지는 복숭아를 쟁반 위에 놓고 다시 참외를 깎기 시작했다. 이번에는 향긋한 꽃과 흙냄새에 섞인 꿀 향이 그의 코앞을 스치고 지나갔다.

"자네, 기어이 상담소 문을 닫아야 속이 편하겠나."

불리할 때면 나오는 어르신 어투였다. 소녀처럼 낭랑하던 박 여사가 사뭇 진지하게 말하기에 과도 끝만 따라가던 그의 눈길이 좌우로 쭉 찢어졌다.

"이 시국에 월급을 어떻게 주려고 그러십니까?"

반달 모양으로 두텁게 자른 참외 한 쪽을 내밀며 박 여사가 생긋 웃었다.

"내가 보태면 돼."

저도 모르게 받으려고 뻗었던 손을 내리며 그가 헛기침을 했다. 박 여사는 참외를 맛있게 아삭아삭 썹으며 약을 올렸다.

"하 선생은 매사에 너무 차가워. 뾰족뾰족 고드름. 그래서 손님이 떨어진 거야."

오물오물 썹는 박 여사의 입을 바라보며 그가 어금니를 악물고 대꾸했다.

"고드름, 아닙니다."

"사각 얼음으로 합의. 아무튼 손난로 같은 여직원을 뽑자고."

상냥하게 돌아온 박 여사가 큼지막한 수박을 반으로 쫙 갈랐다. 시원한 소리에 그는 혼을 팔았다가 흐르려는 침을 삼키며 고집을 꺾지 않았다.

"여름입니다. 손난로 따위, 필요 없습니다."

박 여사가 양손에 복숭아와 참외를 꽉 쥐고 말했다.

"이대로는 내가 안 되겠어. 손님은 없지, 하 선생은 의기소침해 있지. 우리 상담소에 온기가 필요하다고 생각하지 않아?"

그가 자리를 박차고 일어섰다.

"의기소침, 아닙니다. 온기도 필요 없습니다."

과일을 양쪽에 들고서 박 여사가 발을 쿵쿵 굴렀다.

"내가 필요하다고!"

그동안 루시퍼는 벌어들인 수익의 일부를 꼬박꼬박 생활비로 냈다. 박 여사에 대한 고마움의 표시라기보다 독립적으로 영업하기 위한 방법이었다. 생활비를 현금 봉투에 넣어 건넬 때마다 박 여사는 절대 사양하지 않았다. 그에게 박 여사는 항상 더 가지고 싶어하는 인간이자 덜 가지고 싶어하는 인간이었다.

경기도의 한 요양원, 루시퍼는 그곳에서 천사 할머니로 불리던 박 여사를 만났다. 그의 기억 속, 박 여사의 첫인상은 천사보다 공주에 가까웠다. 허리가 굽거나 휠체어를 탄 노인들 가운데 꼿꼿하게 선 그녀는 까만 단발머리에 흰 얼굴이 거들어 흡사 백설공주 같았다.

박 여사는 여러 심리상담 관련 자원봉사자들 중 그의 방문을 제일 반겼다. 얼굴에 표정도 없고 냉랭한 그를 대놓고 편애하며 손주 대하듯 했다. 그가 오면 박 여사의 이야기보따리가 저절로 열렸다. 워낙 이야기를 좋아하는지라 그도 박 여사가 전래동화나 안데르센 동화를 들려주면 두 손을 모아잡고 경청했다. 이야기가 끝나면 박 여사는 그의 인생, 그러니까 인간 하연의 사연을 듣고 싶어했다. 의식이 있었다면 올해 32세가 되었을 인간 하연, 그는 교통사고로 삶을 송두리째 잃었다. 심리학과 대학원 졸업식 날 교통사고가 났다.

"연아, 너는 왜 자기 이야기를 남의 이야기처럼 하는 거야?"

그때만 해도 박 여사는 그를 '연'이라고 불렀다. 루시퍼는 사고 후 과거의 기억을 잃었다고 답했다. 틀린 말은 아니었다. 눈을 뜨고 보니 한국의 병원이었고, 머리가 깨져 아파죽겠는데 의사라는 작자는 더 중요한 환자가 있다며 돌봐주지 않았다. 지옥의 군주에게 감히 무례한 작태였다. 다행히 퇴마사협회에 한국인 신부는 없었다. 2014년 7월 2일, 로마 교황청에서 신부의 퇴마 행위를 공식적으로 인정했다. 국제퇴마사협회는 그해 30개국의, 퇴마 능력이 있는 250여 명의 신부를 보유하고 있었다. 지금은 얼마나 늘고 줄어들었는지 알 수 없지만, 그들은 어디선가 퇴마의식을 행하고 있을 터였다. 퇴마 청정지역 한국에 떨어졌으니 감사해야할밖에.

요양원에서 박 여사는 그의 손을 잡고 좀체 놓아주지 않았다. 인간의 체온이 기분 좋아 그도 뿌리치지 않았다. 그것이 인연이 되었다.

"연아, 나랑 사는 건 어떠니? 자네가 내 보호자가 되고, 나는 자네 후견인이 되는 거지. 내가 죽거든 다 자네에게 줄 수 있어. 내게 이층집이 있으니 우리 같이 살자. 때 되면 한 식탁에 앉아 밥 먹고 좋잖아?"

그는 박 여사에게 구체적으로 얼마가 있으며 언제 죽어줄 예정인지 묻지 않았다. 인간의 예의를 알아서가 아니었다. 본질적으로 인간의 무엇도 믿지 않기 때문이었다. 그가 인간의 몸을 입고 부닥치며 느낀 인간의 나라는 악의 소굴이었다. 지상은 약속을 어기고, 믿음은 깨부수는 세상이었다. 그럼에도 박 여사에게 그녀의 뜻대로 하겠노라 약속했다. 죽어가는 인간에게 그 정도 아량은 괜찮을 듯싶었다. 무론 그녀가 약속을 지킨다면 그 또한 나쁠 것이 없기 때문이기도 했다.

박 여사는 약속을 지켰다. 그는 인간으로서, 약속이 지켜진 것을 처음 경험했다. 박 여사는 하연의 전공을 살려 심리상담소를 차려보는 것이 어떠한지 물었다. 루시퍼는 그녀의 제안이 개인적으로 몹시 시기적절하다고 여겨 받아들였다. 상담소의 탄생이 그러하므로 사실 상담소가 그녀의 것이라 해도 과언이 아니었다. 그리고 모든 것은 차근차근 박 여사의 뜻대로 되어가고 있었다.

5월 중순이 되자 상담소 1층 대기실에는 자체 녹음한 라디오 광고가 반복되었다. 앳된 목소리의 성우가 코맹맹이 소리를 냈다.

"힐링을 해도 킬링만 남는 자, 심리상담소로 오라! 선착순 100명의 상처를 무료로 치유해드립니다. 루시퍼를 만나보세요. 경험하신 뒤에 판단해도 늦지 않습니다."

라디오 광고 성과는 박 여사의 투지와 반비례했다. 그녀가 불타오를수록 광고를 보고 찾아오는 내담자는 줄었다. 초창기 드문드문 찾아오는 이들이 있었으나 그마저도 뚝 떨어졌다. 때문에 루시퍼는 상담실에 앉아 화첩을 보는 시간이 길어졌다. 껍데기 하연의 관자놀이를 누르며 의자를 바짝 당겨 앉았다. 작은 스탠드를 켜고 책상 첫 번째 서랍을 열었다. 그 안에서 까만 벨벳 표지의 두툼한 화첩을 꺼냈다.

그가 펼친 장에 오스트리아 출신 미하엘 파허의 그림이 있었다. 그림 속 악마는 초록색 피부를 가졌다. 질긴 나뭇잎처럼 생긴 날개, 정수리에 붙은 뿔, 튀어나올 듯 동그란 눈, 족발 같이 생긴 두 발, 엉덩이에 달린 또 하나의 얼굴이 인상적이었다. 그는 화첩 속의 악마를 안쓰럽게 바라보았다. 중세의 초록색은 사냥꾼을 상징했다. 인간의 영혼을 사냥하는 악마를 표현하고자 인간들은 악마를 그릴 때 초록색을 썼다. 그리고 차츰 붉은색으로 변화되었다. 불꽃을 상징하던 천사의 색깔을 도리어 악마에게 쥐어준 것은 아이러니하게도 인간이었다.

생각에 잠겨 있는데 현관문 종이 시끄럽게 울었다. 누군가 현관문을 연 것이다. 초인종이 울렸던가. 기억나지 않았다. 만약 누군가 들어왔다면 2층에서 문을 열어준 것일 터였다. 2층 벨을 눌렀을 수 있다. 간혹 내담자들이 첫 상담에서 실수하기도 했다. 루시퍼는 화첩을 덮고 상담실을 나섰다.

대기실에는 두 여자가 서 있었다. 물방울무늬 원피스와 분홍색 셔츠에 청바지, 두 여자는 서로를 경계하며 멀찌감치 떨어져 있었다. 그는 양쪽 여자를 번갈아 보았다. 여름에도 땀한 방울 흘리지 않는 그의 등에 식은땀이 주르륵 흘렀다. 한꺼번에 어려운 문제 두 가지를 떠안게 된 셈이었다.

원피스를 입은 여자는 18번 내담자였다. 한동안 연락이 뜸

해 영영 오지 않을 줄 알았더니 제 발로 찾아왔다. 18번의 심장은 물에 젖은 솜뭉치처럼 생겼다. 불투명하고 끈적끈적한 액체가 썩은 내를 풍기며 잠식해가는 모양새였다. 그녀는 장기 치료를 시작했으나 오히려 수면 곤란과 두통, 건망증의 증세가 추가된 케이스였다. 그가 약물 치료 병행을 핑계 삼아 가까운 정신과를 추천한 내담자이기도 했다. 그는 사무적인 미소로 18번을 굽어보았다.

"죄송합니다. 내담자께서는 상담실에서 기다려주시겠습니까?"

18번이 무슨 영문인지 모르겠다는 얼굴로 상담실로 들어갔다. 이제 대기실에는 그와 분홍색 셔츠를 입은 여자가 단 둘이 마주 보고 서 있었다. 그는 마른 침을 삼켰다. 천사, 악마, 인간 그중 어느 것도 아닌 혹은 무엇도 가능한 위험한 여자, 그 여자가 루시퍼에게 인사했다.

"안녕하세요?"

그녀는 당돌하게 루시퍼의 눈길을 피하지 않았다. 여자가 움직일 때마다 그의 속이 부르르 떨리며 진동했다.

"저기요?"

여자가 고개를 꺾었다. 그날처럼 가슴에 통증은 없었다. 다만 과하게 뛰는 가슴을 진정시킬 필요가 있었다. 그가 하연의 가슴 부위를 토닥거리며 여자에게 물었다.

"어떻게 오셨습니까?"

"면접 같은 걸 보러 왔는데요. 그것보다 이거……."

면접? 그는 여자의 뒷말을 듣지 않고 복충 계단을 뛰어올라갔다. 위급한 때가 아니면 절대 밟지 않던 계단이었다. 박 여사는 거실 베란다 화분에 물을 주고 있었다. 루시퍼가 아래층 눈치를 살피며 속삭였다.

"1층에 이상한 여자가 와 있습니다."

박 여사가 돌아서자 하얀 앞치마가 핑그르르 돌았다.

"2층 초인종을 눌렀기에 내가 열어줬지. 그런데 뭐가 이상해? 못생겼어?"

"그런 말이 아닙니다."

"새로 온 직원이 예뻐서 놀란 거야?"

"예."

무심코 고개를 주억거린 그가 구체적으로 설명했다.

"아니요! 놀랐다는 말의 동의입니다. 상의도 없이 이러시면 곤란합니다."

"나는요, 하 선생. 어른으로서 책임감을 느껴요. 그 잘나가던 상담소가 이 모양이 되다니. 지금껏 하 선생이 뭘 하든 내가 참견했던 적 있었나요? 그래서 어떻게 됐죠? 잊지 마세요. 경영권은 내 손에 있어요."

"다른 건 뭐든 좋습니다. 하지만 저 여자는 안 됩니다. 저 여자는……."

뭐라 설명할까 잠시 입맛을 다신 후 결연하게 내뱉었다.

"무서운 여자입니다."

"어디가, 어떻게 무섭다는 말이지요? 얼굴이? 성격이? 과거가?"

설명할 길이 없었다. 수상쩍은 여자에 대해 설득하려면 우선 그가 어떤 존재인지 설명해야 할 터였다. 그가 인상을 찡그리고 있자 박 여사가 타일렀다.

"무서워할 것 없어요. 여자가 무서워지는 이유는 딱 한 가지예요."

뭘 알고 하는 말인가 싶어 루시퍼의 귀가 쫑긋 움직였다. 박 여사는 구겨진 종이를 펴듯 그의 등을 쓰다듬으며 말했다.

"소중한 것을 지켜야 할 때. 그게 진심이든, 비밀이든, 갓난아기든 말이에요. 지켜야 할 것이 생기면 여자는 무서워진답니다. 그중 무언가를 건드리지 않았다면 무서워할 필요 있겠어요?"

진심, 비밀, 갓난아기. 그게 다 뭡니까? 수수께끼 같은 단어들을 놓고 그는 미간을 좁혔다. 어느 하나 가져보거나 느껴본 적 없는 추상적인 개념일뿐더러 그의 두려움은 작은 여자의 존재 자체에서 비롯된 것이지 다른 것이 아니었다. 그가 잠자코 있자 박 여사가 근심스럽게 말했다.

"혹시 아는 사이?"

장미 슈퍼 이야기를 해야 하나, 생각하던 와중에 그녀가 놀라며 제 얼굴을 가렸다.

"어머, 설마! 아이는 아니길 바라요. 벌써 할머니라니 싫어요."

"절대, 아닙니다."

"아니면 다행이고. 자, 어서 내려가요. 1층에서 면접 끝나면 2층으로 보내줘요. 차 한 잔은 대접하고 보내야지."

그는 박 여사의 지침을 받고 외부 계단을 밟아 내려왔다. 그는 하얗게 반지 자국이 생긴 왼쪽 새끼손가락을 허공에 쳐들고 보았다. 찾으러 가야 했으나 자신이 없어 그냥 둔 지 오래였다. 그런데 그 여자가 직접 찾아왔다.

복층 계단으로 사라졌던 그가 현관문을 열고 들어오니 기다리던 여자가 놀랐는지 눈을 크게 뜨고 있었다. 여자는 아침 햇살을 받으며 반짝반짝 빛났다. 그는 대기실 창문의 암막 커튼부터 쳤다. 어둠 속에서 비로소 안정감이 생겼다. 둘은 안내 데스크로 자리를 옮겼다. 여자에게 안내 데스크 앞에 놓인 간이 의자에 앉기를 청했다. 여자는 등받이가 없는 동그란 쿠션 위에 올라 앉았다. 그는 연필이며 볼펜, 먹고 버린 초콜릿 포장지가 어지럽게 굴러다니는 안내 데스크 위에서 한 권의 예약일지를 골라 맨 뒷장으로 넘겼다. 루시퍼는 최대한 여자와 눈이 마주치지 않도록 하며 질문했다.

"면접을 볼 겁니다. 1층에서 한 번, 2층에서 한 번. 동의하십니까?"

"네. 저기, 그런데요."

주도권을 빼앗기지 않기 위해 그가 단호히 자르며 물었다.

"왜 하필 이곳입니까? 보시는 바와 같이 망해가는 중입니다만."

여자는 꼼지락거리던 손을 무릎 위에 얹고 태평하게 말했다.

"슈퍼 아줌마가 추천해주셨어요. 숙식제공에 꽤 괜찮은 일자리가 있다고요. 마침 일자리를 구하고 있었거든요. 그건 그렇고……."

루시퍼는 펜싱 선수처럼 정확하고 빠르게 찔러 물었다.

"나 때문이 아니고 말입니까?"

"아, 아니, 그럴 리가요. 설마하니 그쪽 때문에……."

"어째서 놀랍니까?"

"제가요? 아닌데? 아니에요."

여자가 두 손을 흔들어 보였다. 그중 손가락 하나가 반짝거렸다. 그가 외상 명목으로 내놓은 반지가 여자의 약지에 끼워져 있었다. 그에게 반지는 늘 거추장스러운 것인 동시에 중요한 것이었다. 반지가 그의 것이 아니기 때문이었다. 저걸 받긴 받아야 하는데. 기세를 잡으려는 이때에 반지 이야기를 꺼내는 것은 구차할 것 같았다. 그는 반지에서 시선을 떼고 덤덤히 물었다.

"이력서는 가져왔습니까?"

"가져와야 하는지 몰랐어요. 따로 연락 받은 게 없어서."

"기본 아닙니까?"

"죄송하네요."

여자가 입술을 한쪽 방향으로 모아 불성실하게 답했다.

"솔직히 말해보십시오. 무엇 때문에 이곳에 온 겁니까?"

"말했잖아요. 추천 받았다고. 그리고 겸사겸사……."

무릎 위에 다소곳이 올라 있던 여자의 손이 분주하게 움직였다.

"추천하면 어디든 괜찮았던 게 확실합니까?"

여자의 손이 다시 멈칫했다.

"제가 시끄러운 걸 싫어해서요. 와보니 여기면 조용하고 좋겠다 싶었어요."

"이곳이 망해서 좋았다, 그 말입니까?"

"아니, 그런 말이 아니고……."

"여기서 더 망하기를 바란다는 말입니까? 그쪽 취향을 위해?"

여자가 격하게 다리를 떨며 목소리를 높였다.

"이거 압박 면접인가요? 왜 절 떨어뜨리려는 것 같죠? 설마 기분 탓인가요? 아니, 기본 탓인가? 기본이 없는 탓?"

흥분한 여자의 반응을 싹 무시하고 그는 다음 질문으로 넘어갔다.

"이름이 뭡니까?"

무언가 포기한 사람처럼 그녀가 대꾸했다.

"고려예요. 높을 고 자에 아름다울 려."

여자의 손가락이 공중에 무언가를 날려 썼다. 한자를 휘갈기는 듯했다. 그 손가락 끝이 간지러워 루시퍼는 눈을 내리떴다. 무엇을 더 물어야 할까. 생각나지 않아 백지에 여자의 이름을 한글로 적어 넣었다. '고려'라는 이름 곁에 '너는 누구냐' 하고 쓸 때였다.

"저기요, 그렇게 비웃지 마세요. 그러는 그쪽은 이름이 어떻게 되세요?"

루시퍼가 고개 들고 여자를 똑바로 보았다. 여자의 눈동자가 부드러운 갈색이었다.

"누가 웃었단 말입니까?"

"그쪽이요. 방금 웃었잖아요."

"내가 말입니까?"

"이렇게."

그를 따라하는 듯, 여자가 오묘한 표정으로 웃었다. 분명 어그러진 웃음인데도 마주하고 있노라니 그의 가슴 위로 물결이 일었다. 루시퍼는 괜히 회색 린넨 재킷 앞섶을 여몄다. 아주 수상쩍은 존재가 틀림없어. 거리를 둬야 해. 그는 안내 데스크를 나와 복도를 지나 상담실까지 걸어갔다. 온 신경이 등 뒤의 그녀에게 뻗어 있었다. 어리둥절해 앉아 있을 그녀를 상상하며 귀찮은 것을 쫓아버리는 투로 일러주었다.

"2층으로 가보십시오. 노부인이 기다리고 있을 테니."

상담실 문이 열리고, 닫혔다. 그는 상담실 안에서 문손잡이를 잡고 엉덩이를 뒤로 쭉 뺀 채 문밖의 상황에 귀 기울였다. 18번이 그의 뒤태를 보고 있을 테지만 신경 쓸 여유가 없었다. 드디어 고대하던 그녀의 발소리가 들렸다. 크게 숨을 내쉬어도 가슴이 꽉 막힌 듯 답답했다. 앞으로 여자와 함께하게 될 터였다. 적을 멀리 두느니, 가까이 두고 보겠다. 언제든 처리할 수 있도록. 단단한 다짐과 달리 그의 심장은 자꾸만 말랑말랑해졌다.

＊＞＞＞＞♥◁◁◁◁＊

악마 심리상담소 건물은 복층 구조였다. 나는 남자의 지시에 따라 내부 계단을 통해 2층으로 올라갔다. 난간을 잡고 오르다가 왼손 약지에 낀 반지가 눈에 들어왔다. 반지를 돌려주려 했건만 끝까지 말을 자르는 통에 전하지 못했다. 참치 값보다야 비쌀 텐데. 받고 싶은 마음이 없는 건가? 계단 몇 개를 밟다 말고 멈춰 선 채 괘씸한 남자의 모습을 떠올렸다.

　그을린 얼굴에 눈썹을 가릴 정도로 자란 웨이브 진 머리칼, 뜨고 있어도 반달 같은 눈매에 눈꼬리는 살짝 위로 올라간, 그래서 웃는 것 같기도 화가 난 것 같기도 한 인상이었다. 그의 앙 다문 입술은 작은 새의 부리처럼 앙증맞은데 적당한 높이의 콧날이 뛰어 노는 인상을 한데 모으는 조화를 부렸다. 작고 동그란 얼굴에 긴 목이 더해져 남자의 이미지는 묘하게 여릿하기도 하고 날카로웠다.

"저 때문에 온 거냐고? 허 참!"

화끈거리는 얼굴에 손부채질을 하며 기가 차 중얼거렸다. 남자가 화를 돋우었는지, 두 볼이 불덩이 같았다. 남은 계단을 마저 올라갔다. 2층에 다다르자 제일 먼저 거실 창이 눈의 띄었다. 한쪽 벽면을 통유리로 짜 맞춰 놓은 창으로 햇살이 눈부시게 쏟아졌다. 4인용 'ㄱ'자 흰색 소파와 벽면에 걸린 TV가 가구의 전부라서 공간이 더 넓어 보였다.

나는 면접 본던 노부인을 찾아 두리번거렸다. 어디선가 달그락거리는 소리가 들렸다. 뒤꿈치를 들고 기척을 따라갔다. 구석진 베란다에 웬 여자가 쪼그려 앉아 있었다. 흰 머리칼이 정수리에 조금 나 있었다. 위에서 보지 않으면 절대 모를 위치였다. 줄무늬 셔츠에 롱 치마를 받쳐 입은 뒷모습이 날씬해서 노부인이라는 호칭이 어울리지 않을 만큼 젊어 보였다.

"안녕하세요?"

나의 갑작스러운 인사말에 돌아본 부인은 고운 얼굴을 구겼다. 이게 뭐야? 하는 표정이었다. 나는 엉성하게 서서 스스로를 설명했다.

"1층에서 올라가라고……."

"아하, 저런. 일이 이렇게 됐네. 당신이군요? 만나서 반가워요."

저런? 일이 이렇게 돼? 뭔가 불만족스러운 탄식 같아서 나는 머쓱한 얼굴로 웃었다. 부인이 장갑을 벗어 아무 곳에나 던졌다. 앞치마에 손을 닦으며 앞장서더니 자리를 안내했다. 그녀가 식탁 위의 찻잔에 원두커피를 따르며 앉기를 권했다. 부인에게서 나는 흙냄새와 커피 향이 묘하게 어우러졌다. 나는 티 나지 않게 부엌을 살피며 의자에 앉았다. 고풍스러운 꽃문양 패턴의 의자 쿠션이 폭신했다. 원목으로 통일시킨 부엌 인테리어가 고상했다. 부인이 말을 시작하기에 커피 잔에 손을 가져갔다. 금테를 두른 꽃문양 잔이었다.

"이야기 들었겠지만 상담소 사정이 어려워요. 그래서 손님을 적극적으로 끌어와줄 젊은 사람이 필요했답니다. 그런데 괜찮겠어요? 이런 예쁜 아가씨를 우리 집에 가둬도 될까 몰라. 여기 정말 조용하거든요. 젊은 사람들은 싫어하죠? 절 같아서?"

그녀가 온화한 얼굴로 커피 한 모금을 마셨다.

"아니에요, 마음에 드는걸요."

나는 부인의 손동작을 흉내 내며 새끼손가락 하나를 살짝 치켜세우고 잔을 들었다.

"손이 예쁘네요."

박 여사가 찻잔을 든 내 손을 칭찬했다. 손가락 마디가 그리 가늘지 않은지라 진짜 칭찬은 아닐 거라고 생각했다. 뭔가 대화거리를 찾는 것이겠지. 무안하여 그냥 웃고 있는데 그녀가 다시 말했다.

"남자 친구? 아니면 미래의 남편?"

하필 맞는 손가락이 네 번째인 것을 어째. 그 자리에 반지를 꼈으니 오해할 만도 했다.

"아니요. 이건……"

이 집 아래층 남자와의 일을 말하려던 참이었다. 박 여사가 말꼬리를 돌렸다.

"그건 그렇고, 우리 아가씨를 뭐라고 부르면 좋을까요?"

붙잡고 구구절절 설명하기도 뭐해서 그녀가 이끄는 대로 대화를 이어갔다.

"편하게 불러주세요."

"려 양, 어때요? 난 박 여사라고 부르면 된답니다."

슈퍼 아줌마와 통화하며 내 이름을 이미 전해들은 것 같았다. 아줌마는 상담소의 박 여사와 친분이 있었다. 전화통화를 하다가 때마침 심리상담소에서 사람을 구한다기에 나를 추천했단다. 내게는 아줌마의 제안이 양식 그득 쌓인 성(城)과 잘생긴 성주를 거저 준다는 말처럼 들렸다. 마음속에 품고 입 밖에 낸 적이 없었건만 일이 술술 풀렸다. 아니, 아니지. 성주는 빼고. 성만.

우리는 마주 보고 웃으며 커피를 한 모금씩 마셨다. 나는 뜨거운 것을 잘 마시지 못해 후루룩 소리를 내며 조금씩 들이켰다. 박 여사는 찻잔을 들었다가 놓을 때까지 소리 하나 나지 않았다. 그녀의 몸짓은 영화에 나오는 영국 귀족처럼 우아

했다.

"방은 준비해놓을 테니 다음 주 월요일에 들어오는 걸로 해요. 앞으로 우리 루시퍼 잘 부탁하고요."

그녀가 다짜고짜 일어나기에 따라 나왔다. 내 잔에는 커피가 그대로 남아 있었다. 박 여사가 나를 배웅하며 덧붙였다.

"나갈 때 내부 계단 이용해도 좋아요. 하 선생은 쓰지 않는데, 려 양은 부담 없이 썼으면 해요. 하 선생이 괴롭히면 언제든지 2층으로 도망 오고, 알겠죠?"

상담소 건물을 나서며 나는 빳빳이 세웠던 허리에 힘을 뺐다. 장미 길을 걸으며 긴장으로 굳은 목을 빙글빙글 돌렸다. 목에서 우두둑 소리가 났다. 나는 박 여사의 마지막 말을 되새기며 툴툴거렸다.

"감히 누굴 괴롭혀?"

나는 몽둥이를 휘두르는 양 허공에 매질을 하며 걸었다. 상담소와 장미 슈퍼는 가까웠다. 금세 도착해 슈퍼 문을 열자 계산대에 앉아 졸고 있던 아줌마가 번쩍 눈을 떴다. 어서 오세요, 말하려다 말고 잠에 취한 눈으로 면접은 잘 봤는지 물었다. 월요일부터 그곳에서 지내기로 했다고 말하니, 좋으면서도 아쉬워하는 눈치였다.

드디어 입주 당일, 장미 슈퍼에 자리 잡던 날과 조금도 변함없는 캐리어를 끌고 상담소 앞에 도착했다. 초인종은 알아보기 쉽도록 매직으로 1, 2층이 나뉘어 적혀 있었다. 처음 방문할 때 눌렀던 2층 초인종을 누르자 곧장 문을 열어주었다.
마당에 들어서자 박 여사가 2층 난간에서 나를 기다리고 있
었다.

"덥죠? 어서 들어와요."

나는 꾸벅 인사하며 외부 계단을 올랐다. 캐리어를 들고 오
르려니 힘이 부쳤다. 마성의 상담사는 보이지 않았다. 박 여사
가 나를 거실로 맞아들였다. 소파 아래에 캐리어를 옮겨놓고
박 여사를 따라다니며 집 구경을 했다. 거실과 연결된 부엌이
2층 면적의 주를 이루고 안방과 창고로 쓰는 작은 방이 각각
하나씩 있었다. 그녀는 수줍게 웃으며 자신이 주로 있는 곳은
안방이 아니라 베란다라고 소개했다. 박 여사를 처음 마주한
곳이기도 했다.

"어머, 나 좀 봐! 오늘 화분에 물 주는 걸 깜박했네. 여기 잠
깐 있어 봐요."

그녀가 베란다로 뛰어갔다. 나는 잠시 긴장을 풀고 돌아보
았다. 거실 베란다에는 일렬로 꽃 화분이 늘어서 있었다. 작약,
수국, 봉선화, 팬지. 그 외에 이름 모르는 화분들의 흙도 전부
촉촉하게 젖어 있었다. 다른 집들은 죄다 장미꽃만 키우는데,
여기는 화분을 키우는구나. 창밖으로 시선을 옮겼다. 2층은 밖
에서 보는 것보다 높았다. 상담소의 초록 마당과 장미 길이 훤
히 보였다. 그때, 보지 말아야 할 것을 보고 말았다.

장미 길 중앙에 서 있던 여자를 발견한 것. 굽이치는 긴 머

리카락이 장미꽃 가운데 유달리 붉었다. 설마 저 여자가 또 나를 따라온 것인가. 말도 안 된다고 생각하며 도리질을 치는데 때마침 여자가 나를 향해 손을 흔들었다. 꽉 쥔 주먹에 땀이 찼다. 별안간 무언가에 묶인 듯 몸이 말을 듣지 않았다. 여자가 한 번 더 손을 흔들자 이내 몸이 자유로워졌다. 넋을 놓고 있다가 정신을 차리니 여자는 장미 길에서 사라지고 없었다. 사람이 그렇게 빨리 사라질 수 없는 노릇이었다. 100미터를 몇 초에 뛰어야 장미 길을 벗어날 수 있을까? 애초에 실존하는 사람이 아니었던 것은 아닐까? 환청에 이어 환영인가? 혼란스러운 와중 박 여사의 목소리가 들렸다.

"우리 아가들, 목말랐지?"

나는 몸을 돌렸다. 당장 만져지고 느껴지는 누군가가 필요했다. 황급히 박 여사가 있는 베란다로 갔다. 그리고 말을 걸었다. 몸을 떨어서인지 목소리도 떨렸다.

"1층 상담사 선생님이랑은 모자지간이에요?"

그와 박 여사는 하나도 닮지 않았다. 그가 아버지를 닮았다고 생각할 수도 있지만 두 사람은 혈연관계로는 보이지 않았다. 서로 적당히 예의를 차리고 존중하는 것으로 보아 명확한 거리감이 느껴졌다. 박 여사가 하얀 물뿌리개를 놓고 작은 분무기를 손에 들며 나를 돌아보았다.

"우린 요양원에서 만났어요. 하 선생이 심리상담사로 봉사 왔었죠."

베란다로 넘어가는 문턱이 생각보다 높게 올라와 있었다. 확실히 보고 건너갈 생각으로 한쪽 다리를 들었을 때였다. 박 여사가 맥락 없이 눈가를 훔치며 말했다.

"교통사고로 부모님이랑 여동생을 잃고 혼자 살아남았대요. 그 후로 저렇게 꽁꽁 싸매고 사네. 상처가 많아서 그렇지 원래부터 차가운 사람은 아니에요. 아가씨가 우리 하 선생 동생도 친구도 되어주면 좋겠어요."

교통사고라는 단어가 색색의 물 풍선으로 변해 내 몸에 부닥쳐왔다. 어쩌면 그 여자의 영향일지도 몰랐다. 굳었던 몸이 순식간에 풀리는 바람에 나는 앞으로 고꾸라졌다.

"괜찮아요?"

무릎이 까지고 발목을 심하게 접질렀다. 통증 때문에 신음이 절로 튀어나왔다. 박 여사의 부축을 받아 일어나려고 낑낑거리는 와중에 그의 목소리가 들렸다.

"여사님? 여사님, 어디 계십니까?"

현관을 가로질러 베란다에 도착한 그가 내 뒤에서 물었다.

"무슨 일입니까?"

급히 뛰어왔는지 그가 숨을 골랐다. 박 여사가 바닥에 앉은 나를 가리키며 사정을 말했다.

"려 양이 넘어지는 소리를 들었나 보네. 공사를 한다는 게 깜박 잊고 있었지, 뭐야. 발목을 접질렀는지 일어나질 못해."

"여사님은 괜찮습니까?"

"응. 그것보다 내가 기력이 없어서, 하 선생이 부축해줄래?"

그가 내 앞에 한쪽 무릎을 꿇고 앉았다. 어느새 나의 오른쪽 발목이 벌겋게 부어 있었다. 나는 두 손으로 발목을 가렸다. 아픈 것보다 그의 손이 내 몸 근처로 올 때면 닿기도 전에 간질거려 웃음이 나올 것 같았다. 이렇게 부은 발목을 하고 웃으면 정신 이상자로 보이기 십상이야. 나는 한 번 더 아랫입술을 물었다가 놓았다.

"좀 봅시다."

그가 짜증스러운 어투로 뇌까리곤 뻗어오던 손길을 멈췄다.

"왜 그래, 하 선생?"

박 여사가 물었지만 그는 고개를 좌우로 흔들 뿐 말을 아꼈다. 나는 이때다 싶어 두 발목을 교차시켜 숨기며 말했다.

"진짜 괜찮아요."

그가 하얗게 질려 자리에서 일어났다. 뭘, 그렇게까지 매몰차게. 찬바람을 쌩하니 일으키곤 사라진 그를 박 여사가 두둔했다.

"이해해줘요. 가끔 사춘기 소년처럼 굴어. 일어설 수 있겠어요?"

오른쪽 발이 바닥에 닿을 때마다 발목이 찌릿찌릿하게 당겼다. 박 여사가 1층까지 내 손을 잡고 따라와 머물 방을 알려주고 갔다. 내가 쓸 방은 상담실과 붙어 있었다. 방문을 열자 머리가 어지러울 지경이었다. 온갖 톤의 분홍빛으로 치장된 방

때문이었다. 나는 조심스레 진분홍 침대 시트 위에 누웠다. 누운 채로 오늘의 멍청한 일을 떠올렸다.

교통사고. 왜 그 단어가 송곳처럼 파고들었을까. 안타까운 사정이었으나 몸을 가누지 못할 수준은 아니었다. 그런데 어째서? 빨간 머리 그 여자 때문일까? 여자와 눈이 마주치던 순간, 몸이 굳는 느낌이 떠올랐다. 혈관을 타고 마취제가 돌듯 마냥 뻣뻣해지던 사지. 나는 몸을 동그랗게 말고 누워 손톱을 입에 물었다. 여자가 실존 인물이라면 살인자일 가능성이 높고 환영이라면 내가 미쳤다는 말이 되니 어느 쪽도 탐탁지 않았다. 손가락에 낀 반지를 노려보며 마음을 다잡았다. 빨리 상담을 받아보는 게 좋겠다고. 아니면 굿을 해야 할지도 몰랐다.

━━━►━►►►►━►♥◄◄◄◄◄◄━

상담실로 돌아온 루시퍼는 두 손을 모아 왼쪽 심장 위에 올렸다. 하연의 심장이 가죽을 뚫고 나올 기세로 뛰었다.

"왜 이러는 겁니까, 하연."

그는 상담실 의자에 앉으며 무릎을 쓰다듬었다.

"당신이 내게 무슨 짓을 했는지 압니까?"

하연의 무릎이었으나 그의 무릎이기도 했다. 지옥의 군주가 인간에게 무릎을 꿇었다. 그의 생을 통틀어 없었던 일이었다. 맥박이 점점 빨라지고 있었다.

"이건 반칙입니다. 내 의지와 상관없는 일이란 말입니다."

루시퍼는 서랍장에서 화첩을 꺼냈다. 마음의 안정이 절실했다. 그는 화첩을 펼치고 지난 주말에 만들어둔 초콜릿이 담긴 크리스털 접시 뚜껑을 열었다. 손끝이 떨리고 있었다. 크리스털 접시에 놓인 수제 초콜릿을 집었다. 초콜릿을 씹자 가루가 먼저 녹아 입안에 엉겼다. 뒤이어 달콤 쌉싸름한 초콜릿 덩어리가 씹혔다. 손가락에 묻은 초코 파우더를 접시 위에 비벼 털고 그림을 보았다.

빨간 뿔의 악마는 두 팔을 높이 벌린 채 개구리처럼 쪼그려 앉아 있었다. 둥그런 배와 앙상한 팔다리, 점박이 천으로 아랫도리를 가린 꼬락서니가 익살스러웠다. 초록색 얼굴에 눈동자가 따로 노는 눈을 가진 악마가 이빨을 보이며 웃고 있었다. 그는 부러 그림의 설명에 집중했다. 그림이 첨부된 '코덱스 기가스'는 악마 성경으로 불렸다. 감옥에 갇혀 회개하던 가톨릭 수도사가 악마에게 영혼을 판 대가로 하루 만에 저술했다는 전설의 이 성경은 무려 75킬로그램이나 되었다. 루시퍼가 차츰 느리게 뛰는 하연의 가슴을 툭툭 두들기며 말했다.

"스웨덴에 있답니다. 나중에라도 나와 함께 가보지 않겠습니까?"

루시퍼는 다음 장의 그림을 보며 눈살을 찌푸렸다. 겨우 진정시킨 그의 마음이 불쾌해졌다. 하늘에는 시뻘건 마귀들이 날개를 펼치고 있고, 땅에서는 인간 사내들이 여자의 몸에 불을 붙였다. 곁에 선 아낙들이 장작 위에 올라 서 있는 여자에게 돌을 던졌다. 그들은 거리낌 없이 악행을 저질렀다. 신의 이름으로 자부심을 갖고서. 화염이 낭자한 가운데 하늘을 노려보고 있는 분노 서린 여자의 얼굴은 묘하게 릴리스를 닮아 있었다. 루시퍼는 오랜만에 생각난 그녀의 이름을 입에 담았다.

"릴리스, 너는 어디에 있느냐."

릴리스라면 영원히 그의 편에 서리라 자부할 만했다. 그녀가 곁에 있었더라면 루시퍼의 목표를 이루도록 도와주었을 것이다. 루시퍼는 화첩을 덮었다. 잊고 지냈던 유일한 욕망이 살아났다. 그는 돌아가고 싶었다. 기왕이면 마왕 말고 대천사였던 시절로.

책상에 엎드린 채 선잠에 들었다 일어난 그는 상담실 창문을 열었다. 오후가 되자 쌓인 더위가 한층 기승을 부렸다. 후덥지근한 바람이 그의 긴 앞머리를 훑고 지나갔다. 무한보다 유한한 시간이 더디게 흘렀다. 루시퍼는 그녀가 있을 벽 너머를 흘끔거리며 눈 밑을 검지로 신경 써서 눌렀다.

일상과의 경계가 모호한 꿈을 꾸었다. 꿈속에서 눈을 떴는데도 눈을 떴고, 눈을 떴으나 또 눈을 떴다. 가상과 현실 가운데 그의 감각은 노상 깨어 있었다. 그는 제 입술을 만졌다. 연거푸 눈을 뜨기 전, 맞닥뜨렸던 꿈속의 감각이 생생했다. 네 손가락이 그녀의 오른쪽 볼과 귓가에 닿았고, 쓰다듬었고, 보드라운 목선을 타고 내렸다. 빠르게 뛰는 그녀의 맥박. 덩달아

날뛰는 그의 가슴. 고려의 달뜬 얼굴을 내려다보다 그의 엄지가 그녀의 아랫입술을 어루만졌다. 연꽃같이 보드랍고, 꽃잎 위의 이슬처럼 탄력 있게 제 입술로 딸려오던 그 입술.

"어쩌다 이렇게 흉한 꿈을 꾸었단 말인가."

고려의 입술을 탐하던 또 다른 입술은 그의 것이었다. 혹시 하연의 것이고 하연의 꿈은 아니었을까. 자신했다가 의심했다. 어느 쪽이든 어처구니없었다.

꿈에서 깨어나 만진 그의 입술은 까슬까슬했다. 도톰한 부분을 손가락 끝으로 어루만지다 입술 모양을 따라 손가락을 옮겼다. 굴곡이 심하지 않고 얇은 입술이 머릿속에 그려졌다. 본디 그의 것이 아닌 것. 그렇기 때문에 더욱 만지고 싶은 것. 만져지니 손아귀에 넣고 싶고, 갖고 싶고, 그러다 언젠가는 버리고 싶어질 것.

18번은 물론이고 그 밖의 인간들에 대한 것은 떠오르지 않았다. 식사 시 입술의 감촉을 특별하게 느끼지 않는 것과 같은 이치였다. 그에게 입맞춤이 그러했다. 하지만 꿈을 생각할수록 인간 남자의 몸이 심하게 요동쳤다. 철저한 금욕주의자 루시퍼로서는 감당이 되지 않았다. 루시퍼는 벽 너머를 노려보았다. 만질 수 없는 누군가의 입술이 칠판을 손톱으로 긁는 것처럼 그의 신경을 날카롭게 긁고 있었다.

"정체가 무엇이기에 나를 이렇게 들끓게 만드는가, 인간?"

진짜 그녀의 입술은 어떤 느낌일까. 대뜸 솟아오른 궁금증에 놀라 앙큼한 생각에서 빠져나왔다. 불가한 일이었다. 그녀의 입술에 닿기 위한 명분이 없었다. 그가 보아온 인간들 가운데 최초로 상처 없는 여자였으므로, 상처를 삼키기 위해 존재하는 것이 루시퍼의 입술이므로, 그녀의 입술이 어떤 감촉일지는 절대 알아내지 못할 터였다.

그는 상담실을 나와 그 여자, 고려의 방문 앞에 섰다. 상담실과 똑같이 생긴 문이었다. 쉽게 열 수 있고 또 닫을 수 있는 문이었으나 루시퍼에게는 무시무시한 문이었다. 그는 잠시 섰다가 본래 자리로 돌아갈 작정이었다. 그러나 버티고 서 있을수록 아득하게 그리웠다. 그것이 인간의 몸에서 처음 겪어보는 남자의 욕망인지, 어떠한 특수한 존재를 향한 마음인지 알수 없었다.

방문 너머에서 인기척이 들렸다. 고려다. 그녀의 몸에서 뿜어져 나오는 특별한 느낌이 그에게 닿았다. 작은 진동에도 유리컵 속 투명한 물이 떨리는 것처럼, 그는 느낄 수 있었다. 순간, 루시퍼는 돌아갈 길을 잃어버렸다. 더 먼 곳으로 떠나 돌아오지 못할까 불안하면서도 그녀의 방문 앞을 떠나지 못하는 것이었다.

———→·▸▸·▸·♥·◂·◂◂◂·———

눈을 감고 있는 줄도 몰랐다. 번쩍 뜨고 보니 시간이 잘려나가 있었다. 예민한 성격 때문에 조금만 수상한 소리가 나도 잠들지 못하는 내가 푸욱 잤다. 나는 기지개를 켜며 생각했다. 터가 좋은 게 틀림없어.

잠시잠깐 깨고 싶지 않은 꿈을 꾸었다. 새빨간 장미넝쿨 터널이 끝없이 이어지는 길 위에서 나는 어떤 남자의 손을 잡고 있었다. 얼굴은 보이지 않았다. 입고 있는 옷으로 보아 앳된 남자였다. 나란히 걷는 내내 남자는 작은 새처럼 종알거렸다. 무슨 내용인지 알 수 없지만 내가 온 얼굴로 웃고 있었다. 사방의 장미꽃이 만들어내는 시원한 그늘 아래를 걷고 또 걸었다. 끝없는 줄 알았던 터널의 끝이 보였다. 남자가 맞잡은 손을 흔들며 나를 돌아보려던 참이었다. 이제야 얼굴을 볼 수 있는 건가, 싶을 때 눈이 떠졌다.

깨어서도 꿈은 지워지지 않았다. 말린 장미 꽃잎 책갈피처럼 꿈은 또렷했다. 깍지 낀 손. 손가락 사이사이로 그의 손가락이 그대로 느껴졌다. 그는 가늘고 긴 손가락을 가지고 있었다. 눈 쌓인 나뭇가지를 뚝 분질러서 만졌을 때의 감촉이었다. 장미의 계절에 시린 겨울나무라. 빈손을 맞비비며 똑바로 앉았다. 생각해보니 하 선생과 꿈속 남자의 얼굴이 여릿하게 겹쳤다. 그인 듯 그 아닌 그 같은 남자가 나오는 꿈. 남자는 어리고 청량한 데다 다정다감했다. 냉혈한일 리 없었다.

창밖으로 해가 지고 있었다. 발목의 부기는 가라앉았다. 멍하게 앉았노라니 방문 유리창 위로 그림자 하나가 어슬렁거렸다. 불투명한 유리창은 상대가 누구인지 또렷이 보여주지 않았다. 나는 눈곱을 떼며 방문을 열었다. 불쑥 하 선생의 얼굴이 코앞에 나타났다.

"아이코, 놀라라!"

몇 걸음 뒤로 물러섰다. 그 또한 놀랐는지 눈을 동그랗게 뜨고 있었다.

"하, 하 선생님? 왜 여기 서 계세요? 뭐 하실 말씀이라도 있으세요?"

무엇을 골똘히 생각하던 그가 되물어왔다.

"산책하겠습니까?"

내 인상이 일그러지자 그가 번복을 시도했다.

"그러니까 그게……."

손을 내밀 때 잡아주어야 친해지는 법. 나는 물러서는 그의 말꼬리를 잡았다.

"꽃구경 가실래요? 장미꽃 좋아하세요?"

그가 몇 번이고 고개를 끄덕이며 반겼다. 사탕 사줄까 물으면 좋다고 머리를 흔드는 아이 같았다. 편한 운동복으로 갈아입고 나오자 그가 현관문을 열어두고 있었다. 훤칠한 키로 현관문 끝에 달린 종달새를 붙잡고 선 그의 바로 아래를 지나왔다. 정수리와 뒷목에 사과벌레가 떨어진 것처럼 간질거렸다. 어디선가 옅은 초콜릿 향기가 났다.

거리로 나서자 여름의 태양을 즐기는 장미가 만연했다. 그가 장미 쪽으로 나를 밀었다. 자연스레 도로가를 걷는 그는 덥지도 않은지 까만 정장을 입고 있었다. 회색 린넨 재킷보다는 잘 어울렸다. 그를 자꾸 빤히 보게 되어서 시선을 그의 발끝으로 옮겼다. 구두를 신은 그의 발이 큼지막했다. 뭣도 모르면서 괜히 그가 섹시하다는 생각을 했다. 생각에 잠긴 그의 걸음이 점차 빨라졌다. 그가 저만치 앞서가다 곁에 내가 없는 것을 발견하곤 돌아보았다.

붉은 장미꽃을 배경을 두르고 서 있는 저 남자가 나의 일행이라니. 나는 호흡을 가다듬어야 했다. 아랫입술을 깨물고 생각의 방향을 바꿨다. 그날 이후, 계속 끼고 있던 반지를 어떻게 건네줄지 고민했다. 그의 구두 끝을 보며 다가갔다. 가까워지자 그가 다시 걸으며 생뚱맞은 질문을 했다.

"몇 살입니까? 가족관계는 어떻게 됩니까? 부모님은 무얼 하시고 형제는 어떻게 됩니까?"

요상한 타이밍에 시작된 호구조사. 선뜻 따라 나선 것이 잘못이었다. 미처 끝나지 않은 면접이라 여기며 자포자기의 심정으로 말을 꼭꼭 씹어 답했다.

"올해 서른, 고아, 형제자매 없음. 됐나요?"

초라했다. 남들 이목이야 상관없다고 생각하며 살아왔지만 같이 걷고 있는 이 남자는 신경 쓰였다. 나를 어떻게 볼까. 그를 향했던 눈길을 멀리 내던지며 무심히 물었다.

"선생님은요?"

장미 길에 관광객들이 드문드문 보였다. 그들 눈에 운동복 차림의 여자와 정장을 입은 남자가 어떤 모습으로 비칠까 궁금했다.

"올해 서른둘, 부모형제자매 모두 하늘에. 됐습니까? 이렇게 하는 게 맞나요?"

딱딱한 고딕체였던 그의 말은 굴림체로 동그랗게 무뎌졌다. 심지어 입가는 부드럽게 휘어졌다. 나는 과하게 두 손을 펄럭였다.

"뭘 또 따라하고 그래요?"

그가 웃었다. 제대로 웃는 얼굴은 처음이었다. 나는 그 웃음을 정면으로 보지는 못하고 곁눈질했다. 그의 대답을 곱씹어보니 둘 다 별반 좋은 대화거리가 없었다. 뭐라 말은 꺼내야겠는데 생각나는 것이 없었다. 그나마 비슷한 나이대라는 공통점은 있었다.

"우리 둘 다 30대네요. 젊지도 늙지도 않은 나이."

"우리."

그의 말끝이 물음표인지 마침표인지 애매했다. 그가 나를 보고 있었다. 눈이 마주치자 나도 모르게 횡설수설했다.

"30대라는 게 그래요. 따지고 보면 상처 덜 받으려는 20대 같다고나 할까? 하, 하하. 그렇죠?"

대화의 흐름이 끊기는 바람에 반지를 빼내 건넸다. 그가 내 손가락과 자신의 반지를 번갈아보다가 받아들었다.

"이제야 드리네요."

그가 반지를 새끼손가락에 꼈다. 꼭 맞았다. 방금까지 내 체온과 같았던 반지가 그의 체온과 같아질 것이었다. 지금이 기회라는 생각에 나는 살짝 상기된 얼굴로 물어보았다.

"누구 반지예요? 선생님 것 같지 않은데."

"누군가의 반지입니다."

대답이 짧고 아리송했다. 흥, 잊지 못할 사랑이라도 하셨나. 그의 손을 보고 있노라니 가슴속에 무지막지한 소나기가 쏟아졌다. 빗줄기에 시려진 마음을 달래고 있는데 그가 물었다.

"신을 믿습니까?"

신의 반지란 말인가? 대화 주제가 이상한 방향으로 흘러갔다. 너무도 진지한 얼굴이라 분위기에 못 이겨 답했다.

"사람도 못 믿는데 신을 믿을 리가요."

"그렇다면 무엇을 믿습니까?"

은근 놀랐는지 그가 나를 휘릭 돌아보았다.

"뭔가를 믿어야 하나요?"

그가 가던 길을 멈췄다. 동감한다는 눈빛인지 그 반대인지 구분이 가지 않았다.

"저는 세상에 믿을 게 없다는 걸 믿어요."

믿음을 기초로 한 감정은 연약한 것이어서 잘 무너졌다. 무너진 것을 쌓아올리면 누군가 재미로, 실수로, 고의로 무너뜨렸다. 그럼 다시 쌓아올리고, 또 무너지고. 그렇게 쌓아올리고 쌓아올렸다. 그러다 어느 날 세상에 화가 났다. 왜 쌓아올려야 하는 건데? 어차피 쌓아두면 무너뜨릴 거잖아? 나를 무너뜨린 사람들에 대해 생각하고 있는데 그가 되물었다.

"아무것도?"

나는 큰 목소리로 또박또박 말하며 어깨를 으쓱해 보였다.

"아무것도. 선생님은 신을 믿으세요?"

"물론입니다. 나는 내 아버지를 믿고 사랑합니다."

"하느님 아버지 할 때 그 아버지?"

그가 나의 물음을 물음으로 받아쳤다.

"신을 믿지 않으면 선과 악은 어떻게 되는 겁니까?"

"그런 게 어디 있어요? 먹고 살기 바빠 죽겠는데. 아니지. 덜 악한 게 선한 거죠. 완벽한 선은 없어요. 천사도 아니고 사람은 그냥 사람이에요. 다 저 살기 바빠서 아등바등 사는데, 못할 짓을 어느 선까지 하느냐가 중요한 거죠."

내 말귀를 못 알아듣고 머리를 갸우뚱거렸다. 나는 내친김에 부연설명을 더했다.

"아주 악한 게 있으니까 그 반대쪽이 선해 보이는 거라고요. 진짜로 선한 게 아니라."

"선은 악 없이 존재할 수 없다는 말처럼 들립니다."

나는 댁이 알아서 상상하시라는 뜻에서 또 한 번 어깨를 으쓱했다. 그가 흥분한 어투로 캐물었다.

"악은 누구의 적이라고 생각합니까? 신의 적? 인간의 적?"

"적은 무슨, 큰 보탬이 되고 있다고 봐요. 악마나 지옥이 없었으면 어쩔 뻔했게요? 그게 무서워서 착하게 사는 애들이 얼마나 많은데요."

침묵이 바늘땀같이 줄줄이 이어졌다. 내가 종교적으로 예민한 부분을 건드린 건가. 무식한 말을 했나. 나는 서둘러 화두를 옮겼다.

"좌우명 같은 거 있어요? 전 강자에게 강하고 약자에게 약하게 살자! 그건데."

어떤 말이든 이어가려 노력했지만 그는 묵묵부답이었다. 그럴 때마다 거대한 벽에 부딪쳐 어디론가 튕겨나가는 느낌이었다. 그의 걸음이 점차 빨라졌다. 나는 절뚝거리다가 뒤쳐졌다. 좀 걸었더니 욱신거리던 발목에서 열기가 올랐다.

"같이 가요, 선생님!"

결국 그를 불러 세웠다. 절름거리며 다가가 참았던 불만을 터뜨렸다.

"잊으셨겠지만 제가 발목을 다쳤거든요?"

"안고 가라는 말입니까?"

"선생님 머릿속에는 이상한 번역기가 있나 봐요. 같이 걷자는 말이잖아요. 저랑 속도를 맞춰서 같이! 같이 가자고요."

"같이?"

그의 눈이 레이저 광선 저리 가라 할 만치 강렬한 빛을 쏘았다. 내 몸에 구멍이 뚫릴 것처럼 무서웠다. 눈싸움에 지지 않으려고 미간을 좁히는데 그가 앞뒤를 잘라먹은 말을 뱉었다.

"이상합니다."

"뭐가요?"

"당신이."

누가 누굴 보고 이상하대? 나는 허리에 손을 얹고 서서 호통 쳤다.

"이상한 사람은 제가 아니라……. 아니다! 맞아요. 저 좀 이상한 것 같아요. 그래서 말인데 상담소 직원도 무료 상담 가능한가요?"

"상담 받을 필요가 전혀 없어 보입니다만."

"아니에요! 저 엄청 이상한 여자예요."

내 말에 그가 설핏 짐작이 간다는 듯 고개를 주억거렸다.

"맞습니다. 그래서 당신이 궁금합니다."

"초, 초면이니까 그럴 수도 있는, 있는 거지, 거지요."

"지금까지 누구도 궁금하지 않았습니다. 그런데 당신이 궁금합니다. 더 알고 싶습니다. 나를 이토록 들끓게 하는 당신은 정체가 뭡니까?"

그가 내 손을 잡았다. 이미 얼굴은 벌겋게 달아올랐고 들숨날숨만으로도 심장이 저릿저릿했다.

"서, 선생님……."

이 분위기, 뭐지? 얼굴이 터지기 일보 직전이었다. 그런데 내가 뭐라 더 말하기도 전에 그가 왈칵 성질을 냈다.

"선생님이라고 부르지 않을 수 없습니까? 나는 누구를 가르치는 사람이 아닙니다."

"알아요. 그 선생이 그 선생은 아니잖아요?"

"아는 사람이 나를 선생이라고 부릅니까? 기본이 지나치게 모자라군요."

아니, 뭐야. 이 다중이는? 그에게서 손을 빼내며 불같이 성을 냈다.

"그래, 이 새끼야!"

욕을 하고는 생각했다. 이건 너무 갔다. 나는 물러서며 말을 바꾸었다.

"그레이 색이야! 지금, 내, 마음이, 몹시, 그레이 색이야! 회색, 알죠? 좋아요. 선생님 말고 뭐라고 불러드릴까요? 어이는 어떠세요? 어이가 싫으면 이보시게? 여보시게? 이쑤시개?"

할 말을 토해놓고 삐딱하게 섰다. 그래도 혹시 몰라 태도 불량을 지적한다면 다친 발목이 아파서라고 둘러댈 작정이었다. 친하게 지내려고 아부도 마다하지 않겠다던 각오는 온데간데없었다. 누를수록 치받고 튀어 오르는 내 성질머리가 이러하니 어쩔 수 없었다.

"여기 들어온 사람들은 모두 나를 루시퍼라고 부릅니다."

"박 여사님은 아니던데요."

"당신이 그녀와 똑같습니까?"

나와는 거리를 두겠다는 말이지 싶었다. 박 여사만 편애하는 것도 납득이 갔다. 그래도 그렇지. 참 솔직한 사람이군. 실컷 비아냥거려 주고 싶었으나 나와 그의 관계를 감안하여 참고 되물었다.

"그렇게 안 부르면, 저, 오늘부로 실업자 되나요?"

"그럴지도?"

원하는 대로 불러만 주면 만사형통이라니 달려들어 물어뜯는다면 나만 미친개가 될 것 같았다. 성질을 풀지 못해 잔뜩 골이 나있는데 그가 재촉했다.

"불러보십시오, 어서."

"뭐 어려운 일이라고요."

쉬운 일이라 생각했는데 입에 담으려니 뭔가 목에 걸린 것처럼 잘 나오지 않았다. 나는 기어들어가는 목소리로 말하다가 한 번 더 큰 소리로 불러주었다.

"루, 루시퍼. 루시퍼!"

그의 이름을 소리 내어 부르자 가슴 문이 열리며 잘못 쌓아둔 심장이 떨어졌다. 뒤이어 누군가 내 심장에 튀김옷을 입혀 기름에 던져버린 것처럼 온몸이 찌릿찌릿했다. 얼씨구, 이건 또 뭐니? 나는 두 손을 가슴 위에 얹고서 그를 흘겨보았다. 그는 말이 끝나기 무섭게, 가던 길을 갔다. 뭐라고 중얼거리는지 흥얼거리는지 기분이 좋아 보였다. 그와 일하려면 뜻밖의 장소에서 복병을 만나는 일에 익숙해져야 할 성싶었다. 그의 뒤를 따라 어기적거리며 걸었다. 뒤늦게 근심이 생겼다.

설마, 정말 자르지는 않겠지? 그레이 색이라고는 말하지 말걸 그랬다.

일기장의 주인

차근차근 넘기면서 속지에 쓰여 있던 '고려'가 어떤 여자의 이름인 것을 알아낸다. 신혼집에서 낯선 여자의 일기장을 찾은 것만으로도 피가 거꾸로 치솟는데 촉이 선다. 내 남자의 이야기가 이 안에 있으리라는. 그에게 따져 묻기 위해서라도 나는 낯모를 여자의 일기를 끝까지 읽을 작정이다.

일기장의 내용은 현실성이 없다. 타인의 이야기라서가 아니다. 신비성 짙은 단어들이 속속 등장하는 탓이다. 어쩌면 일기 형식을 빌려 쓴 누군가의 습작 소설일지도 모른다. 군데군데 후일에 추가로 적어놓은 다른 글도 보인다. 자신이 보고 느낀 것뿐만 아니라 주변을 관찰하고 또 주워들은 이야기까지 세세하게 쓰여 있다. 어디서 어디까지가 허구이고, 또 어디까지가 진실인지 알 수 없다. 그러나 어딘가 나의 세상과 연결되어 있다는 생각을 지울 수 없다. 읽다 보면 그의 이름이 불쑥 튀어

나올 것만 같아 불안하다.

　일기장을 여러 장 넘긴다. 꼼꼼히 읽었으나, 찾아 헤매던 '그'는 나오지 않고, 심리상담소 선생과 고려라는 여자의 만남에 대해 장황하게 적혀 있다. 그밖에는 상담소에 방문했다가 번호를 받은 이들의 사연이 간간이 나온다. 그녀에게 상담소 선생과의 만남이 중요한 모양이지. 나는 초반에 나온 '우리 세 사람' 중 '그'가 포함되어 있는 것인지를 알아내기 위해 부지런히 읽고 있던 터라 김이 빠졌다. 좀처럼 진도가 나가지 않고, 새로운 등장인물도 없다. '그'의 것이 아니라면 이 일기장이 어떻게 '우리' 짐 속에 있는 걸까?

　얼마쯤 읽었을까. 전화벨이 울린다. 휴대폰이 아닌 집 전화다. 새 집이므로, 아직 누구에게도 집 전화번호를 알려준 적이 없으므로, 알려줄 이가 없으므로, 전화를 건 사람은 광고 회사나 여론조사 기관이 아닌 이상 그일 것이다. 나는 읽던 빨간 일기장을 엎어두고 일어선다. 어지간해서 전화하지 않는 그이니, 용건이 있을 것이다. 혹 그의 귀가가 늦어진다면 일기장 읽을 시간이 늘어나는 셈. 기꺼이 기다려줄 수 있다.

　전화벨이 다급하게 재촉하는 터라 나는 잰걸음으로 안방으로 들어간다. 침대 머리맡 장식장 위에 전화기가 놓여 있다. 나는 그 앞에 무릎을 꿇고 앉는다. 수화기를 들자 온 세상이 물속에 잠긴 것처럼 고요해진다. 말이 좀체 나오질 않는다. 그와 몹시 친근한 관계인데도 이따금 거리감을 느낀다. 나는 낯선 이의 전화선을 중간에 가로채 듣는 사람마냥, 숨을 죽인 채 그의 목소리를 기다린다.

"여보세요, 현정아?"

그의 존재가 주는 익숙함 말고, 전선을 타고 와서인지 낯선 것이 끼어 있다.

"응."

나는 허공의 모호한 곳을 보며 대답한다. 다잡으려 해도 시야가 흐려지고 머릿속에서 생각들이 흩어진다.

"아무래도 오늘 늦을 것 같아. 괜찮아?"

"천천히 와. 저녁은?"

"뭐 사갈까?"

"언제쯤 올 것 같은데?"

"잘 모르겠는데, 같이 먹을까?"

"알았어. 기다릴게. 뭐 사오게?"

"떡볶이? 너 떡볶이 좋아하잖아. 그렇지?"

"응. 저녁 안 해도 되겠네?"

"어, 최대한 빨리 가도록 해볼게. 이따 봐."

"그래."

전화 통화는 질문에서 질문으로 이어지다 간결하게 끝난다. 용건만 간단히, 가 그의 주특기였고 나 역시 통화를 길게 하는 것을 좋아하지 않는다. 우리는 그런 면에서 잘 맞는 한 쌍이다. 수화기를 내려놓고 소파 자리로 돌아온다. 새빨간 일기장이 나를 기다리고 있다. 나는 불확실한 미래 덕분에 평온하게 그와 통화할 수 있었다. 일기장의 주인조차 알 수 없고, '그'가 어디에서 어떻게 나올지 모르는 터라 일상이 유지되고 있다. 그런데 이상하다. 나는 '그'가 없어야 하는 이야기 속 세상에서 '그'를 애타게 찾고 있다. 나는 다시 고려의 일기장을 한 장씩 넘긴다.

마당에는 새들이 지저귀고 2층에서는 박 여사가 좋아하는 음악이 울렸다. 더불어 초인종이 울렸다. '엘리제를 위하여'가 쩌렁쩌렁 대기실에 퍼졌다. 곧이어 현관문 종달새가 찢어지게 울었다. 루시퍼는 신경질적으로 읽던 화첩을 덮었다.

"온통 우는 것들뿐이로군."

자리에서 일어서던 그는 두 여자의 목소리를 들었다. 고려가 문을 열어준 것이리라. 상담실 밖에서 뭐라고 대화를 나누더니 고려가 그를 불렀다.

"루시퍼 선생님!"

저 여자, 선생님이라는 호칭은 포기할 수 없는 건가. 그는 고개를 저었다. 초콜릿이 담긴 크리스털 접시의 뚜껑을 잘 닫았는지 확인하고서 상담실 문을 열었다. 두 여자가 동시에 고개를 돌렸다. 고려는 안내 데스크에 앉아 있었다. 며칠 쉬더니 얼굴이 좋아 보였다. 그녀의 맞은편에 서 있는 여자는 18번 내담자였다. 파란 원피스를 입고 나타난 18번의 불어난 몸체가 확연히 눈에 띄었다. 그는 최대한 고려에게 눈길을 주지 않고 18번과 상담실로 향했다.

그는 18번이 반가웠다. 어쨌든 무료 상담자 100명을 채워야 하므로 한 명 한 명이 소중한 때였다. 매번 질문을 피하고 눈곱만큼의 신뢰도 보이지 않던 18번을 받아주다니. 제 뜻에 쉽게 따라오지 않는 내담자는 주변 병원이나 상담소를 추천하며 밀어내자 배짱을 부린다, 갑질을 한다, 배가 불렀다는 말이 많았다. 하지만 그것도 얼마든지 줄을 설 내담자 있을 때의 이야기였다.

"새로 왔나 봐요? 직원이 예쁘네요."

원래 제자리인 양 상담실의 유일한 일인용 패브릭 소파에 앉는 18번은 오늘로 두 번째 만나는 고려의 얼굴을 기억하지 못했다. 책상 위의 화첩을 서랍으로 밀어 넣으며 그가 대꾸했다.

"예."

무심결에 대답한 그는 의미를 정확히 짚어주었다.

"제 말은, 새로 왔다는 표현의 동의입니다."

18번이 상담실 문 너머를 돌아보더니 웅얼거렸다.

"예쁜 여자는 좋겠어요. 어딜 가든 대우받고, 사랑받고. 다가지니 말이에요."

18번의 눈매 끝이 날카로워지는 것을 보고 그가 화제를 돌렸다.

"불미스러운 일로 상담소의 명예가 더럽혀지기는 했으나 달라진 것은 없습니다. 원하신다면 지금이라도 상담을 취소……."

"오늘은 약속한 날짜에 잘 왔죠? 말 잘 들을 테니 그만 내치세요. 저는 루시퍼가 아니면 안 돼요."

18번이 그의 말을 끊고서 수줍은 미소를 지어보였다. 밀어내니 도리어 청개구리처럼 붙들고 늘어지는 18번이었다. 그가 멋들어지게 웃자 18번은 양손으로 원피스 자락에 덮인 무릎을 긁었다. 그녀의 오른쪽 손등에 유독 짙은 상처가 있었다. 최근까지 아물지 않은 상처였다.

"안 그럴게요. 그동안은 그냥 더 자주 보고 싶어서……."

18번의 말을 끊으며 그가 본론으로 들어갔다. 그는 뭐든 이해하고 품어줄 법한 인자함을 가장했다.

"좋습니다. 이제 당신 안에 숨겨진 이야기를 해주시겠습니까? 내가 당신의 상처에 다가갈 수 있도록."

18번의 작은 눈이 벌의 날갯짓처럼 빠르게 깜박였다. 긴 침묵 끝에 그녀가 입을 열었다. 마침내 루시퍼 앞에 18번의 상처로 닿는 길이 열린 것이다.

일곱 살이었어요. 차가운 공원 화장실에서 태어난 아이가 나라는 것을 알았죠. 고아원 얇은 문짝 너머, 상냥하지 못한 어른들의 속삭임 덕분에요. 그들이 비웃으며 속삭였어요. 너무도 우렁차게 울어서, 누구도 지나치지 못하도록 울어서, 내가 구조되었다고 하더라고요. 살 팔자였다고 말이에요. 살 팔자는 뭐죠? 죽을 팔자는 또 뭘까요? 모든 것이 팔자소관이라면 나는 왜 이 모양으로 생겨먹어서 살아야 하는 거죠?

저는 은지였다가 얼마 뒤 새로운 가족을 만나 예림이라는 이름을 갖게 되었어요. 그런데 누구도 나를 그 이름으로 부르지 않았어요. 양어머니는 '야' 하고 불렀죠. 두 남자에게 화가 나면 나를 꼬집고 때리다 천 원짜리를 쥐어주었어요. 양아버지는 그나마 나를 아껴줬는데 그것도 내가 작고 예쁠 때의 이야기였어요. 그는 날 '년'이라 불렀어요. 같이 목욕하자거나 치마를 들어보라는 말은 내가 살이 찌며 사라졌어요. 뚝심 있는 남자의 아들답게 양오빠는 처음부터 끝까지 나를 '것'이라 불렀죠. 눈에 띄면 내 뒤통수를 휘갈기며 악마같이 웃었어요.

새로운 가족은 삼각형이었어요. 모두 저들의 방향으로 달려가는 사람들이었죠. 도대체 왜 나를 입양했을까. 그게 항상 궁금했어요. 애완견 같은 거였을까요? 그들에게 어울리는 사람이 되려던 때도 있었어요. 그들의 기준에 알맞은 사람이 되고 싶었어요. 말라야 해. 예뻐져야 해. 착해야 해. 착실해야 해. 해야 해, 해야 해……. 그 말에 밀려 벼랑 끝에 서면 먹을 걸 찾았어요. 공기를 마셔야 살 수 있듯이 음식이 목구멍까지 차올라야 숨이 트였어요.

나이가 들어 제게 다른 사회가 생겼지만 나는 무엇과도 맞지 않았죠. 이 세상은 각진 사람들의 세상이었으니까. 뾰족한 사람들이 서로 맞물려 또 다른 뾰족함을 찾아 헤매는 세상. 나는 어디에서도 살 수 없는 사람이었던 거예요.

살아남고자 목구멍에 오른손을 집어넣었어요. 먹은 것을 게워냈죠. 위가 올라붙고 식도가 타들어갔어요. 헛구역질에 상체가 들썩거릴 때마다 기억의 조각이 밤에 붙었다 낮에 붙었다 했어요. 그맘때 뜬금없는 장소에서 가족들의 힐난이 들리기 시작했어요. 환청에 시달려도 달라지는 건 없었어요. 나는 여전히 못생기고 뚱뚱한, 거기다 미치기까지 한 여자일 뿐이었죠.

나는 울었어요. 구석에서 혼자 울었어요. 울어도 듣는 이 없으니, 멈춰지지 않았어요. 우렁차게, 누구도 지나치지 못하도록 울었습니다. 구조되고 싶어서. 구원받고 싶어서.

━·➤➤➤·▼·◀◀◀·━

그는 18번의 두툼한 어깨를 반쯤 그러안았다. 서늘한 기운에

18번은 몸을 움츠렸다. 여자의 울음소리가 차츰 줄어들었다. 그의 두 손이 18번의 얼굴을 감쌌다.

"울지 마십시오. 작은 상자에 자신을 구겨 넣지 마십시오. 당신은 당신에게 맞는 상자를 찾아야 합니다. 상자가 없다면 만드는 겁니다. 물론 시간이 걸릴 겁니다. 우선 벌어진 상처부터 봉합해봅시다. 날 믿으십시오. 나는 깨끗하게 당신의 상처를 치유할 수 있습니다. 상처 치유에 관한 계약서를 보시겠습니까?"

18번이 고민하다 고개를 끄덕였다. 그는 책상 서랍장 맨 위 칸에서 흰 종이 하나를 꺼내 들고 돌아왔다. 그가 18번에게 건넨 것은 A4 사이즈의 새하얀 백지였다.

"여기에 서명하면 됩니다."

"아무것도 안 적힌 종이잖아요?"

"내담자의 사연은 철저히 비밀 보장된다. 상담소에서 일어난 일은 누구든 유출하지 않는다. 내담자의 상처는 치료 후 완쾌를 장담한다. 내담자의 기억에 대한 책임을 지지 않는다."

"여기 그렇게 쓰여 있다는 말씀이신가요?"

"계약 내용은 구두로 설명하고 여기에는 서명만 받습니다. 걱정하지 마십시오. 어떠한 약물도 사용하지 않습니다. 불법적인 것도 없습니다."

18번이 품고 있던 상처 솜뭉치가 벌어지고 있었다. 기회를 틈타 그가 밀어붙였다.

"특별한 치료를 받으시겠습니까?"

18번은 머리를 끄덕였다. 그녀는 자신의 치맛자락을 움켜잡았다가 놓았다. 손등 상처는 먹은 것을 토해내기 위해 목구멍에 손가락을 집어넣을 때 생긴 것이었다. 루시퍼는 그 상처에서 눈길을 거두고 만년필 한 자루를 내밀었다. 까만 만년필은 붉은 피를 담고 있었다. 18번이 떨리는 손끝으로 받았다. 종이 귀퉁이에 빨간 글씨체로 '임은지'라고 적어 넣었다. 그녀는 만년필을 반납하며 질문했다.

"기억이 지워지나요?"

"상처와 관련된 기억이 없어지는 것은 아닙니다. 예를 들면, 헤어진 남자 친구에게 상처를 받았다고 남자 친구의 존재를 지워버리는 게 아닌 것처럼."

"그럼요?"

그는 부드러운 미소를 지으며 18번의 귓전에 속삭였다.

"어렵게 생각할 필요 없습니다. 눈을 감았다 뜨면 마음이 편안해져 있을 겁니다. 이제 당신의 상처를 삼켜드리겠습니다. 눈을 감으십시오. 절대 눈을 뜨시면 안 됩니다. 계약서 위반으로 무서운 일이 생길 수 있으니."

겁을 주자 18번은 힘껏 눈을 감았다. 무릎 위에 올려둔 그녀의 손에 힘이 들어갔다. 이윽고 18번의 얼굴 위로 그의 그림자가 드리워졌다.

잠시 후, 18번은 한숨 푹 자고 일어난 사람마냥, 소파에 묻었던 나른한 몸을 일으켰다.

"자고 일어나니 기분이 좋지 않습니까?"

18번에게서 한 걸음 물러난 루시퍼가 물었다. 18번의 인상이 바뀌어 있었다.

"제가 잠이 들었나요?"

"맛있는 잠은 만병통치약이라는 말이 있지 않습니까?"

18번에게 루시퍼가 빙긋 웃어 보였다. 18번은 오랜만에 아주 깊은 잠을 잤다며 기지개를 켰다. 그녀는 그의 말을 곧이곧대로 믿고 상담실을 나섰다. 기억을 편집당한 채, 상처만 루시퍼에게 버리고.

입맞춤으로 인간의 상처를 삼키는 능력은 그분이 루시퍼에게 내린 소명이었다. 천상의 대천사였던 시절부터 가지고 있던 능력이었으나 마왕이 되자 구원의 입맞춤은 영혼을 도둑질하는 것으로 치부되었다. 악마와의 키스, 신성과는 반대의 존재가 행하는 선(善). 그분은 어째서 타락한 그에게서 이 능력을 빼앗지 않은 것일까. 하연의 몸에 깃들어 사는 동안, 루시퍼의 이 능력은 오로지 자신의 구원을 위한 수단에 불과했다. 천 명의 상처를 삼키고 천상으로 돌아가는 구원의 재판을 받는 것만이 그의 유일한 목표였다.

인간계에서 입 맞출 상대를 찾는 것은 어려웠다. 설명 없이 다짜고짜 입술을 부빌 수 없고 설명한들 믿어주지 않았다. 영적인 차원의 것들을 미신으로 치부하는 분위기가 팽배한 탓이었다. 때문에 그는 인간의 입술을 훔쳐야만 했다. 초창기에는 노인들의 입술을 통해 상처를 모았다. 요양원에 잠든 노인들의 상처를 훔치는 것은 쉬웠다. 노인들의 침대로 다가가 상처를 삼키면 되었다. 제3자에게 들키지 않는다면 얼마든지 할수 있었다.

루시퍼의 입맞춤은 상처를 회수하는 동시에 연관된 사연을 끌어다 삼켰다. 그들이 묵혀두었던, 썩어 들끓는 상처는 입맞춤에 연기처럼 변해 루시퍼의 입속으로 빨려 들어갔다. 연기는 저마다의 영상을 품고 있었다. 짤막한 단막극처럼 노인들의 사연이 펼쳐졌다. 아버지, 좋은 곳으로 모실게요. 웃는 낯의 남자가 싫다는 늙은 노인의 손을 잡아끌었다. 저한테 해주신게 뭐가 있다고 이러세요? 중년의 여자가 늙은 여자에게 소리쳤다. 잘못했어요, 여보! 두 손을 싹싹 비는 부인의 따귀를 내려치는 젊은 날 할아버지의 모습 등. 그것들은 늙지 않는 기억을 안고 하루하루 늙어가는 노인들의 사진첩과 같았다.

이후 심리상담소를 차리면서 그는 인간에게 남을 입맞춤의 기억을 지울 필요가 있었다. 그는 깨끗한 백지 위에 하연의 피를 충전한 만년필로 악마의 문양을 그려 넣었다. 문양은 두 가지가 복합적으로 그려졌다. 상호작용하는 악마의 문양은 인간의 눈에는 보이지 않았다. 흰 종이 위에 그의 피가 스며들면 은빛이 서서히 도드라졌다. 첫 번째 마계 문양은 악마의 별로, 주도자와 서약자의 영혼을 묶는 힘이 있었다. 두 번째 마계 문양은 고대어로 주도자의 요청을 들어주는 힘을 발휘했다. 그의 요청은 당연히 서약자의 기억을 편집하는 것이었다.

18번이 나가고 얼마 지나지 않아 노크 소리가 났다. 그가 들어오라고 하자 문이 열렸다. 고려가 문틈 사이로 얼굴을 내밀었다.

"루시퍼 선생님, 뭐 좀 여쭤보려고요."

그가 시선을 피한 채 답했다.

"뭡니까?"

"예약 일지에 성함이 적혀 있지 않아서요. 방금 나가신 고객님 성함을 알아야 다녀가셨다고 표시를 할 것 같은데 죄다 숫자라……."

"십팔."

"지금 뭐라고 하셨어요?"

붉으락푸르락하며 고려가 문을 열어젖혔다. 루시퍼는 의자를 창가로 붙이며 물러나 정정했다.

"18번이라는 말입니다."

내담자에게 붙는 숫자는 무료 상담 100명 중 18번째라는 뜻이었다. 앞으로 82명이 필요하다는 뜻이기도 했다. 구원의 재판에서 증빙 자료로서의 가치도 있었기에 그는 악마의 계약서를 열심히 모아왔다. 루시퍼가 내담자에게 번호를 부여해가며 카운트다운하는 까닭도 거기에 있었다. 앞으로 82명의 계약서만 더 모으면 그는 그분이 주관하는 재판에 서게 될 터였다. 고려가 크게 머리를 주억거리며 대꾸했다.

"아, 아~ 십팔 번. 네, 찾아볼게요."

"잠깐, 고객님이 아니라 내담자."

그의 부름에 그녀가 상담실 문 사이로 머리를 내밀고 시정했다.

"내. 담. 자."

"네 남자?"

아나운서 발음을 흉내 내며 고려가 아래턱을 과하게 뺐다. 그녀는 무엇을 틀렸는지 모르는 눈치였다. 루시퍼는 어쩔 도리 없이 그녀를 마주 보았다.

"올 래(來), 말씀 담(談), 놈 자(者). 말하러 오는 놈. 아니, 인간."

"아, 래담자."

"래 말고, 내."

"내담자."

발음을 교정해주자 곧잘 따라했다. 루시퍼는 그녀의 얼굴을 피해 고개를 떨어뜨렸다. 말이 다 끝난 줄 알고 돌아서는 고려를 그가 또 불러 세웠다.

"저기!"

루시퍼는 그녀를 불러놓고 우물쭈물했다. 명확히 말해야 하는데 막막했다. 그의 머릿속에서 갖은 단어가 빙글빙글 돌았다. 그는 아무렇게나 머릿속에서 단어들을 잡아 내린 후 최대한 감정을 섞지 않은 어투로 말했다.

"앞으로는 예쁘지 않게 일해주길 부탁합니다. 예. 쁘. 지. 않. 게."

짙은 눈썹이 일자로 죽 그어진 그의 표정을 보고, 그녀도 얼떨결에 고개를 까닥였다. 고려가 나간 뒤, 그는 제 양쪽 어깨를 두들기며 으쓱했다.

"칭찬합니다. 무덤덤하게 잘했습니다."

그는 뒤늦게 실소가 터졌다. 내 남자라니. 생각지도 못한 그녀의 실수에 그는 비실비실 웃음이 나왔다.

참으로 이상한 여자였다. 악마의 흔적을 가진 천사 같은 인간. 본디 악마를 만나거나 접촉한 인간은 견디지 못했다. 변기 레버를 내릴 때처럼 그들의 운명은 파멸의 구멍으로 빨려 들어가게 되어 있었다. 그럼에도 무탈하게 살아 있는 고려가 신기했다. 루시퍼는 그녀 자신도 모르게 그녀에게 닥쳤을 악마와의 연결 고리를 찾아보고자 했으나 끝내 아무것도 발견하지 못했다. 서서히 그녀가 위험한 존재가 아니라는 생각이 들었다. 그는 턱을 괴고 앉아 혼잣말했다.

"어쩌면 나를 만난 것이 당신에게는 불운일지 모르겠습니다. 그도 아니라면 나의 불운일지도."

그녀를 마주하고 있을 때, 하연의 심장이 뛰는 것 말고 특이한 점을 찾지 못했다. 그는 안심하고 그녀를 지켜보기로 했다. 특수한 존재에도 여러 가지가 있으니 반드시 해가 되지는 않을 거라고 스스로를 달래며.

"내담자, 내담자."

나는 안내 데스크로 돌아와 중얼거렸다. 이어 루시퍼, 하고 읊조렸다. 선생님이라는 호칭을 빼야 하는데 쉽지 않았다. 입을 풀며 데스크 위의 거울 각도를 조절해 얼굴을 요리조리 들여다봤다. 곱게 바른 체리 핑크색이 반질반질했다. 푸른 블라우스에 검정색 슬랙스, 낮은 굽의 구두. 아무리 보아도 화려해보일 만한 것은 립스틱 색깔밖에 없었다. 예쁘지 않게 서 있으라는 그의 말을 떠올리며 어깨를 부르르 떨었다.

"뭐야, 오글거리게. 내가 예뻐 보였나?"

나름 치를 떤 것인데 언뜻 비친 거울 속 얼굴은 웃고 있었다. 이러면 안 되겠다 싶어 싹 표정을 굳혔다. 안내 데스크 구석에는 아침에 출근해서 풀어놓은 개인 짐이 있었다. 탁상용거울, 립스틱, 쿠션 팩트, 미스트. 옆에 각 티슈도 하나 놓았다. 평소 맨 얼굴을 선호하지만 나름 서비스직이라고 챙긴 것들이었다. 얼굴을 뜯어보며 티슈로 아까운 립스틱을 지웠다.

대기실 실내조명은 작은 스탠드가 고작인 데다 창문에는 암막커튼이 드리워져 어두컴컴했다. 그 어둠 속에서 상담실의 불빛이 번져 나오고 있었다. 상담실은 사람을 기분 나쁘게 만드는 힘이 있었다. 음침한 책들과 요상한 주술문양 종이들, 쾌쾌한 냄새. 반대로 그의 모습은 멀쩡했다. 깔끔한 여름 정장 차림인 그는 악마의 뿔과 날개 따위로 치장하고 상담하지는 않는 듯했다. 안내 데스크에는 라디오 카세트가 놓여 있었다. 이제는 찾아보기 힘든 카세트는 새것인 양 검게 반질거렸다. 카세트테이프에는 똑같은 광고가 녹음되어 돌아갔는데 하루 종일 듣고 있으려니 힘이 들었다. 굳이 찾아온 내담자들에게 광고를 들려줄 필요는 없을 것 같아 내 마음대로 꺼버렸다. 광고가 멈추자 2층에서 틀어놓은 음악이 들렸다. 제목이 떠오르지 않는 클래식. 나는 집 지키는 개처럼 앉아 졸리는 음악을 들었다.

졸다가 무언가 깨지는 소리에 놀라 깼다. 고개를 들자 팔짱을 낀 그가 나를 보고 서 있었다. 내가 원래 이런 사람이 아닌데요. 터가 좋아서 그래요. 정말이에요. 변명도 못 해보고 냉담한 그의 눈빛만 마주했다. 언제 들어왔는지 모를 낯선 여자가 나와 그 사이에 끼어들었다.

"이분이 루시퍼?"

그녀가 버젓이 루시퍼를 곁에 두고 나를 보며 물었다. 나는 비몽사몽으로 머리를 까닥였다. 그녀는 이 더위에도 불구하고 머리에는 알록달록한 두건을 두르고 있었다. 30대 후반의 이목구비가 오밀조밀 예쁘장한 여자가 방문 목적을 말했다.

"심리상담을 의뢰하려고 왔어요. 예약해야 하나요?"

내가 말하기도 전에 루시퍼가 답했다.

"바로 도와드리겠습니다. 상담실은 이쪽입니다."

어쩔씨구, 꼴에 예쁜 여자는 좋아하는가 봐? 배알이 뒤틀려서 입술을 삐쭉 내밀고 있노라니 그가 여자를 데리고 상담실로 자리를 옮기며 나를 돌아보았다. 손가락으로 입가를 톡톡 두들기더니 손목으로 쓰윽 닦는 시늉을 해 보였다. 나는 네? 하고 입모양으로 벙긋거렸다. 그가 머리를 절레절레 흔들며 상담실로 들어갔다.

"뭐래?"

어이가 없어 어깨를 으쓱했다가 다급히 거울을 보았다. 입가에서 턱 끝까지 침이 줄줄 흘러 있었다. 여자가 나를 본 것도 이 때문인 듯했다. 머쓱하여 흐른 침을 닦았다. 휴지로는 잘 닦이지 않아서 물티슈를 꺼내 닦고 데스크에 머리를 내리찍었다. 내담자가 대기실에 들어와서야 안 것도 모자라 침 자국이라니. 오늘부로 미운털이 단단히 박힐 터였다. 여자는 금방 들어갔다가 나왔다. 상담실 문을 열며 뒤따라 나오는 루시퍼에게 콧소리를 섞어 말하는 소리가 들렸다.

"조만간 다시 올게요. 그때 또 봐요, 루시퍼."

살랑살랑 꼬리를 치는 것이 능수능란했다. 아, 나도 무료 상담. 눈초리를 아래로 죽 늘어뜨리고 그를 바라보았다. 환청과 환영 모두 사라지긴 했지만 아직 장담하기에는 이르기에 포기할 수 없었다. 여자가 내일 다시 오겠다며 상담소를 나섰다.

창피해서 눈길을 피하는 내게도 여자는 기어코 눈인사를 하며 사라졌다. 곧이어 루시퍼의 눈길이 내게 닿았다. 그가 뜻밖의 말을 꺼냈다.

"산책 가겠습니까?"

"근무 시간인데요?"

"방금 마감했습니다."

어쩌면 완곡하게 훈계하기 위한 시간을 가지려는 것일 수도 있었다. 그와의 산책이 어디 유희던가. 나는 목에 줄을 맨 개처럼 질질 끌려 나갔다. 장미 길에 나선 루시퍼는 곧바로 말을 꺼내지 않았다. 매도 먼저 맞는 편이 낫다고. 나는 서둘러 죄를 시인했다.

"죄송해요. 누가 온 줄도 모르고 자다니."

"피곤했나 봅니다."

그가 내 쪽은 보지도 않고 말했다. 혼내려고 나온 것이 자명했다. 나는 두 손을 맞잡고 꼬물거렸다. 그는 꼿꼿하게 허리를 세우고 걸었다. 정면을 바라보는 시선에 흐트러짐이 없었다. 나는 괜히 입방정 떨어서 화를 돋우지 않기로 했다.

장미 길은 전체를 두고 따지자면 'ㅓ'자 모양으로 생긴 길로 'ㅣ'자 장미 길과 'ㅡ' 모양의 가로등 없는 검은 길로 나뉜다. 가로등을 만들어달라고 시에 몇 번이고 민원을 넣었지만 좀처럼 공사를 해주지 않아 짧은 이 골목만 시커멓기에 동네 사람들은 검은 길이라 불렀다. 마침 검은 길의 모퉁이까지 걸었을 때였다. 모퉁이를 돌던 할아버지가 허리를 구부정하게 굽히고 서서 마른기침을 토하고 있었다. 건강이 좋아 보이지 않았다. 점점 할아버지의 기침이 심해졌다. 할아버지의 메마른 상체가 들썩거렸다. 길에는 우리를 제외하고 아무도 없었다. 나는 할아버지를 손끝으로 가리키며 곁에 선 그를 툭툭 쳤다. 그가 맑은 얼굴에 물음표를 띄우고 나를 내려다보았다.

"아는 사람입니까?"

길 건너 사는 할아버지로, 할머니와 금슬 좋기로 동네에서 유명했다. 할머니와 짝을 이루어 산책 다니던 모습이 눈에 선한데 그는 지금 혼자 걷고 있었다.

"아니, 잘 아는 사이는 아니지만 그렇다고 모르는 사이도……."

말을 마치기도 전에 할아버지가 나무토막처럼 바닥에 고꾸라졌다. 너무 놀란 나머지 무작정 할아버지에게 다가갔다. 루시퍼가 따라와 내 손목을 낚아챘다.

"어딜 갑니까?"

"할아버지가 쓰러지셨어요. 우리가 도와야죠."

"무엇 때문에 돕는단 말입니까? 그것보다 괜찮습니까? 많이 놀라 보입니다."

바닥에 쓰러진 할아버지가 가슴을 부여잡고 아이처럼 큰 소리로 울기 시작했다. 그를 도울 수 있는 사람은 나밖에 없었다. 만약 누군가 있었다면야 멀찍이 서서 119를 불렀을지도 몰랐다. 나는 냉정하기 짝이 없는 그를 뿌리치고 할아버지 앞에 무릎을 꿇었다. 할아버지는 바닥에 두 손바닥을 짚고 숨을 헐떡였다. 목 늘어난 티셔츠 위로 메마른 그의 목젖이 꿀렁거렸다. 슬리퍼 한 짝이 먼 곳에 떨어져 있었다. 다가서자 그에게서 땀 냄새가 훅 끼쳐왔다.

"할아버지, 제 목소리 들리세요?"

주름진 눈꺼풀을 들어 올린 그의 얼굴에는 눈물이 흥건했다.

"어디 아프신 거예요? 말씀하실 수 있겠어요?"

검은 그림자가 드리워져 돌아보니 루시퍼가 내 품에 안긴 할아버지를 내려보고 있었다.

"119 불러요, 어서!"

내가 소리치든 말든 눈 하나 깜박하지 않고 그가 말했다.

"그는 죽지 않습니다."

"그럼 이게 쇼란 말이에요? 미쳤어요?"

"당신이 신경 쓰인다면야 기꺼이."

그가 할아버지를 가뿐히 안아들고 걸어온 길을 되돌아갔다. 나는 할아버지의 슬리퍼를 챙겨 뒤쫓았다.

"119 안 불러요?"

"몸이 아니라 마음이 아픈 겁니다."

그는 할아버지를 상담실로 데리고 들어갔다. 따라 들어가려던 내 앞에서 문을 닫고 잠가버렸다. 아픈 할아버지를 데리고 뭘 하겠다는 건지. 나는 불안해 상담실 문에 귀를 대고 엿들었다. 저 냉혈한이 무슨 짓을 저지를까 걱정이 되었다. 마침 루시퍼의 목소리가 상담실 문을 넘어섰다.

"울지 말고 정신 차립니다."

아픈 할아버지에게 말하는 투가 딱딱했다.

"울고만 있으면 누가 도와줍니까? 설마, 울면 문제가 다 해결되는 삶을 살아온 겁니까? 아니라면 말해보십시오. 원한다면 내가 도와주겠습니다."

나 같으면 절대 입을 열지 않았을 텐데, 물어주길 기다렸다는 양 할아버지의 목소리가 들려왔다.

------◆------

살면서 딱 한 여인만을 사랑했소. 그 여자는 톨스토이를 좋아했지. 나는 지방에서 공장을 다녔고, 그 여인은 서울에서 학교를 다녀서 편지를 주고받았어. 나는 당연히 그 여자와 살게 될 줄 알았소. 그런데 헤어졌지.

날 좋아하는 동네 여자가 있었소. 이름이 순심, 정순심. 혼인은 순심이랑 했어. 나는 순심이랑 쭉 살았소. 말 섞지 않고 몸만 섞었지. 그냥 그렇게 되어버리더라고. 정은 없고 자식만 줄줄 낳았어. 나는 술만 마시면 순심이를 붙잡고 야단쳤다오. 나도 달리 배운 게 없는 종자인데 말이야. 톨스토이를 아느냐고 몇 번이나 물었지. 그때마다 순심이는 고개를 짤랑짤랑 흔들었소. 그것에 또 열 받아서 물건을 부수었어. 던지고 밟고, 그랬지. 그래도 순심이는 웃는 여자였소.

의사 선생님이 치매라고 했다오. 나 말고, 순심이가. 둘이 앉아 같이 들었소. 나 닮아 차갑기 그지없는 자식들이 엄마를 요양원에 보내자 하더이다. 그래, 나는 그러라고 맞장구쳤소. 엄마 짐이라면서, 아들들이 집안 곳곳에 있는 것들을 쓸어 왔다오. 사람 죽은 것도 아닌데, 내가 죄다 태워버리라 했소. 엄마는 몸만 가면 된다, 그리 말했지. 못돼 처먹은 아들놈들이 그러겠다 했지. 딸이라고 다를 줄 알았는데 그렇지도 않았소. 상관없었던 게지. 순심이가 우리 삶에서 쏙 빠져버려도 말이야. 없으면 안 되는 사람마냥 곁에 붙어 단물을 쪽쪽 빨더니 이제 아무것도 없다 이거야.

아들 둘이서 마당에다 드럼통을 놓고 뭘 태우고 있어. 연기가 하도 나기에 뭔고 하고 갔더니 편지야. 보니까 그 여자 글씨체였지. 불쑥 화가 치밀더군. 이 여자가 내 앞으로 온 편지들을 가로챘나. 태우려던 것을 죄다 꺼내서 봤다오. 그런데 이상한 거야. 냅다 옛 친구에게 전화를 걸었네. 다짜고짜 물었지. 그 여자 지금 어찌 사느냐고. 대학은 잘 졸업했느냐고. 그런데 그 여자, 대학은커녕 초등학교도 안 나왔대. 그럴 리 없다고, 톨스토이 이야기를 했더니만 이 몹쓸 녀석이 순심이 이름을 꺼내는 거야. 친구 녀석이 서울에서 만난 제 여자 친구를 슬쩍 내게 보인 것인데, 순심이가 끼어들어 일을 그르쳤소. 그 여자로 꾸며서 순심이가 대신 편지를 썼대. 편지 속의 톨스토이가, 그러니까 내가 좋아한 톨스토이를 읽는 여자가 내 부인인 줄도 모르고 갖은 구박하며 살았단 말이지.

나는 편지를 태웠소. 전부 다. 받아들일 수가 없더란 말이오. 나를 얼마나 속으로 무시했을까. 나를 뭐라고 뒤에서 욕했겠는가. 자존심이 상했어. 그렇게 끝날 줄 알았지. 순심이는 요양원 가고, 나는 나대로 살고. 그런데 그리 되지 않았소.

나는 순심이를 요양원에 보내지 못했다오. 날 알아보지도 못하는 마누라와 살았지. 어떤 날은 순심이가 우리 딸내미같이 느껴지다가, 또 어떤 날은 그 여자 같더란 말이야. 내가 꽃도 따주고 밥도 떠먹이면, 고것이 자꾸 웃어. 얼굴이 벌겋게 되어서는 고개를 돌리고 웃어. 좋았네. 왜 그제야 좋았을까. 평생 좋을 수 있었는데 왜 그제야 좋았단 말이야.

내가, 내가 말이오. 그 좋은 여자를 잃어버렸다네. 내 탓이오. 한시라도 눈을 떼지 말았어야 했는데. 그 고운 것을, 몸도 성하지 않은 사람을…… 어딜 그리 쏘다니는지 집에 돌아오질 않아. 경찰서에도 실종 신고를 했지만 연락이 없어. 찾아야 하는데, 우리 순심이. 찾아야 하는데 나타나질 않네. 어디 쓰러져 있으면 어쩌오? 안 돌아오면 어째? 나 이제 어찌하오?

루시퍼는 할아버지의 심중 상처를 꺼냈다. 끼어들지 않고 조용히 듣던 그가 답했다.

"내게 닥친 불행에 비하면 어렵지도 않군요. 당신은 19번이 되면 됩니다. 다시 온다면 깨끗이 지워주겠습니다. 오늘은 기력이 상했으니 이만 일어나십시오."

할아버지는 19번 내담자가 되어 상담실을 나왔다. 나는 할아버지를 대기실 소파에 앉히고 보호자 연락처를 물었다. 아무래도 혼자 걸어가게 두는 것은 영 마음이 쓰였다. 딸의 휴대폰 번호를 말하기에 전화를 걸었다. 보호자는 금방 오겠다고 했다. 보호자를 기다리며 나는 2층 정수기에서 물을 떠 왔다. 할아버지는 찬물을 시원하게 마셨다. 입맛을 쩝쩝 다시는 할아버지의 표정이 아까보다 밝았다. 그 모습을 지켜보며 안도의 한숨을 내쉴 때, 내가 누군가의 인생에 끼어들었다는 사실을 깨달았다. 지금까지 한 번도 없는 일이었다.

살면서 누군가의 사연에 귀 기울인 적이 몇 번이나 있었던가. 진심으로 관심 있게 들어본 적은 있었던가. 어떻게든 도망치려던 세상에 발목이 붙들려 겨우 살고 있던 나는 주변의 모든 것을 내가 가진 잣대로 길이를 재단해놓고 틀림없이 그럴 거라 여기며 살았다. 타인의 이야기는 나의 가치관을 세우거나 내가 가진 것에 안도하기 위한 도구밖에 되지 않았다. 그랬었다.

할아버지는 딸이 데리고 돌아갔다. 할머니가 세상을 떠났다
는 현실을 인정하지 못한 할아버지는 장례식을 치르고 하룻밤
자고 일어나더니 경찰에 실종 신고를 했단다. 집에 있어야 할
안사람이 없다는 것. 어머니가 돌아가신 다음부턴 아버지를
찾아다녀야 한다며 딸이 하소연했다. 중년의 딸은 몸체에 비
해 얼굴이 수척해 보였다. 할아버지를 태운 차가 떠나자 나는
상담소 대문 앞에 서서 그에게 물었다.

"오실까요?"

루시퍼는 대답하지 않았다. 예약을 잡아두긴 했으나 딸의
표정으로 봐서는 다시 상담소를 찾기란 어려울 듯싶었다. 일
시적인 충격으로 현실을 인지하지 못하는 것이라 덧붙이던 그
의 딸은 큰 병원에 모시고 갈 것이라 강조했다.

"신경 쓰지 마십시오. 그들의 일입니다."

루시퍼에게 싹둑 잘린 말끝만큼 감정도 날카롭게 잘렸다.
올려다본 그의 표정이 서늘했다. 그래, 그는 할아버지의 이야
기를 다 듣고도 자신의 불행에 비하면 당신은 아무것도 아니
라는 식으로 말했다. 나는 그의 무표정이 이상하게 아팠다.

그는 할아버지의 이야기를 엿들은 나를 호되게 야단쳤다.
환자의 신상 보호, 뭐 그런 것들을 들먹이며 다시 이런 일이
발생한다면 바로 자르겠다고 으름장을 놓았다. 나는 싹싹 빌
었다. 두 발이 자유자재로 움직인다면 발로도 싹싹 빌었을 것

이다. 그가 대문 안으로 들어가고 꽤 시간이 지나서야 나는 방으로 돌아왔다.

침대에 누워서도 할아버지의 목소리가 귓가에 울렸다. 루시퍼는 도대체 얼마나 무정한 사람인가. 타인의 사연에 감정을 섞지 않는 사람, 루시퍼는 어째서 사람들을 무료로 상담해주겠다는 걸까. 누군가의 아픔에 귀 기울일 만큼 따뜻한 성품은 아닌 듯싶었다. 그런데 왜? 너무 불행해서일까? 나는 도대체 무엇 때문에 남의 일에 마음을 쓰고 있는 걸까. 그 '남'이 할아버지인지 그 남자인지 가닥이 잡히지 않았다. 그를 생각하다가 그가 내 손을 붙잡던 장면이 떠올랐다. 그는 할아버지보다 나를 더 염려했던 것 같은데. 내가 신경 쓰니까 할아버지를 도왔다는 듯 말하지 않았나? 그러니까 그 남자가 왜 나를? 그를 생각할수록 물음표만 쌓였다.

＊＊＊＊＊＊＊＊＊＊

기다리던 19번은 오지 않고 대신 두건을 쓴 여자가 찾아왔다. 지난번, 실컷 간을 보고 나중에 예약하겠다며 떠난 여자였다.

"루시퍼, 저예요."

친밀하게 상담실로 들어온 여자 뒤로 고려의 얼굴이 보였다. 그에게 할 말이 있는 눈치였다. 그는 두건 쓴 여자를 일인용 소파에 앉히며 문밖 고려에게 물었다.

"무슨 일 있습니까?"

고려가 눈을 도로록 굴리다가 물었다.

"아니요, 방금 들어간 분을 몇 번째 내담자로 기록하나 해서요."

"끝나고 따로 이야기합시다."

불퉁한 얼굴로 고려가 문을 닫았다. 루시퍼는 올라가려는 자신의 입꼬리를 단속했다. 19번의 상담 내용을 훔쳐들은 일로 주의를 주기 위해 쌀쌀맞게 굴었다. 발끈했지만 저지른 잘못이 있어 성질을 죽이는 그녀의 모습이 재미있어 하루 만에 끝날 장난을 끌고 있었다. 맞은편에 앉은 여자가 두건을 매만지다가 마음이 급한지 먼저 입을 열었다.

"실은 다른 사람 상담을 의뢰하려고 왔어요."

루시퍼는 눈을 반짝였다. 자신이 아닌 다른 인간? 자신은 멀쩡하다는 인간일수록 문제가 많은 법이었다.

"사귀던 남자가 있어요. 헤어진 지는 꽤 됐고요. 제가 운영하는 공방에 밤마다 찾아와서 행패를 부리는데 힘들어요."

그는 여자의 심장을 흘겨보았다. 꿈틀꿈틀, 벌레 두 마리가 여자의 심장을 갉아먹고 있었다. 벌레가 지나간 곳마다 구멍이 생겨 있었다. 제 심장이 시뻘건 피를 뿜는 줄 모르고 여자는 자신의 옛 남자에 대해 이야기를 이어갔다. 그는 아는 척하지 않고 이야기를 끝까지 들어주었다.

"그 사람을 어떻게든 진정시키고 싶은데 방법을 알아야 말이죠. 그러다 여기 무료 상담이 생각났어요. 그쪽이 망해서 다행이라고 말하면, 화낼 건가요?"

그가 어깨를 으쓱해 보이곤 물었다. 고려가 하는 모습을 통해 배운 행동이었다.

"그 인간은 언제 상담소로 데리고 올 겁니까?"

"그건 어려울 것 같아요. 루시퍼가 공방에 와주실 수는 없나요? 매일 밤 찾아오거든요, 그 사람."

루시퍼는 깍지 낀 손등 위로 턱을 괴었다. 눈치를 살피고는 여자가 덧붙였다.

"사례할게요."

"그럴 필요 없습니다. 다만 바라는 게 있습니다."

"뭔가요?"

"그쪽도 제게 상담을 받는 겁니다."

내담자를 끌어모으기도 어려운 처지였다. 그는 한꺼번에 두 명의 상처를 삼킬 요량이었다. 여자가 당황하여 두건으로 손을 얹었다. 이에 루시퍼가 치고 들어갔다.

"바로 그것, 말입니다."

머리 위로 올라간 손을 끌어내린 여자의 얼굴이 굳었다.

"우울증을 치료한다면 그 문제는 자연스레 없어질 겁니다."

"우울증? 제가요? 아니에요. 저는 바빠서 그런 호사스러운 걸 느낄 겨를이 없어요."

"축하드립니다. 그 호사를 누리고 계십니다."

그가 박수를 치자 여자가 황당해했다. 그는 덧붙였다.

"당신이 가지고 있는 증상의 뿌리는 우울증입니다. 자라나 꽃핀 게 그쪽이고 말입니다. 보통 우울증은 정신의 문제라고 만 생각합니다만, 신체에도 영향을 끼칠 수 있습니다. 머리카 락이나 눈썹은 언제부터 뽑기 시작했습니까?"

루시퍼가 턱짓으로 두건을 가리키자 여자는 두건으로 손을 올리지 않으려고 애썼다. 여자가 말을 더듬으며 제대로 뱉지 못했다.

"발모광은 대개 여성에게 나타납니다. 보통은 머리카락을 뽑지만 간혹 눈썹이나 속눈썹을 뽑기도 합니다. 당신의 경우 로 봐서는 양쪽 다일 것 같습니다. 당신 모습, 꼭 모나리자 같 겠군요."

"이, 이봐요."

두건을 조금 더 아래로 끌어내려 이마를 덮으며 여자가 그 의 말을 막았다. 루시퍼는 쉬지 않고 말했다.

"처음에는 남들 몰래 조금씩 뽑았을 겁니다. 일단 뽑기 시 작하면 잠깐이나마 안도할 수 있으니까. 그러다 점차 뽑지 않 고는 견디기 힘들었을 겁니다. 지금까지는 그 두건으로 눈가 림할 수 있었겠으나, 상황이 나아지지는 않을 겁니다. 심해지 면 어떻게 될지 궁금하지 않으십니까?"

그는 숨을 고른 후 이어 말했다.

"나중에는 다른 사람의 머리카락만 봐도 손가락이 꼬물거릴 겁니다. 뽑고 싶어 안달이 날 거란 말입니다. 보이는 족족 죄다 뜯고 싶은데 사회생활이 가능할 것 같습니까? 이를 충동 장애나 강박증이라고 할 수 있습니다. 결론. 당신은 환자라는 겁니다. 상담만으로 치료가 어려울 수 있습니다. 어쩌면 그쪽이 의뢰한 인간보다 당신이 더 시급할지 모릅니다. 뽑는 행동을 부인하고 싶을 겁니다. 숨기고 싶고, 숨기지 못할까 봐 불안에 떨게 됩니다. 치료할 의지가 있다면 그나마 다행이지만, 아니라면 악화되겠지요. 어쩌시겠습니까?"

"제가 정신병자라고요?"

"과연 몇이나 되겠습니까? 깨끗한 정신세계를 가진 인간이 말입니다."

"무슨 말이 하고 싶은 거예요?"

"약물치료와 심리치료를 병행하는 방법이 있습니다. 다른 곳에 가면 장기간이 되겠지만, 여기서는 하루 만에 고칠 수 있습니다. 심중의 문제이기 때문입니다."

"미안하지만 방송을 봤어요."

여자는 에둘러 거절했다. 루시퍼는 물러서지 않았다.

"내가 미덥지 못하다는 말입니까? 그래서 그쪽은 상담 받을 용의가 없고, 그쪽을 괴롭히는 남자에게만 상담을 추천한다는 뜻입니까? 이런 모욕을 받고도 당신의 의뢰를 받아들일 거라고 생각합니까? 이 루시퍼가?"

"그냥 좀 혼란스럽네요. 전 이게 정신적인 문제라고 생각해본 적이 없거든요. 탈모라고 생각했어요. 약을 먹고 발라도 봤지만 차도가 없었어요. 그런 문제일 거라고는 상상도 못했죠. 좋아요. 루시퍼 말대로 할게요. 비난 방송을 본 건 사실이지만 곧이곧대로 믿었다면 찾아오지도 않았어요. 하지만 완전히 안 믿는 것도 아니죠. 그를 우선 상담해주세요. 효과 여부에 따라 저도 상담을 받겠어요."

그는 여자의 조건을 받아들였다. 여자가 시간과 장소를 정하고 떠나자 루시퍼는 고려를 불렀다. 여자를 20번으로, 얼굴 한 번 본 적 없는 남자를 21번으로 올렸다. 19번까지 잘 처리된다면 이로써 구원까지 79명이 남을 것이다.

잘 벼린 칼로 도려낸 것같이 또렷한 달이 뜬 밤이었다. 달빛 아래 장미는 검붉고 루시퍼의 매끈한 정장이 은은한 광택으로 빛났다. 그는 장미 길 가운데 위치한 공방 앞에 서 있었다. 20번과 약속한 출장 서비스를 감행하기 위함이었다. 공방의 유리창 앞에는 그녀의 말대로 우람한 사내가 서 있었다. 어깨가 굽고 두툼한 남자는 코뿔소마냥 들썽거렸다. 루시퍼는 코뿔소의 등 뒤에 섰다. 풍채 좋은 코뿔소를 루시퍼의 그림자가 덮쳤다. 코뿔소가 으스스한 기운을 느끼고 돌아보았다.

"안녕하십니까?"

오밤중에 정장을 차려입은 루시퍼는 반듯하고 정중했다. 그는 루시퍼를 무시하고 등을 보인 채 연신 유리창을 두들기며 소란을 떨었다.

"미영아, 김미영! 거기 있는 거 다 알아."

한 손으로 뒷짐을 진 채 루시퍼의 반대쪽 손이 코뿔소의 어깨를 두들겼다.

"잠시 이쪽으로 오시겠습니까?"

"꺼지라고! 확, 씨! 안 꺼져?"

손바닥을 높이 치켜드는 코뿔소를 보고도 평정심을 잃지 않은 루시퍼가 그의 굵은 팔뚝을 움켜잡았다.

"잠시면 된다고 말씀 드렸습니다만."

코뿔소가 호리호리한 루시퍼에게 질질 끌려갔다. 그는 공방에서 조금 떨어진 곳으로 갔다. 흑백이 뚜렷한 루시퍼의 눈이 코뿔소를 훑어보았다. 미래의 21번인 코뿔소의 가슴은 부서진 오르골이 빙글빙글 돌아가는 형태였다. 자세히 보니 발레리나 인형이 없어진 머리 위로 원을 그린 채 돌고 있었다. 루시퍼는 코뿔소의 한쪽 어깨를 잡고 말했다.

"설명은 차차 하기로 하고 우선 여기 서명을……."

루시퍼가 정장 안쪽 주머니를 더듬었으나 만져지는 것이 없었다. 옷을 갈아입으며 계약서를 옮기지 못한 것 같았다. 빨리 마치고 고려와 산책을 나서려다 일을 그르친 것이었다. 그는 하는 수 없이 계약서를 후처리하기로 했다. 여기서 코뿔소를 놓치면 하나가 아니라 둘을 놓치는 것과 같으니 손해가 이만저만이 아니었다.

끈덕지게 엉겨 붙는 루시퍼를 커다란 덩치의 코뿔소가 밀어

내고자 안간힘 썼다. 그만큼 루시퍼도 손아귀에 힘을 주었다. 힘겨루기 도중 코뿔소의 상체가 갸우뚱하며 루시퍼에게로 끌려왔다. 그는 그대로 코뿔소에게 입술을 부딪쳤다. 입술이 이리도 폭력적일 수 있나, 싶을 정도로 거센 입맞춤이었다. 이윽고 남자의 상처가 루시퍼 안으로 들어왔다.

늦은 밤 남자는 20번이 기다리는 집으로 돌아왔다. 현관에 걸레를 쥐고 서 있는 여자를 마주하면 남자는 소리를 지르며 여자를 쫓아냈다. 제발 자신을 그냥 두라며 울부짖는 남자를 부둥켜안고 여자는 저 쓰레기들을 버려달라고 울었다. 하지만 물건과 여자 두 가지 선택지 중에서 남자는 매번 그 여자를 버렸다. 병명은 저장장애. 발병의 시작이 대단했던 것도 아니다.

남자의 아버지는 공장에 다녔다. 검정과 파란 글씨의 날에는 출근, 빨간 글씨의 날에는 특근을 했다. 남자의 어머니는 식당에 나갔다. 쉬는 날도 없이 꼬박 하루를 갖다 바쳐야 했다. 부모는 자신의 피와 땀, 시간과 체력을 돈으로 바꿔왔다. 남자의 방이 생겼다. 불 꺼진 집에 들어오면 남자는 냉장고를 마주하고 어머니가 뜨끈하게 지어두신 찬밥을 먹었다. 그는 선물 받은 오르골이 부서져도 버리지 않았다. 마음이 담긴 것이니 고이 간직하겠다는 것이 그 뜻이었다. 아버지의 빈 약통과 닳아빠진 작업복, 어머니가 쓰다 놔둔 고무장갑과 깨진 그릇 조각을 방으로 가져갔다. 기억은 작은 상자에 담겼다. 하나에서 둘로, 둘에서 셋으로. 그의 좁은 방에 상자들이 쌓였다.

남자의 방을 부모가 들여다볼 시간은 오지 않았다. 남자의 아버지는 뼈가 녹아 죽었다. 남자가 군대에 가 있던 때였다. 남자의 어머니는 계단에서 굴러 떨어져 죽었다. 처음부터 쓰레기인 것은 없다. 모아놓으니 쓰레기가 됐다. 메워지지 않는 공허함을 쓰레기로 대신했다. 누구도 남자의 감정을 채워주지 못했다. 남자는 채워지기도 전에 사람을 몰아냈다. 텅 빈 구멍 안에 쓰레기를 꾸역꾸역 밀어넣으며 남자는 울었다. 미영아, 김미영. 버린 여자의 이름이었다.

루시퍼가 입술을 떼어냈다. 코뿔소는 계약서 없이 21번이 되었다. 번호가 달린 코뿔소가 눈을 뜨자마자 그에게서 멀리 떨어지며 치를 떨었다. 루시퍼에게 경멸과 혐오의 눈빛을 보내던 21번을 진정시키기 위해 루시퍼는 거짓말을 둘러댔다.

"잠시만 기다려주십시오. 정신적 피해에 대한 보상을 하겠습니다."

루시퍼가 휴대폰을 꺼내 버튼을 눌렀다. 고려가 전화를 받았다. 박 여사에게 미리 받아둔 비상용 전화번호가 큰 도움이 되었다.

"고려?"

"루시퍼? 당신이에요?"

"미안하지만 저를 도와주시겠습니까?"

"제가 뭘 어떻게 도와주면 되나요?"

늦은 시간의 연락인 만큼 다급하게 느꼈는지 고려가 무슨 일인가 묻지 않고 돕겠다고 했다. 그는 시선을 21번에게 고정한 채 말했다.

"상담실 책상 서랍에 흰 종이 뭉치가 있을 겁니다. 그중 아무거나 한 장만 가져오십시오. 곁에 놓인 만년필도 같이. 아, 일단 공방 앞으로 와줘야 할 것 같습니다. 상담실은 잠겨 있으니 열쇠를 드리겠습니다. 공방이 어디 있는지는 아십니까?"

"알아요. 금방 갈게요."

고려의 목소리가 뚝 끊겼다. 그녀의 적극적인 반응에 놀랄 새도 없이 그는 휴대폰을 셔츠 앞주머니에 넣고 21번을 돌아보았다.

❧

전화를 받고 급하게 나와보니 공방 앞에 웬 덩치 큰 남자와 루시퍼가 서 있었다. 나는 루시퍼로부터 열쇠를 받아 바지 주머니에 쑤셔 넣었다. 어떤 상황인지 물어본들 설명해줄 것 같지 않아 말없이 상담소로 향했다.

상담소의 입간판은 불이 꺼져 있었다. 2층도 깜깜했다. 나는 목걸이 줄을 옷 속에서 꺼냈다. 박 여사가 목에 걸고 다니도록 만들어준 열쇠 꾸러미였다. 대문, 1층 현관문 그리고 내 방문 열쇠가 주렁주렁 달려 있었다. 조심조심 대문을 열고 마당을 가로질렀다.

현관문을 열자 꼭대기에 달린 종이 여린 소리를 내며 짤랑거렸다. 손을 뻗었지만 닿지 않았다. 소리가 가라앉기를 기다렸다가 잠잠해지자 문틈으로 몸통을 욱여넣었다. 도둑이 된 심정으로 신중하게 움직였다. 새벽이기도 했거니와 공연히 설명할 일을 만들고 싶지 않았다. 불도 켜지 않은 대기실 입구에 서서 어둠에 차차 눈이 익기를 기다렸다. 어렴풋 윤곽이 보이자 바지 주머니에서 열쇠를 꺼냈다.

"려 양, 여기서 뭐 해?"

깜짝 놀라 돌아보니 박 여사가 서 있었다. 어둠에 가려 박 여사의 입술 위쪽이 보이지 않았다. 박 여사가 붉은 입술을 끌어 올렸다. 웃고 있는데 그녀의 목소리가 차가웠다. 너무 긴장해서 인기척도 듣지 못했나? 당황하여 말이 잘 나오지 않았다.

"시, 시, 시, 심부름."

"하 선생 심부름?"

나는 격하게 머리를 끄덕였다. 뭐라고 설명을 해야 했다. 이대로 입을 다물고 있으면 그녀의 억측이 무럭무럭 자랄 터였다. 이거, 딱 좀도둑 같잖아.

"책상 첫 번째 서랍에서 종이를 가져오라고⋯⋯."

"그거 말이군요. 내가 꺼내줄 테니 여기 있어봐요."

박 여사가 내게서 열쇠를 빼앗아 상담실 안으로 들어갔다. 내 코앞에서 문이 쾅 닫혔다. 박 여사의 태도가 낯설었다. 그녀는 금방 돌아왔다. 상담실 문손잡이를 붙잡은 자세로 나에게 A4 용지 한 장과 만년필을 건넸다. 종이만 이야기한 것 같은데 어떻게 알고 챙겨준 거지? 의혹을 숨긴 채 인사했다.

"감사합니다."

어둠이라는 가면을 쓴 박 여사를 바라보며 물건을 받았다. 박 여사는 아무것도 묻지 않았다. 그녀는 상담실 열쇠 구멍에서 뺀 열쇠를 말아 쥐었다.

"내가 전해줄게요."

아직 안 주무셨나 봐요. 저 때문에 깨신 건 아니죠? 죄송해요, 그게 어떻게 된 일이냐면……. 만일을 대비해 준비해놓았던 말들이 증발했다.

"그만 가봐야 하지 않아요? 하 선생, 기다리잖아요."

나는 머리를 조아리고 상담소를 나왔다. 박 여사가 성벽 위에 서서 활시위를 내게 겨냥하고 있는 것 같아서 뒤돌아보지 못했다. 대문을 나왔다. 찜찜한 기분이 풀리지 않았다. 루시퍼가 미리 전화라도 한 걸까? 공방에 도착하자 그가 다그쳤다.

"가져왔습니까?"

그에게 A4 용지와 만년필을 건넸다.

"고맙습니다. 그만 돌아가도 좋습니다."

나는 그의 말대로 장미 길을 걸어 상담소로 향했다. 얼마쯤 걷다 돌아보니 남자가 루시퍼로부터 백지를 받아드는 것이 보였다. 저건? 불현듯 생각이 났다. TV 사기꾼 특집에서 나왔던 이상한 종이다. 이름만 적으면 상처가 뿅! 사라질 것처럼 광고해서 사익을 챙긴다는 그 종이. 미심쩍은 표정의 남자가 종이 위에 무언가를 적었다. 나는 최대한 느리게 뒷걸음질 치며 보다가 루시퍼에게 들킬세라 돌아섰다. 꺼림칙한 기분이 가시지 않았다. 박 여사의 미묘한 뉘앙스, 루시퍼가 소중하게 다루는 흰 종이와 만년필. 뭔가 굉장한 비밀이 숨어 있을지도 모른다는 생각이 들었다.

쓸모없는 생각들로 뒤척이다 제대로 자지도 못한 채로 아침 해를 맞았다. 퀭한 얼굴로 안내 데스크에 앉은 나는 예약 일지를 펼쳤다. 오늘 일과를 확인하기 위함이었다. 21번에 빨간 줄이 죽 그어져 있었다. 루시퍼가 일지에 손을 댄 것이 틀림없었다. 해결했다는 뜻이니 아마도 어젯밤 본 그 남자가 21번인 듯했다. 20번이 누구인가 생각해볼 틈도 없이 초인종이 울렸다. 인터폰을 보니 두건을 쓴 공방 여자였다. 그녀는 당당히 들어와 곧장 상담실 문에 노크했다.

"루시퍼, 저예요."

친한 척 달라붙는 여자가 꼴사나워 눈을 흘겼다. 그녀가 들어갔다가 한 시간 만에 나왔다. 루시퍼가 현관문까지 그녀를 배웅했다. 여자가 감사하다며 루시퍼의 손을 잡았다. 여자에게 손이 잡힌 채 그가 상냥히 웃었다.

"아닙니다. 해야 할 일을 했을 뿐입니다."

자기가 미녀를 구한 영웅이라도 된다고 생각하나? 여자가 완전히 시야에서 사라지는 것을 본 뒤에야 그는 돌아섰다. 불꽃이 튀기도록 노려보는 내 눈빛을 불시에 마주한 그가 안내데스크로 오더니 물었다.

"그 눈빛은 뭡니까?"

내가 눈에 힘을 풀자 그가 일을 시켰다.

"20번 위에 빨간 줄, 부탁합니다."

뭔가 착착 일이 진행되어 기쁜 모양새였다. 나는 노트에 줄을 그으며 툴툴거렸다.

"뭐야, 나. 질투하는 것처럼."

"그러게 말입니다."

그가 상담실 문을 붙들고 서서 말했다. 들어간 줄 알았더니 아니었나. 나는 얼굴 표정을 들킬세라 고개 돌리지 못했다. 심장이 마지막 바람이 빠져나가는 풍선처럼 펄떡거렸다.

루시퍼를 관찰하기 시작한 것은 심부름을 한 다음 날부터였다. 나의 시선은 하루 종일 그를 따라다녔다. 박 여사와 그만이 알고 있는 비밀, TV 사기꾼 특집에서 이미 수상쩍은 서명을 접하기도 했고, 그래서 실제로 본 그 서명의 용도가 무엇인지 궁금증을 해결하려는 취지였다. 지켜본바, 그는 내담자의 서명을 가지고 이익을 챙기려들지 않았다. 어딘가에 내담자들의 정보를 팔지도 않았다. 이름 석 자만 흰 종이에 받아 서랍장에 차곡차곡 모았다. 타인을 믿지 못해서 미리 서명을 받아두는 것일 뿐 다른 의도는 없는 게 아닐까?

관찰이 계속될수록 취지에 어긋나는 마음이 싹텄다. 그는 긴 앞머리를 검지로 정리했다. 왼쪽에서 오른쪽으로 눈썹 위에 선을 긋는 것처럼 앞머리를 넘겼다. 손가락은 가늘면서 약간 구부정한 편이었다. 무엇을 가리킬 때나 물건을 집어들 때 손가락을 쫙 펴지 않았다. 몸에 밴 습관인 듯했다. 그가 산책을 할 때면 종종 그의 뒤를 따랐는데, 한쪽 발목이 휘어져 불균형한 그의 걸음걸이가 늘 안쓰러웠다.

그의 등은 아무리 보아도 질리지 않았다. 그의 사소한 것들이 마일리지가 적립되듯 착착 쌓였다. 그의 작은 습관들이 눈에 들어오자 이미 내 사람이라도 된 것처럼 마음이 기울었다. 점차 내 안에 그의 공간이 생겼다. 내 마음이 그에게 몰려가 야단법석을 떨었다. 모든 것이 평안했기에 가능한 일이었다. 상담소에서 지내는 동안 환청과 환영이 일시에 사라졌다. 이상하지만 이상하다고 생각할 틈도 없이 시간이 흐르고 있었다.

근래에는 그와 주기적으로 산책했다. 누가 먼저랄 것도 없이 우리는 약속한 사람들처럼 산책에 나섰다. 그는 깔끔한 양복을 빼입고 나의 곁에 섰다. 나는 깨끗한 운동복에서 예쁜 운동복으로, 청바지에 티셔츠로 옷차림이 변했다. 더해서 그동안 사지 않던 원피스나 치마를 인터넷 쇼핑으로 대거 주문하기 시작했다. 하루가 무섭게 택배 박스가 대문 너머에서 날아들었다.

장마가 일찍 시작되어 추적추적 비가 오던 날, 우리는 한 우산을 쓰고 걸었다. 우산 손잡이를 맡기면 그가 자연스레 받아들었다. 비를 핑계 삼아 가까워진 어깨가 한 몸처럼 맞물렸다. 우리는 똑같은 박자로 걸었다. 문득 그를 보면 무척 익숙한 기분이 들었다. 오래된 연인 같다고 생각하며 몰래 고개 돌려 웃기도 했다. 그런저런 까닭으로 나는 장미보다는 장마가 반가웠다.

오늘은 비가 그친 밤이었다. 묶고 다니던 곱슬머리를 풀어 헤쳤다. 구불구불한 머리칼을 끌어다 냄새를 맡고 정수리에 보송보송한 아기 향이 나는 향수를 뿌렸다. 하얀 샌들에 새로 장만한 청록색 주름치마, 옅은 주황색 꽃 프린팅 시폰 블라우스를 꺼내 입었다.

산책 횟수가 거듭될수록 그는 나에 대한 질문이 많아졌다. 한 치 앞 모르는 동굴 바닥을 더듬듯 그가 나에게 살금살금 다가왔다. 내내 루시퍼의 시선은 오롯이 나에게 집중되었다. 그의 시선을 나는 이따금 피했고, 몰래 숨을 내쉬었고, 귀밑머리를 귀 뒤로 넘겼다가 앞으로 가져오길 반복했다. 우리의 이야기는 돌고 돌아 사랑과 연애, 그 어중간한 것들에 대해 이어지고 있었다. 그가 검지로 앞머리를 가지런히 만들며 되물었다.

"했다는 겁니까, 안 했다는 겁니까?"

그는 내게 연애를 해보았는가 묻고 있었다. 사랑은 확신할 수 없으나 연애는 했다고 답했다. 그의 미간이 꿈틀거렸다. 이 사람은 나의 무엇이 알고 싶은 걸까. 나는 그의 질문에 선뜻

답하지 못했다. 내가 뱉은 말이 곧 그가 받아들일 나의 이미지가 되는 것이니까. 때로는 그가 묻지 않은 질문에 대해 미리 답을 준비하기도 했다. 그래서 자문자답하는 시간이 많아졌다. 대부분 진짜와 가짜를 구분하기 위함이었고, 모자란 진짜를 미화시키는 작업에 공을 들였다.

나는 서로에게 1이 되고 싶어 하는 것이 연애라고 생각했다. 서로에게 유일한 사람이 되는 것. 그러나 나는 학업에, 취업에, 게임에, 그의 엄마에게 매번 일등 자리를 내어주어야 했다. 그들은 사랑의 덧셈에서 1+1=1 또는 1+1=2라고만 생각했다. 물론 나도 다르지 않았다. 나는 1+1의 결과 값이 1인 척 연기하는, 어쩔 수 없이 2가 되는 연애들이 지겨웠다. 그러던 내가 어쩌다 덧셈이 아닌 그 밖의 것이라도 좋다고 생각하게 되었는지 모를 일이었다.

루시퍼가 대답을 기다리고 있었다. 나는 그의 질문이 아닌 나의 질문에 답을 내고 싶었다. 내 앞에 그가 오랫동안 서 있었으면 좋겠다는 마음. 서로에게 유일한 1이 되지는 못하더라도 각자의 1로서 평행하게 11이 된다면……. 1과 1이 만나 11이 되는 것은 사랑일까? 나는 그와 무얼 하고 싶은 걸까?

"몇 번은 했겠죠?"

나의 모호한 대답이 마음에 들지 않는지 그가 팔짱을 끼며 물었다.

"당신의 연애를 나에게 묻는 겁니까?"

117

"설마하니 안 해봤겠어요?"

"충격적입니다."

나는 괜히 미운 다섯 살처럼 짜증을 부렸다.

"왜요? 못 해보게 생겼어요? 나, 어디 가서 꿀리는 스타일 아닌데?"

"당신의 사랑을 상상하면 여기가 따끔해서 그러는 겁니다."

그가 자신의 가슴 부근을 문질렀다. 그게 어째서 당신을 따갑게 만드는 건데? 나는 루시퍼를 물끄러미 바라보았다. 당신, 무슨 생각을 하고 있는 거야? 나를 어떤 눈으로 보고 있는 거야? 좀처럼 시선을 한 곳에 두지 않던 내가 그를 똑바로 보자 그가 난감해했다.

"화났습니까?"

"그럴 리가요."

나는 표정을 풀었다. 저 사람은 아무 생각이 없는 거야. 예민하게 굴 것 없어. 애써 다독였다.

"려."

그가 나를 불러 세웠다. 쨍한 여름에서 습한 여름이 되는 동안 우리는 편하게 서로의 이름을 부르게 되었다. 그의 등 뒤로 검은 길, 가로등 없이 어두운 골목이 버티고 있었다. 나는 주홍빛 가로등 아래에 서서 그를 바라보았다.

"당신, 혹시 말입니다."

살포시 아래로 내리간 루시퍼의 길지 않은 속눈썹이 빽빽했다. 무슨 말을 하려고 저리 뜸을 들이는 거지? 심장이 뛸 때마다 신경들이 같은 박자에 맞춰 팔딱거렸다. 나는 섣불리 그가 할 말을 상상했다. 나의 남자가 되고 싶은 건가요?

"혹시……."

그의 목소리가 떨렸다. 사랑 이야기를 꺼낸 이유가 있었군요! 달뜬 나는 영화 속 주인공이라도 된 것처럼 어여쁜 표정으로 눈을 깜박였다. 입속에서, 준비해둔 답이 간질거렸다. 네! 네! 물론이에요! 얼른 뱉고 싶은지라 그의 눈을 뚫어지게 보았다. 루시퍼가 망설인 끝에 입을 열었다.

"손 한번 잡아봐도 되겠습니까?"

"네! 네! 물론이에요!"

나의 격한 반응과 달리 그는 평상시처럼 굳은 얼굴로 악수를 청했다. 나는 예상치 못한 흐름에 거북이처럼 목을 내밀고 눈을 껌벅거렸다.

"손."

루시퍼의 손바닥이 하늘을 향한 채 내 앞으로 내밀어졌다. 아무 생각 없이 주먹 쥔 손을 그의 손바닥 위에 얹었다. 그가 웃더니 다른 손으로 나의 주먹을 펼쳤다. 그의 손바닥과 나의 손바닥이 블록처럼 맞아 떨어졌다. 그의 손이 와락 내게 안겨드는 느낌이었다. 동시에 무언가가 나를 뚫고 밖으로 나왔다. 사랑, 같았다. 나는 감정을 들킬까 봐 불안했다. 그가 나의 손을 요리조리 뜯어보며 말했다.

"생각보다 작지 않습니다."

"에, 헤이! 그것 참!"

드라마에서 보면 손이 어쩜 이렇게 작고 귀엽냐며 달달한 말을 뱉더니만, 현실에서는 내 손이나 그의 손이나 크게 차이 나지 않았다. 내 키가 보통 여자보다 작지 않은 탓도 있지만 그의 손이 보통 남자들보다 작았다. 손마저 작아야 사랑받는 더러운 세상. 부끄러움에 손을 빼려고 하자 그가 콱 움켜잡았다.

"그러니 더 좋습니다."

싸우자는 건가. 나는 눈을 치떴다. 투견이 무엇인지 보여주지. 으르렁거리려는데 그가 뜬금없이 봄날 아지랑이마냥 웃어주었다.

"당신 손은 따뜻합니다. 따뜻한 면적이 넓어서 좋습니다. 당신은 온몸이 따뜻합니까?"

몸 이야기가 나오니 정말 몸이 뜨거워졌다. 딴소리를 한다는 게 투정이 튀어나왔다.

"따, 따뜻하긴요. 루시퍼 손이 나보다 차가운 거예요. 내 손이 따뜻한 게 아니고."

나는 손을 빼냈다. 순순히 놓아주지 않아 힘을 써야 했다. 그가 자신의 양쪽 손등을 내 눈앞에 들어 보이며 물었다.

"내 손이 차갑습니까?"

손등 위로 불거진 그의 혈관이 꼬불꼬불했다. 왜 나는 남자의 혈관에 환장하는가. 일대의 고민에 봉착한 채 불쑥 본심을 뱉었다.

"얼굴은 고운데 손은 왜 이렇게 남자 손 같아요?"

말을 한 줄도 모르고 그의 손등만 보다가 그가 큰 소리로 웃어젖히는 바람에 정신을 차렸다.

"왜 웃어요?"

"당신은 정말……."

마음 한구석이 몽글몽글해졌다. 새파란 마음에 흰 사랑이 둥글게, 둥글게 퍼지고 있었다. 웃느라 맺힌 눈물을 손가락 끝으로 훔치며 그가 우물쭈물 뭐라 말하려다 급하게 둘러댔다.

"당신은 정말 왜라는 말을 많이 쓰는 것, 아십니까?"

나는 솜사탕 같은 기분을 물리쳤다. 말려들지 말자. 나를 놀리고 있는 것이렷다. 이에 질세라 그의 화법을 따라했다.

"그쪽은 말투가 이상하다는 것, 아십니까?"

그는 생전 처음 듣는 말이라는 듯 눈을 크게 떴다. 나는 그에게 몰아붙였다.

"몰랐어요?"

"아무도 말해주지 않았습니다."

그가 어깨를 으쓱하며 답했다. 그 모양새 또한 어색하기 짝이 없었다. 박 여사는 참 무책임한 어른이로군. 나는 혀를 끌끌 찼다.

"쯧쯧, 좋아요. 앞으로는 내가 그런 말을 해드리죠."

내 심장이 가슴을 뚫고 나오지 못해 발광을 했다. 눈을 게슴츠레 뜬 그의 머리 위에는 물음표가 떠 있었다. 나는 대수롭지 않은 척 대꾸했다.

"이에 고춧가루가 꼈을 때, 코털이 삐져나왔을 때, 티셔츠 겨드랑이 부분이 땀에 젖어 흉측할 때, 누가 그쪽 흉볼 때, 오늘처럼 그쪽 말투가 이상할 때. 절대 미워하지 않고 내가 당신 편이 되어서 일일이 말해준다고요. 콜?"

당신의 동그라미 안에 살짝 발을 걸쳐도 좋은지, 그렇게 해도 좋을 만큼 나와 가까워질 의사가 있는지 묻는 말이었다. 루시퍼라면 내가 무슨 말을 하고 있는지 모를지도……. 모르면 말고. 상처 받기 싫은 핫한 마음이 쿨한 척을 했다. 그가 한동안 나를 응시하다가 입을 열었다. 손바닥에 땀이 났다. 바싹 타들어가는 입술을 침으로 축이고 그의 입술에 온 신경을 집중했다. 너무도 느리게 열리는 그의 입술이 야속했다. 슬로모션이 풀리고 드디어 그의 목소리가 내게 닿았다.

"콜이 뭡니까?"

긴장이 와르르 무너졌다. 그에게 답을 바라기 전에 의사소통하는 법을 가르쳐주어야 할 성싶었다.

———·———

루시퍼는 지난 밤 배운 단어, '콜'이라는 말을 사전에서 찾아보았다. 경제 용어로 단기성 자금, 제주도 방언으로는 자루, 지리에서는 산의 능선 중 어떤 한 부분을 콜이라고 말한단다. 고려가 알려준 뜻은 일반 사전에 나오지 않았다. 대신 인터넷에 인간들이 정리해놓은 설명이 있었다. 제안에 대한 긍정적인 대답. '콜'은 편리한 것이었다. 한 글자에 많은 것을 담을 수 있었다. 강하고 짧게 외칠 때와 길게 끌어줄 때 어감이 달랐다. 게다가 응용하여 물음으로 쓸 수 있었다. 고려가 루시퍼에게 물었던 것처럼.

그녀는 앞으로 그의 단점을 지적해주겠노라 했다. 그 제안에 대한 답을 구했지만 루시퍼는 답하지 않았다. 당시 '콜'의 뜻을 몰랐다는 이유 때문만은 아니었다. 그는 고려와 막역한 사이가 되고 싶지 않았다. 막역해지려다 막연해졌던, 잃어버린 인연에 대한 경험에서 오는 두려움 때문이었다. 그는 부러 며칠 내도록 '콜'을 입에 달고 살았다. 박 여사가 밥 먹자고 부르면 '콜' 하고 답했다. 하연의 뱃속에서 소리가 나면 '콜' 하고 혼잣말한 뒤, 2층 냉장고를 뒤지거나 화장실로 향했다. 고려가 저녁에 산책을 나가자고 할 때도 '콜'이라 외쳤다. 다만 일전에 고려가 최초로 물은 '콜'에 대한 대답은 미루고 있었다. 그것이 무엇을 뜻하는지 그녀가 눈치채주기를 바라는 마음으로.

고려는 주변의 기운을 빠르게 감지했다. 그가 한 발짝 물러섰다고, 혹은 자신이 한 발짝 뒤로 밀려났다고 생각하는 것이 틀림없었다. 그녀는 소극적으로 변했다. 산책 갑시다! 산책 가요! 산책 갈래요? 산책 갈까요? 산책 가는 건 어때요? 산책 갈 생각 있어요? 말이 길어진 만큼 거리감이 생겼다. 적당한 긴장 관계를 원했던 루시퍼는 답답했다. 독립적으로 해결방안을 찾는 것은 이미 불가능했다. 그래서 이번에도 박 여사를 찾았다. 벌써 박 여사에게 도움을 청한 것이 두 번째였다.

첫 도움을 받은 것은 며칠 전 20번이 방문한 날이었다. 오전부터 빗속을 뚫고 온 20번의 방문 목적은 지난 상담에 대한 감사 인사라고 했다. 여태까지 그에게 고맙다고 인사하러 온 인간은 없었다. 루시퍼는 쑥스러운 한편 기꺼운 마음으로 20번을 맞았다.

20번은 21번과 헤어진 후 엄마가 병으로 죽자 증세가 심해진 케이스였다. 공방을 운영하는 내내 손뜨개로 그녀를 돕던 엄마는 딸 몰래 병을 키운 모양이었다. 기차 여행을 떠나보고 싶다던 엄마의 소박한 소원을 끝내 이루어주지 못했다며 20번은 울었다. 돈 벌기 바빴다고, 돈이 모이는 그날로 행복을 미뤄놓고 살았다고, 엄마의 시간을 자신이 잡아먹은 거라고 말하며 흐느꼈다. 또 숱한 남자를 만났으나 제대로 마음 주지 못하고 살다가, 겨우 21번에게 마음을 열었던 20번은 자신의 아빠에 대한 원망을 21번에게 투영시키고 있었다.

그녀의 아빠는 뱃사람이었다. 평소에는 술만 마시고 무뚝뚝한 남자였지만 배 타고 나갔다가 돌아오는 날에는 어린 그녀가 좋아하는 생선을 꼭 가져왔다고 했다. 바다로 떠났다가 귀가하지 못한 아빠의 빈자리를 가슴에 묻어두고 살았던 그녀는

21번이 아빠와 같은 애증의 대상이었던 셈이었다.

21번과 20번에게 하루 차이로 루시퍼의 입맞춤이 내려졌다. 21번의 저장장애가 나아지면서 둘의 관계가 호전되었다. 20번의 발모광 또한 치료되었으므로 봄날 꽃 피듯 머리카락이 자라기만 기다리면 되었다. 두건을 하고 앞치마를 맨 20번은 두 손을 모으고 그의 앞에 앉았다. 20번의 갈색 카디건에서 습한 비 냄새가 배어 있다. 이야기인즉, 20번과 21번 두 사람은 살림을 합치기로 했단다. 훗날 다시 서로에게 상처가 될지언정 끌어안고 살아보겠단다. 루시퍼의 입가에 설핏 미소가 지어졌다. 감사 인사 말고 다른 볼일이 있었던 것인가. 그녀가 고려의 이야기를 꺼냈다.

"너무 감사해서 팁 하나 드리려고 왔죠. 이렇게 보여도 제가 연애는 루시퍼보다 전문이에요. 바깥에 여자 맞죠?"

바깥에 여자가 뭐 어떻다는 말인가. 루시퍼의 눈이 동그랗게 떠졌다. 20번이 의미심장한 미소를 지으며 말했다.

"마음에만 담아두지 말아요. 사람은 말을 해야 알아들어요. 보여줄 만큼 보여줬다고 생각하지 말고 말로 표현을 해요."

20번이 떠나자 그는 박 여사를 찾았다. 2층 베란다에서 화분을 돌보는 그녀의 뒤로 다가가 상담을 해달라고 청했다. 이것이 바로 박 여사에게 처음 요청한 도움이었다.

박 여사는 적잖이 놀랐다. 콧대 높은 루시퍼가 이의를 제기하는 것도 아니고 무려 상담을 원하기 때문이었다. 루시퍼는 솔직하게 털어놓았다. 자신의 마음을 확인할 수 있는 방법이 필요하다고. 박 여사의 제안은 간단했다. 원래 마음이 없으면 잡기 쉽고, 마음이 있으면 잡기 어려운 것이 손이라며 고려의 손을 잡아보라는 것이었다.

기회를 엿보다가 루시퍼는 산책길에 겨우 악수하듯 그녀의 손을 포개어 잡았다. 따뜻하고 말캉한 손바닥이 맞닿았다. 촉촉했다. 땀 때문인 것 같은데, 그의 손이 차다고 했으니 그녀의 것일 터였다. 손을 잡았지만 여전히 그의 마음은 아리송하고 루시퍼는 인간이 되어버린 자신의 마음을 읽기가 어려웠다. 반쯤 낙담하고 그의 손이 차갑다는 이야기를 하던 중이었다. 그녀가 혼이 쏙 빠진 얼굴로 말했다.

"얼굴은 고운데 손은 왜 이렇게 남자 손 같아요?"

그는 고려의 손을 잡은 채 폭소했다. 웃음이 가슴을 통과해 나왔다. 뿜어져 나온 웃음 덕분에 가슴이 다 시원해졌다. 다른 인간이 말했다면 이렇게까지 웃지는 못할 것 같았다. 그의 진짜 웃음은 그녀 앞에서만 유효했다.

"당신은 정말……."

당신은 정말 사랑스럽군요. 그는 나오려는 말을 삼켰다. 마침내 숨은 마음을 발견했다. 점차 그의 마음속에서 불명확하게 존재하던 것이 도드라졌다. 가슴 깊은 곳의 매화 나뭇가지에 꽃망울이 움트려는 양 간질거렸다. 모른 척했던 감정의 이름이 그를 짓눌렀다. 첫 만남부터 강렬했던 그녀의 인상부터

실타래가 풀리기 시작했다. 하늘에 욕을 퍼붓는 인간 여자를 모퉁이에서 마주쳤을 때부터 그는 가슴이 뛰었던 것이었다. 두려움과 혼동될 만큼 강력하게 그녀를 사랑한 것이다.

그때처럼 좋은 방도를 찾기를 바라며 루시퍼는 박 여사를 찾았다.

"그녀와 멀어지는 게 싫습니다."

꽃 잔에 홍차를 마시던 박 여사가 대뜸 본론을 꺼내는 루시퍼를 물끄러미 보았다. 심드렁한 그녀는 옅은 황금빛 홍차를 내려다보며 물었다.

"또 연애 상담?"

"나와 허물없이 지내고 싶어하는 것 같습니다만, 나는 싫습니다. 그런데 싫다고 하면 할수록 멀어지는 기분입니다. 어떻게 좀 해주십시오. 그녀와 멀어지지 않도록."

찻잔을 내려놓은 박 여사는 턱을 괴고 눈을 감았다. 그녀의 콧잔등과 눈가의 주름이 짙어졌다.

"제 모습도 온전히 보여주지 않는 사람과 무얼 하겠어? 진짜 하 선생을 보여줘. 그게 먼저야. 려 양이 볼 각오가 되었다는데 뭐가 문제야?"

"진짜 내 모습 말입니까?"

그는 까만 날개를 달고 마녀와 악마들 사이에 군림하는 자신의 최근 모습을 떠올렸다. 뒤이어 희고 큰 날개에 지상의 아름다움을 모조리 기죽일 만큼 빛나던 옛 모습까지 생각해냈다. 굳이 보여줘야 한다면 천상의 시절을 보여주고 싶었다. 하지만 그조차 인간이 감당하기에는 버거울 것이었다. 박 여사가 피곤한지 게슴츠레 눈을 뜨고 고민하는 그를 타일렀다.

"때로는 누군가 이끄는 대로 따라가볼 필요도 있는 거야. 나와 전혀 다른 길을 찾아 나설 테니까. 그렇게 자네의 원 둘레를 키워 나가는 거지. 두려움 없이, 변화 없이 낙원으로 가는 길은 없어."

"웬 낙원입니까?"

"몰랐어? 남녀가 허물없이 마주 보는 곳, 아담과 이브가 헐벗고 선 곳. 그게 낙원이야. 려 양이 하자는 대로 해. 내 보기에 하 선생은 영 소질이 없어."

"무슨 소질 말입니까?"

"아무튼 려 양이 내민 손을 잡아봐."

"또 손을 만져보란 말입니까?"

그녀가 이마를 탁 치며 한숨 쉬었다.

"루시퍼, 세상은 비유로 넘쳐나고 있어요. 못 알아들었으면 어쩔 수 없고요. 가서 려의 손을 잡든, 주무르든, 본을 뜨든 마음대로 하세요."

박 여사가 귀찮다는 양손을 휘젓는 통에 루시퍼는 2층 거실을 나왔다. 정말 그녀가 시키는 대로 하면 멀어지지 않는 것일까. 반신반의했으나 해보는 수밖에 없었다. 루시퍼는 이미 꽤 시간이 지난 그녀의 질문에 답하기로 결심했다.

오전 내내 비가 오더니 해 질 녘이 되자 그쳤다. 하늘에는 하루 일과를 잘 마무리했다고 토닥이는 노을이 지고 있었다. 어김없이 고려와의 산책 시간이 돌아온 것이다.

"산책 갈 건데, 생각 있으면 같이 가지 않을래요? 아니면 나 혼자 다녀와도 돼요."

매일 청하던 그녀의 말이 오늘은 더 길어져 있었다. 이러다 며칠 지나면 기나긴 편지라도 써서 산책 가길 청할지도 몰랐다. 중요한 날인만큼 루시퍼는 긴장한 얼굴로 당장 나서자고 말했다. 고려가 먼저 현관문을 빠져나갔다. 그는 조마조마한 마음으로 뒤따랐다. 그녀가 막 대문을 지났을 때였다. 루시퍼가 결국 대문 앞에 서서 말했다.

"마무리하지 못한 이야기가 있습니다. 콜입니다."

그는 고려가 조심스레 묻던 그때로 시간을 되돌렸다.

"뭐가요?"

자초지종을 설명하지 않았기에 그녀는 루시퍼의 대답이 어디서 오는 것인지 몰랐다. 그가 딱딱하게 굳은 목소리로 말했다.

"뭐든."

포커에서 상대방만큼 배팅하겠으니 그만 카드를 까보라는 의미에서도 콜이라는 말을 썼다. 상대의 패가 궁금하다는 뜻이자, 당신과 끝까지 가보겠다는 말이었다. 고려는 모르겠지만, 루시퍼는 그녀와의 산책이 하루 중 가장 좋았다. 함께 걷고 웃다가 가끔 그녀가 불러주는 자신의 이름을 듣는 것이 좋왔다. 오로지 그녀가 불러주는 이름만이 이 세상에 '루시퍼'가 살고 있음을 말해주는 것 같았다. 당연히 말한 적 없으니 고려는 말간 표정이었다. 루시퍼는 어떻게 해서든 진심을 전해보려 애썼다.

"거기서 이쪽으로 몇 발자국 다가와주십시오."

난데없는 주문에 고려는 목을 쑥 빼고 되물었다.

"네?"

마주 본 채로 루시퍼가 제 발끝을 가리키며 손가락질했다.

"이리로."

무얼 하려는지 도통 모르겠다는 눈빛의 그녀가 몇 발자국 다가갔다. 두 사람은 서로 간에 한두 발짝 거리를 남겨두고 마주 섰다. 그가 합! 하고 기합소리를 내며 그녀의 발끝에 자신의 발끝을 맞추었다. 루시퍼의 뾰족한 갈색 구두코와 고려의 흰 운동화 끝이 코를 맞댄 강아지처럼 찰싹 붙었다. 루시퍼의 얼굴에 소년 같은 부끄러움이 어렸다.

"이게 비유라는 겁니다."

고려가 두 손으로 제 입술을 가린 채 루시퍼를 올려다보았다. 신발들이 뽀뽀를 하고 있었다. 그는 방황하던 손을 뻗어 고려를 끌어안았다.

"아, 아, 아담과 이브처럼! 허, 허, 헐벗고 마주 서는……."

고려가 그의 품을 밀치고 나왔다.

"진도가 너무 빠른데요?"

루시퍼는 아랑곳 않고 그녀를 다시 껴안았다.

"정수리에 향수 뿌리지 마십시오. 지옥의 냄새가 납니다."

"그게 이런 분위기에 할 말이에요?"

"막역한 사이가 되어봅시다. 나는 낙원으로 갈 준비가 되어 있습니다."

"뭐, 뭐래?"

"마음은 옮는 거라고 생각합니다. 내 마음을 당신에게 옮기고 싶습니다."

상담소 입간판이 깜빡깜빡거리다 불이 들어왔다. 노을이 넘어가고 장미 길에는 주홍빛 가로등이 반짝 켜졌다. 붉은 빛이 루시퍼와 고려의 한쪽 얼굴을 뒤덮었다. 주먹을 쥐고 선 그를 보다 못해 고려가 그의 품을 파고들며 말했다.

"이대로는 안 되겠어요. 차라리 내가 말하는 법을 가르쳐줄 게요, 루시퍼. 표현법을 다시 배우지 않고선 도저히 그쪽 마음을 알 길이 없을 것 같네요."

그렇게 고려의 특훈이 막을 열었다.

비가 오면 비가 와서, 날이 더우면 더운 탓에 상담소에는 방문객이 없었다. 박 여사, 루시퍼, 고려 세 사람은 식사를 함께 하게 되었다. 진짜 가족처럼 누가 무엇을 좋아하고 싫어하는지 몸으로 익혀가는 중이었다. 산책만은 여전히 박 여사 몰래 단 둘이 다녔다. 이전과 달리 두 사람은 주로 인간에 대한 이야기를 나누었다. 고려는 사회성이 부족한 루시퍼를 위해, 루시퍼는 고려를 조금이나마 더 알아가기 위해 공을 들였다. 루시퍼는 그녀의 일들을 조각 난 퍼즐처럼 완벽하게 맞추고 싶어했다. 하나를 꺼내면 다음 조각을 원하게 되었고, 오른쪽을 맞추면 왼쪽을 보완하고 싶어했다. 그는 그렇게 고려의 퍼즐 안으로 휘말려 들어가고 있었다. 그가 고려에게 물었다.

"인간들은 왜 사랑을 합니까?"

당연히 그가 알고 싶은 건 자신의 눈앞에 있는 여자에 대한 것이었다. 속을 알 리 없는 고려가 보편적인 인간에 대한 제 생각을 말했다.

"외로워서, 힘들어서, 기대려고, 지금보다 더 좋아지려고. 그냥 사랑이 왔으니까 사랑을 하죠."

"사랑이 왔으니까 사랑을 한다?"

"뒤에서 누가 자꾸 내 등을 두들겨. 뭐지? 하고 돌아보니 누가 서 있네? 뭐지? 하고 거울을 보니까 사랑이 가슴 안에 꽉 차 있는 거예요. 어머, 어쩔 수 없지. 내 등을 두들긴 사람과 사랑하는 수밖에. 뭐, 그런 것도 있다고요."

"당신의 사랑은 언제 옵니까? 이미 왔습니까?"

"그건 됐고. 루시퍼에게 필요한 건 상식이에요."

"사랑이 더 필요하지 않겠습니까?"

대화 목적이 다른지라 고려는 이마에 난 땀을 훔치며 화제를 돌렸다.

"이왕 공부하는 거, 우리 실전 테스트를 해봐요. 만약에 이렇게 둘이 길을 가다가 내 친구를 만났어요. 그때, 루시퍼는 내 친구를 보고 뭐라 말해야 할까요?"

"당신 친구는 남자입니까? 당신 주변에 남자 인간이 많은 편입니까?"

"남자라고 치죠. 그래서 뭐라고 말할 건가요?"

루시퍼가 시들어가는 장미꽃 한 송이를 손가락질했다.

"거기 인간, 이 여자와 무슨 관계입니까?"

고려가 펄쩍 뛰며 루시퍼의 팔뚝을 소리 나게 때렸다.

"뭐래? 처음 뵙겠습니다, 해야죠! 초면에 무례하게 그러면 안 돼요."

그는 조율되지 않은 기타처럼 이리 튀고 저리 튀었다. 장미꽃 머리를 쥐어뜯으려는 그를 고려가 말렸다.

"정중하게 다시!"

그는 연미복 입은 신사마냥 장미꽃에 인사한 뒤 말했다.

"인간, 처음 뵙겠습니다. 여기서 우리가 마주친 것이 우연입니까? 고려와 어떤 사이입니까?"

"에, 헤이! 내 친구라니까. 게다가 가정이잖아요. 만약에! 자꾸 장난칠래요? 운 좋은 줄 알아요. 내가 친구가 없으니 망정이지. 있었으면 다 떨어져 나갈 뻔했잖아요."

"친구는 없어도 사귀었던 남자 인간은 있지 않습니까?"

"그게 뭐, 왜! 죄라도 되나요?"

"나는 아무도 없었는데, 당신은 여럿이라고 하니 화가 나서

하는 말입니다. 그러게 왜 당신 마음을 조각내서 여럿에게 나누어주었습니까? 나는 당신이 아주 궁금합니다. 그런데 안타깝게도 당신은 나를 조금도 궁금해하지 않는 것 같군요. 입장 바꿔 생각해봅시다. 내가 누구에게 마음을 나누어주었다고 해도 당신은 화가 나지 않겠습니까?"

"루시퍼, 나는 당신의 모든 일이 잘 되었으면 좋겠어요. 다른 사람들과 잘 어울리고, 상담소도 잘 풀려서 당신이 행복했으면 좋겠다고요. 그러지 못할까 봐 염려되고, 돕고 싶어요."

고려의 눈꼬리와 입꼬리가 무너지듯 아래로 흘러내렸다. 분노가 사그라지지는 않은 듯 그가 장미꽃의 목을 따며 답했다.

"알겠습니다. 혹시라도 생길 당신의 친구와 잘 지내보지요, 뭐."

그녀는 팔짱을 낀 채 또 한 번 머리를 가로저었다. 답답하긴 루시퍼도 마찬가지인지라 그도 고려와 같은 자세로 머리를 흔들었다.

━━▸▸▸♥◂◂◂━━

슈퍼 아줌마에게서 전화가 왔었다. 반가운 마음에 근황을 물으며 시작한 통화는 그녀의 부탁으로 끝났다. 웬만해서는 슈퍼를 떠나지 않던 그녀가 병원에 들렀다 곧바로 귀가한다는 사실이 믿어지지 않았다. 나는 병원에 간 아줌마를 대신해 반나절만 장미 슈퍼를 지키기로 했다. 박 여사에게 사정을 설명하고 칫솔만 챙겨 상담소를 나가는데 루시퍼가 뒤따르며 몇 번이고 약속하라며 찡얼거렸다.

"하루만 자고 돌아와야 합니다."

익숙하지만 조금 낯설어진 슈퍼 카운터에 앉은 나는 풋, 웃음을 터뜨렸다. 다시 생각해도 루시퍼의 표정이 우스웠다.

늦은 밤이 되도록 슈퍼에는 손님이 별로 없었다. 루시퍼와 있을 때는 그리 더운 줄 몰랐건만, 슈퍼에 홀로 있고 보니 여름은 여름이었다. 셔터 문을 내리고 오랜만에 공짜 맥주나 한 잔 해야지 싶었다. 슬리퍼를 끌고 밖으로 나왔다. 슈퍼 앞 가로등은 점점이 들어왔다 나가길 반복하며 설쳐댔다. 불빛이 산란하게 번쩍거리는 가로등을 등지고 셔터를 내리는데 깜박임이 멈췄다. 무심코 돌아보니 주홍빛이 환하게 밝혀졌다.

"가로등 너, 나갔던 정신이 돌아왔니?"

나는 고개를 저었다. 나도 정신을 차려야 하는데 말이다. 거침없이 다가오는 루시퍼의 마음이 아리송했다. 그와 나는 같은 마음일까? 제대로 묻고 답하지 않는다면 확실히 알 수 없을 것 같았다. 등 뒤에서 인기척에 났다.

"루시퍼?"

혹시나 하는 마음으로 돌아보니 낯선 남자가 어정쩡하게 서서 나를 보고 있었다. 남자는 50대쯤 되어 보였다. 나이와 걸맞지 않게 분홍색으로 된 캐릭터 반팔 티를 입고 있었는데 눈

밑이 움푹 꺼져 있었다. 나와 눈이 마주치기 전부터 집요하게 보고 있던 것 같았다. 남자의 시선이 끈적하고 불쾌했다.

"영업 끝났어요."

나는 꺼림칙하여 먼저 거리를 두었다. 급히 셔터를 내리는데 그가 내 옆에 다가와 어디론가 전화를 걸었다. 몸집에 맞게 늘어난 남자의 티셔츠가 땀에 절어 있었다. 순간, 이상한 기분. 내 예감이 적중할 것 같은, 그러나 내가 지금 무엇을 예상하고 있는지 모르는……. 느닷없이 내 주머니 속 휴대폰이 진동했다. 고요한 와중에 진동 소리가 크게 울렸다. 무슨 일이 어떻게 돌아가는지 모르는 상태에서 남자와 다시 시선이 마주쳤다. 그가 비릿하게 웃었다.

"맞네, 아가씨. 이거 아가씨 번호 맞잖아? 서비스 잘 해주겠다며? 이리로 오라고 해서 먼 길 달려왔구먼, 먼저 연락해놓고 모르는 척하면 안 되지."

"무슨 오해가 있었던 것 같네요. 전……."

남자가 내 손목을 잡고 얼굴을 들이밀었다. 술내에 섞인 담배 냄새가 끼쳐왔다.

"이거 놓고 말씀하세요."

"이러면 안 되지. 오늘은 내 차례라고, 응?"

남자는 점점 더 엉겨 붙으려 했다. 나중에 불리해질 수도 있겠지만 눈앞의 위기를 헤쳐 나갈 필요가 있었다. 나는 내 삶의 전문용어 'Attack first', '선빵'을 날리기로 했다.

"놓으시라고요!"

들입다 남자의 복부를 걷어차자 남자는 뒤로 나자빠졌다. 남자가 드러누운 채 누군가에게 호소했다.

"아이고, 미친년이 사람을 치네! 이봐요, 경찰 좀 불러줘요!"

돌아보니 루시퍼가 무서운 얼굴을 하고 서 있었다. 남자가 루시퍼에게 도움을 청하고 있던 것이었다. 나는 헛웃음이 절로 나왔다. 루시퍼가 내게 저벅저벅 걸어왔다. 그가 왼팔로 나를 감싸 뒤로 숨기며 말했다.

"괜찮으냐?"

그가 내게 편히 말을 놓은 것뿐인데 숨이 탁 막혔다. 분위기가 조금만 좋았더라면 물어보았을 것이다. 이런 박력을 어디다 숨겨놓고 그동안 아이처럼 구셨나요? 그의 파란 셔츠에서 갓 세탁한 섬유 향이 났다. 나는 그의 등에 붙어 머리를 까닥였다. 새로운 등장인물이 내 편인 것을 알고 남자는 스스로 바지를 털며 일어섰다. 그가 루시퍼를 위아래로 훑어보곤 삿대질을 해댔다.

"그년은 더러운 년이야. 알고 감싸는 거야?"

"닥쳐, 이 쌍놈아. 인간이 빨래도 아니고 어떻게 더러워진단 말이냐?"

루시퍼의 입에서 욕이 나왔다. 또렷한 발음으로 욕을 들으니 감흥이 나지 않았다. 내가 욕을 했다면 차지게 잘했을 텐데

그의 앞이라서 참았다. 남자는 루시퍼 뒤에 숨은 내게 손가락
질하며 침을 튀겼다.

"너 내가 누구인지 알아? 저기 윗사람이랑 죽이 잘 맞는 사
람이라고, 내가!"

루시퍼가 그를 비웃었다. 남자는 거만한 자세로 양쪽 주머
니에 손을 찔러 넣은 채 배짱을 부렸다.

"소란스러운 건 딱 질색이니 여기까지 오는 교통비랑 내 아
까운 시간을 넉넉히 쳐서 보상하면 조용히 돌아가주지."

"인간, 금전적 보상을 원하나? 원하는 만큼 줄 수 있지만,
그전에 내 여자의 손목을 잡았으니 그것부터 보상받아야겠다.
어렵지는 않을 거야. 이리 와서 내 손을 잡아보는 게 어떤가."

내가 그의 등을 콕 찔렀다. 루시퍼가 무슨 생각을 하는지 감
이 잡히지 않았다. 미심쩍은 얼굴로 남자가 다가와 루시퍼의
손을 잡으려 했다. 루시퍼의 손이 그의 손을 피하더니 금세 남
자의 손목을 틀어잡았다.

"아, 아, 아아!"

"네 손목부터 분질러 받아야겠다."

루시퍼의 손등과 팔에 굵은 힘줄이 솟았다. 뒤에 서 있어서
루시퍼의 표정은 보이지 않았지만 손목이 잡힌 남자의 얼굴이
보였다. 고통에 일그러진 얼굴이 점차 울상으로 변하더니 아
랫입술을 벌벌 떨었다. 어지간히 아픈 모양이었다. 루시퍼가
힘주어 말했다.

"까불지 마라, 인간. 네가 아는 윗사람보다 내가 아는 윗사람이 훨씬 위에 계실 게다."

그렇게 높은 사람과 연줄이 있는지 몰랐다. 아무렴, 심리상담사로 유명했으니 고위급 정치인들이나 부유한 기업가들과 연이 닿아 있는 것일는지 누가 알겠나. 나는 손을 빼지 못해 안달이 난 남자를 보며 눈을 흘겼다. 루시퍼가 그의 손을 던지듯 놓았다.

"한 번만 더 내 눈에 띄어봐라. 죽어서도 내 발밑을 벗어나지 못하게 만들 것이다."

남자가 네발로 기어 도망쳤다. 눈앞에서 혐오스러운 남자가 사라지고 나자 안도가 되었다. 나는 다리에 힘이 풀려 루시퍼에게서 떨어져 나왔다.

"고마워요."

슈퍼로 돌아와 가슴을 다독였다. 남자에게 붙잡혔던 손목과 루시퍼가 잡았다 놓은 손목, 양쪽을 쓰다듬던 참이었다. 루시퍼가 슈퍼로 따라 들어왔다.

"뭐 하러 따라와요."

말은 그렇게 했지만 그가 이 밤, 오래도록 곁에 있었으면 싶었다.

"갑자기 왜 이런 일이 생기나 모르겠어요. 마가 꼈나."

멀쩡히 서 있던 루시퍼가 기침을 토해냈다. 작은 생수 한 병을 까서 건넸다. 물을 마시면서도 그는 연신 컥컥거렸다. 나보다 더 놀랐는지 루시퍼는 한동안 가슴을 다독였다. 그러고는 설치기 시작했다.

"그 늙은 호박에게 어서 말하십시오. 오늘 밤 집으로 돌아가겠다고."

"늙은 호박? 집?"

"장미 슈퍼의 늙은 호박 말입니다. 집이야 당연히 우리 집을 말하는 거고."

나는 우리 집이라는 말에 입술을 씰룩거리며 다른 말을 했다.

"심하다. 어쩌다 아줌마에게 그런 고약한 별명을 붙인 거예요?"

다른 이유는 없고 그저 닮아서란다. 여느 젊은이들 못지않게 생기가 넘치던 박 여사가 쓰러졌을 때 장미 슈퍼에서 전자레인지용 죽을 샀다. 아픈 노인이 먹을 것이라 했더니 슈퍼 아줌마가 친히 호박죽을 골라줬단다. 그때의 인연을 계기로 루시퍼에게 아줌마는 늙은 호박이라 불리고 있었다. 그와 두런 두런 이야기를 하다 보니 마음이 포근해졌다. 그래도 못 이기는 척 슈퍼 아줌마에게 전화했다. 잠결에 받았는지 아줌마 목소리가 좋지 않았다. 내가 사정이 여차저차하다고 설명하자 당장 상담소로 돌아가라고 말해주었다. 미안한 마음이 없지 않았지만 루시퍼를 따라 돌아왔다.

나는 여왕처럼 상담소 대문을 넘었다. 루시퍼가 뒤에서 내 노란 칫솔을 들고 따라 들어왔다. 루시퍼는 칫솔을 내 방 안까지 모셔다놓은 후 나를 상담실로 인도했다. 상담을 해주려는 건가? 나는 지레짐작하며 박 여사가 함부로 들어가지 못하게 했던 비밀의 장소에 당당히 들어가 일인용 소파에 앉았다.

"어떻게 해주면 좋겠습니까? 그 돼지를 지옥으로 보내면 되겠습니까?"

루시퍼는 책상 너머 의자에 앉자마자 눈을 치켜떴다. 나는 지금 대화가 흘러가는 방향이 어디인지 가늠하고자 잠시 입을 다물었다. 상담 시작인가? 이것을 긍정으로 받아들였는지 루시퍼가 계속 말을 이어서 했다.

"지옥 최하층으로 보내 얼음 속에 가둬버리겠습니다. 흠, 그보다 사지를 찢어 삼지창으로 촘촘히 구멍을 내고 뜨거운 물에 한바탕 삶아야겠습니다."

"돈가스라도 만들 생각인 거예요? 뭘 찢고 구멍을 내요?"

"그걸로 성에 안 찬다면……."

"아니, 충분해요. 다음번에 내 눈앞에 나타나면 반드시 내가 만들게요, 그 돈가스."

그가 입맛을 다셨다. 나는 섬뜩하여 고개를 저었다. 뭔가 더 남아 있는 눈치였다.

"손목은 괜찮습니까?"

"멀쩡해요."

나는 손목을 들어 보였다.

"그 인간을 내가……."

"에, 헤이! 어쩌다 생긴 오해예요. 그나저나 박 여사님은요? 돌아왔다고 인사해야죠. 밤이 늦어서 주무시려나?"

루시퍼가 의자에서 일어서더니 내게 다가왔다.

"결정하기 어려웠습니다. 하지만 오늘 눈이 돌아가는 것을 보고 스스로에 대한 확신이 섰습니다."

"무슨 확신요?"

"나를 주어도 좋다는 확신이."

"뭐, 뭘 줘요?"

"당신에게 나를."

"고백인가요?"

"무슨 고백 말입니까? 나는 죄가 없습니다. 죄가 없어서 나를 받을 수 없는 겁니까? 죄를 지은 편을 선호한다면 그에 합당하다고 자부할 수 있습니다. 나로 말할 것 같으면……."

그가 아는 고백이 고해성사밖에 없는 건가. 나는 손을 휘저어 그를 말렸다.

"그거 말고 있잖아요."

"뭐가 필요합니까? 나를 당신에게 주겠다는데."

어찌 들으면 모든 것을 나에게 던지겠다는 듯 들리는데, 또 반대로 격 없이 친해지자는 말처럼 들리기도 했다. 분명히 하고 싶은 것은 나뿐인가. 더 지체했다가는 그가 가진 것이 무엇인지 다 꺼내 보일 정도여서 쑥스럽지만 내 입에 먼저 그 단어를 올리기로 했다. 나는 한쪽 손날로 입가에 가림막을 만들고 속삭였다.

"사랑 고백 같은 거냐고요."

"아닙니다!"

그가 말도 안 된다는 듯 의자에서 펄쩍 뛰며 발을 굴렀다. 바보가 된 것 같아 나도 덩달아 펄쩍 뛰었다.

"도무지 알 수가 없네! 그것도 아닌데, 왜 당신을 나한테 주느니 마느니 해요?"

"손을 잡겠다는 뜻이었습니다. 당신 손을 잡고 앞으로의 생을 살아보겠다는……."

책상에 납작 엎드린 그가 나를 뚫어져라 보며 물었다.

"그 말이…… 사랑입니까?"

"에, 헤이! 거 참!"

그의 입에서 나온 '사랑'이라는 단어가 부끄러워 나는 헛기침을 섞어 한탄했다. 그가 설명을 바라는 초롱초롱한 눈빛으로 나를 보고 있었다. 항상 어려운 일은 내 몫이지. 나는 설명하기에 앞서 양쪽 다리를 덜덜 떨며 입술에 침을 발랐다.

"봐요, 루시퍼. 그쪽 전부를 나에게 준다면서요. 내가 그쪽을 가지잖아요? 그러면 뭐든 내 마음대로 할 수 있다는 말이에요."

내가 열 손가락을 그의 앞에 펼치고 꼼지락거려 보였다. 나만 음흉했던 건가. 그는 맑은 표정으로 고개를 갸우뚱했다.

"마음대로? 살을 찢고, 뼈를 비틀고, 내장을 파내고……."

그럴듯한 손동작을 보태며 묻는 그의 얼굴이 한없이 평온했다. 나는 진절머리 치며 그의 말을 막았다.

"그, 그만! 아니, 그런 거 말고. 막, 막. 응? 막! 응?"

부끄러움을 무릅쓰고 나는 두 손을 쭈욱 뻗어 입맞춤, 포옹 등을 손짓으로 표현했다. 그가 이해했는지 입을 떡 벌리고 고개를 끄덕거렸다.

"그런 게 아니라면 어디 가서 함부로 나를 주겠네, 그러지 말아요."

호되게 야단칠 생각이었건만, 설명을 끝까지 들은 그가 호기롭게 답했다.

"좋습니다. 나를 당신에게 주겠습니다. 자, 이제 마음대로 하십시오!"

맙소사! 막막 나한테 다 준대. 나는 두 손으로 입을 틀어막고 침을 삼켰다. 이게 갑자기 무슨 전개란 말인가? 급작스레 연애가 시작되었다.

고려는 긴장을 하면 책상 아래로 다리를 떨었다. 부끄러울 때는 엄지와 검지로 머리카락을 꼬았다. 습관인지 말할 때 곧잘 '아니'라는 말로 시작하곤 했다. 박 여사의 음식이 못 먹을 것이라 흉을 보면 '아니, 그 이상이죠' 하는 식이었다. 그 말버릇을 루시퍼가 배웠다. 둘은 '아니'라는 말을 덜 쓰자고 약속했으나 잘 지켜지지 않았다.

그녀는 햇볕이 쨍쨍한 날 고양이처럼 창밖으로 나가지 못해 안달했다. 마당에 벤치를 놓았으면 좋겠다는 의견을 수렴해 루시퍼와 박 여사가 그네 형태의 삼인용 나무 의자를 들였다. 고려는 무더위에 굴하지 않고 햇살 아래 책을 읽겠다고 고집을 부렸다. 얼마 지나지 않아 그녀의 비명소리가 상담소를 쩌렁쩌렁 울렸다. 루시퍼는 고려를 위해 비둘기를 쫓아주어야 했다. 그의 품에 안겨서야 그녀는 얌전히 책장을 넘겼다. 박 여사는 2층 베란다에서 어린아이들마냥 붙어 책을 읽는 두 사람을 미소로 바라보았다.

루시퍼가 2층 부엌에서 대량의 수제 초콜릿을 만들던 날이었다. 그는 박 여사가 매던 프릴 달린 흰 앞치마를 매고 있었다. 고려가 그에게 다가와 인상을 찌푸렸다.

"범인이 여기 있었네요?"

부엌 식탁은 가관이었다. 각 단계의 모습을 한 번에 볼 수 있을 정도로 초콜릿이 되어가는 재료들과 완성된 초콜릿이 널려 있었다. 곳곳에 흩뿌려진 코코아 가루가 공기 중에도 떠다니는지 고려는 연신 기침했다.

"무슨 범인 말입니까?"

냄비 속 끓고 있는 생크림에 다크 커버처와 밀크 커버처 초콜릿을 넣어 녹이다 말고 그가 물었다.

"단내를 폴폴 풍기는 범인 말이에요. 사먹다 못해 만들어서
도 먹어요? 아휴, 단내!"

부러 그의 곁에 서서 콧잔등을 찡그리더니 코를 막는 시늉
까지 했다.

"초콜릿, 싫어합니까? 이 환상적인 것을 싫어한단 말입니
까?"

그의 말에 고려는 지독한 것을 보는 눈빛으로 접시 위에 성
처럼 쌓인 초콜릿을 멀찌감치 밀었다.

"너무 달아요."

그녀가 코코아 가루를 손가락 끝으로 콕 집어 입에 넣고는
부르르 떨었다. 그 모습을 보던 루시퍼가 갑자기 바깥 동태를
살폈다. 베란다 쪽에서 박 여사의 콧노래 소리가 들렸다.

"왜요?"

"지금이 기회입니다."

그는 뒤에서 고려의 목과 어깨 사이로 자신의 턱을 끼고 간
질였다. 고려는 치근거리는 그를 떼어내며 입을 틀어막고 웃
었다. 킥킥거리는 소리가 초콜릿 향에 뒤엉켜 부엌을 떠돌아
다녔다.

두 사람의 나날은 별 탈 없이 굴러갔다. 어떤 날은 몹시 평
화로웠다가, 어떤 날은 과하게 달콤했다. 고려는 매일같이 반
짝이는 심장으로 루시퍼를 맞았고, 그는 덤덤한 척 사랑의 암
벽을 오르락내리락하고 있었다.

19번이 상담소를 찾은 것은 영업 마감을 앞둔 늦은 오후였다. 이미 내담자의 번호는 30번대를 지나 40번대에 접어들고 있었다. 루시퍼는 달갑지 않게 19번을 맞았다. 이발하여 정리한 머리, 철에 어울리는 반팔 폴라 티셔츠, 베이지색 면바지 아래 흰 운동화까지. 멀끔한 차림에 멀쩡한 정신으로 찾아온 19번은 고려의 안내를 받고 상담실에 들었다. 루시퍼는 그를 일인용 소파에 앉도록 권했다.

"안녕하셨습니까?"

밝은 음색으로 루시퍼가 물었다. 안녕할 리 없는 19번이 흐릿하게 웃었다.

"무슨 일로 방문하셨습니까?"

마침 마트에 장을 보러 나간 박 여사로부터 늦을 것 같으니 저녁을 둘이서 알아서 해결하라는 연락을 받은 참이었다. 고려와 인근의 식당에서 오붓하게 저녁 식사를 하려던 계획이 19번 때문에 무산되었다. 그는 19번의 가슴 부근에 짧게 시선을 준 다음 손목시계를 들여다보았다. 10분 안에 마무리 짓는다면 고려와 외식하는 기회를 놓치지 않을 수 있었다. 다음 회기 약속을 잡고 돌려보낼 수만 있다면. 마른 입술에 침을 바르며 루시퍼가 19번의 답을 재촉했다.

"무슨 일로?"

19번의 심장은 파랗게 질린 채 깜빡거리고 있었다. 1초에 한 번 정도 사라졌다 나타나길 반복하는지라 눈앞이 어지러웠다. 그는 시선을 19번의 어깨 너머로 두었다. 19번이 못마땅한 얼굴로 느리게 말했다.

"딸아이와 큰 병원에 다녀왔소. 혹여 나도 치매인가 싶어서 말이지. 근래 의식이 흐릿했다오. 잔돈 계산이 안 되고, 아파트 비밀번호도 까먹지. 머리는 무겁고 몸은 더 무거워서 만사가 귀찮아. 의사 선생님 말이 별 문제는 없다지만, 내심 걱정이 되어 찾아왔소. 죽은 아내처럼 나도 치매에 걸리지 않을까, 그러다 자식들에게 버림받지는 않을까⋯⋯. 자식들 불효에 동조하긴 했지만 버림받기는 싫더이다. 딸은 무슨 놈의 건강 염려증이냐고 야단이라 산책 간다고 하고 나왔지요."

루시퍼가 책상 정리를 시작했다. 어지럽게 놓인 화첩을 반듯하게 놓으며 19번의 푸념을 끊었다.

"그러셨군요. 병원에서 문제가 없다는데 괜찮지 않겠습니까? 우선 다음 약속을 잡아야겠습니다. 오늘은 이만 돌아가시고⋯⋯."

느닷없이 19번이 자리를 털고 일어섰다.

"잘못 온 것 같소."

"상담소가 맞습니다. 내일 오시는 것은 어떠십니까?"

천진한 루시퍼가 웃으며 따라 일어섰다. 그는 이대로 19번이 상담소를 나가주기를 바랐다.

"젊은 선생, 행복하시오?"

상담실을 나가려다 말고 19번이 돌아서 루시퍼에게 물었다.

주객이 전도된 모양새로 루시퍼는 물끄러미 섰고 19번이 대화를 이끌어갔다.

"행복해 보이니 한마디만 하겠소. 행복은 죽은 생선 같아서 파리가 꼬이니 조심해야 할 거요. 파리를 신경 쓰다 보면 생선이 눈앞에 있다는 걸 종종 잊거든."

그는 19번의 괴상한 말에 홀렸다. 인간의 행복이 죽은 생선 같다고? 루시퍼에게 19번의 행복론은 어려운 시 같았다. 뜻을 파악하기는 어려우나 물씬 풍겨오는 분위기가 마음에 들었다. 옛날이야기 마니아인 그에게 새로운 놀이거리가 생긴 것처럼 흥미가 일었다.

"그만 가야겠소."

19번이 상담실 문손잡이를 잡자 다급해진 루시퍼가 그를 붙잡았다. 조금 더 행복에 대해 듣고 싶어진 것이다.

"상담해드리겠습니다. 저와 이야기하시지요. 저는 전문가입니다."

신뢰할 만한 낮은 목소리로 19번의 마음을 돌려세우려 했지만 무리였다.

"그래요, 전문가 양반. 전문가니 책에 쓰여 있는 대로 내 이야기를 잘 들어주겠지. 그런데 말이오. 나는 여기 허한 곳을 이해해줄 사람이 필요하다오."

19번이 가슴 위에 한 손을 얹고 서서 루시퍼를 쳐다봤다. 그의 검버섯 피고 핏줄이 붉어진 손등을 보며 루시퍼는 눈썹을 모았다. 그가 한숨 섞어 말했다.

"불행한 사람의 위로가 필요한 거요. 다시 올 생각은 없소. 잘 있으시오."

이윽고 19번이 허리 숙여 인사하고 상담실을 나가버렸다. 밖에서 19번을 붙잡으려는 고려의 목소리가 들렸다. 현관문 종달새가 시끄럽게 울고 얼마 지나지 않아 그녀가 상담실로 쫓아 들어왔다.

"바로 가신 거예요? 왜요?"

"나는 안 된답니다."

루시퍼는 털썩 의자에 걸터앉았다. 고려가 벙긋거리던 입을 닫고 자리를 비켜주었다. 19번의 상처를 치유하고 말고는 더 이상 그에게 중요하지 않았다. 루시퍼는 쏟아진 앞머리를 검지로 선을 긋듯 제자리로 돌려놓았다. 그는 제 어깨를 감싸 안으며 중얼거렸다.

"행복한가, 나는. 여기서?"

그는 책상에 엎어져 행복에 대해 생각하다가 고려의 얼굴이 떠올랐다. 그녀라면 행복에 대한 답을 줄 것만 같았다.

・━━▶▶▶♥◀◀◀━━・

루시퍼와 내가 머리를 맞대고 생각한 끝에 산책길에 상담소를 홍보하는 전단지를 돌리기로 했다. 검은 길을 지나 남영 아파트 단지를 속속들이 휘젓고 다니며 남몰래 전단지를 붙였다. 망을 보는 것은 루시퍼의 일이었다. 허술한 전단지를 보고 찾아오는 내담자들이 생겼다. 그들은 층간 소음과 흡연에 시달려 골머리를 썩는 아주머니, 아이의 미래를 두고 다투는 젊은 부부, 숫자 때문에 자존감이 추락한 만년 2등 고등학생, 군 입대를 앞두고 심란한 대학생 등이었다. 그렇게 내담자 30번 대에 접어들고 있었다.

우리의 산책은 밤마다 계속되었다. 루시퍼는 현관에서 나를 기다리는 시간이 늘었고, 나는 치장에 공을 들였다. 옅은 화장을 하고 은은한 머스크향의 바디 미스트를 뿌렸다. 그의 조언대로 정수리에는 향수를 뿌리지 않았다. 입고 나갈 옷을 하룻밤 전에 챙겨놓았으며 거울을 보는 시간이 늘었다. 아우, 귀찮아. 내가 이 짓을 또 하고 있네. 그렇게 투덜대며 웃는 내가 나쁘지 않았다.

바삭 마른 공기를 가르며 우리는 장미 없는 장미 길을 걸었다. 화려함이 가신 한적한 길은 그 나름의 정취가 있었다. 그의 걸음에 맞춰 나는 열심히 걸었다. 습관적으로 빨라지는 그의 걸음 탓에 좀처럼 거리가 좁혀지지 않았다. 그럴 때면 문득 궁금했다. 그와 내 마음의 차이가. 나는 아무 일도 없는 척 종종거리며 보폭을 맞추었다. 조심스레 그의 팔뚝을 쓸어내렸다. 손을 잡을까 말까 꼼지락거리고 있노라니 그가 내 손을 잡았다. 우리의 손가락이 알맞은 자리에 끼워졌다. 그의 손은 여전히 겨울이었고, 나만 덩그러니 여름의 손으로 그를 더듬고 있었다.

"할아버지 때문에 그래요?"

그의 머리 위에 먹구름이 낀 것은 19번 할아버지가 다녀간 뒤부터였다. 영영 오지 않을 것 같던 할아버지가 상담을 받지 않고 돌아간 뒤 그는 우울해 보였다. 그의 손을 힘주어 잡았다. 그 역시 맞잡은 손에 힘을 주었다. 안정감을 느끼며 다른 한 손으로 맞잡은 그의 손등을 쓰다듬었다. 얇은 금속이 나의 손바닥을 부드럽게 긁었다. 긁힐 때마다, 대수롭지 않던 상처가 벌어졌다. 시작할 때는 문제 되지 않던 그것이 감정의 가운데를 가로지르자 문제가 되었다. 무슨 사연이 있는 반지일까. 잊지 못할 여자라도 있는 걸까. 루시퍼는 자신에 대한 이야기를 많이 하지 않았다. 다른 건 모르겠지만 반지에 대해서는 짚고 넘어가지 않을 수 없었다. 넌지시 물어볼 생각으로 입을 다시고 있었다.

"행복이 뭐라고 생각합니까?"

그가 선수를 쳤다. 나는 허투루 답하지 못하고 생각에 잠겼다. 그의 질문에 알맞은 대답을 하고 싶었다. 그가 행복도 모르는 여자의 손을 잡고 있다고 생각해버릴까 봐, 못 배운 여자라 무시할까 봐 대답을 쥐어짰다.

"저, 저, 점이요. 아니면 티끌?"

자기 철학에 확신을 갖고 사는 여자로, 긍정의 힘을 널리 전하는 성녀로 보이고 싶었다. 그러나 나의 실상은 삐딱한 데다 앙상했다. 있는 그대로 보여주고 싶지 않았다. 그의 마음에 들 만한 대답을 짜내고 싶었다. 사랑은 거짓말을 만들어내는 기계와 같고, 좋은 것과 정제된 것만을 상대에게 전하려 하는 몸짓이 SNS를 닮았다. 나는 반쯤 정신을 놓고 지껄였다. 어디선가 들은 이야기를 내 것처럼 고쳐 말하고 있었다.

"작은 점이 모여서 선이 되고, 티끌 모아 태산이 된다니까. 사소한 것들이 모여서 행복이 되는 게 아닐까……."

행복은 무슨, 내 안의 또 다른 내가 콧방귀를 뀌었다. 세상에는 온갖 종류의 사람들이 있다. 그들을 무기에 비유하자면 수도 없이 많을 것이다. 도끼, 창, 도, 검, 총, 방패……. 나는 그중 양날 검이다. 양날 검은 양손잡이가 쓸 수 있고, 베는 것뿐만 아니라 찌를 수도 있다는 유용성이 있다. 그러나 한쪽 날만 사용하는 도(刀)와 베는 위력을 비교한다면 당해내지 못할 터. 양날 검은 욕심이 담긴 무기다. 단순히 찌르고자 하면 창으로 충분할 텐데 찌르면서 베고 싶고 창처럼 너무 길지 않았으면, 더해서 폼이 나기를 바라는 요건들을 충족시키려 한다. 양날 검은 찌를 때가 아니고서야 양쪽 날을 모두 사용할 수 없다. 베기 위해서는 어떠한 한 면을 이용해야 한다. 하지만 나는 선택의 기로 앞에서 양면 모두 가질 수 있다고 착각하며 산다. 희망을 믿지 않으면서 희망을 꿈꾸는, 비관하지만 마냥 비관하지 않는 아이러니가 나의 양날 검이었다. 더는 누군가의 말을 끌어와 쓸 수 없어 포기했다.

"솔직히 모르겠어요. 갑자기 웬 행복 타령이에요?"

"내가 행복한 건지 모르겠습니다."

행복한지 모르겠다는 그의 목소리가 머리 위로 떨어졌다. 가슴이 무너지려는 것을 억지로 일으켜 세웠다. 나는 그의 말을 나만의 필터로 돌렸다. 과하게 해석하여 내 마음에 상처를 내고 싶지 않았다. 침묵의 죄인가. 그가 심오한 구덩이를 파고 나를 집어 던졌다.

"행복에 대한 당신의 정의는 무엇입니까?"

구덩이를 어떻게 기어 나올지 기대하는 그의 눈빛을 피할 수 없었다. 나는 정직하게 말했다.

"감정의 하나라고 생각해요. 왔다가 사라지고, 사라졌다가 찾아오는 것. 감정이 다 그렇잖아요. 우울이나 기쁨이 영원하면 병이죠. 당연히 왔다 갔다 하는 감정을 인생 목표씩이나 되는 걸로 못 박아두고 매일 행복해야지, 오늘 아니면 내일 행복해야지…… 이상하잖아요. 나는 행복만 쫓으면 불행에 더 가까워지는 것 같아서 싫어요."

그의 짙은 눈썹이 일자로 펴졌다. 애정 전선에 별 탈은 없었던지, 나의 어설픈 말이 그에게 먹힌 모양이었다. 몰래 한숨을 내쉬었다.

"당신은 지금 행복합니까?"

한 고비 넘겼나 했더니 생각지 못한 곳에서 지뢰가 터졌다.

이거 자칫 잘못하면 삐치는 거 아니야? 나는 얼른 깍지 낀 손을 들어 올리며 답했다.

"그럼요."

훗날 어떻게 될지 모르겠다고 말하면 삐치겠지. 나는 최대한 얼굴 근육을 많이 사용해 웃어 보였다. 그가 목소리를 낮춰 속삭였다.

"두렵지 않습니까? 잡았던 행복을 놓칠세라, 큰 행복 뒤에 큰 불행이 따를세라."

당신은 행복해지는 것이 두렵나요? 물어보지 못한 질문을 안고 나는 그의 눈을 바라보았다. 까만 동공 안에 언뜻 내 모습이 비쳤다. 그 안에 있는 나는 두려워하는 사람일까? 그래서 희망을 믿지 않고, 불행을 가까이 끌어다놓고 사는 걸까? 그는 왜 하필 나 같은 사람에게 행복을 묻는 걸까? 루시퍼는 불안정해 보였다. 다가오는 빛이 두렵다는 사람에게 나는 모질게 말하지 못했다. 최대한 긍정적인 말을 꺼내놓지만 장담할 수 있는 일은 없었다. 다만, 진정 그러기를 빌어보는 수밖에.

"행복하지 않은 순간이 모조리 불행으로 이어지는 건 아니에요. 오늘 기뻤다고 내일 반드시 슬퍼지는 게 아닌 것처럼 행복과 불행의 틈바구니에 다양한 감정들이 있어요. 그러니 잡았던 행복을 잠시 놓아도 괜찮아요. 붙잡고 있으려 할 때보다 잘 보내줄 때 행복은 금방 돌아오니까."

"그럼 나도 행복합니다. 당신이 내 손을 잡고 있으니까."

루시퍼의 미소를 보고 한 시름 놓았다. 그가 걸음을 옮겼다. 정면을 주시한 그를 훔쳐보았다. 그의 질문이 내 안으로 옮겨왔다. 그는 나를 완전히 안도하게 만들지 못했고, 나는 여전히 겉돌며 살고 있었다. 내 몸 어딘가에 구멍이 뚫려 좋은 것들이 슬슬 빠져나가버리는 나날의 연속인데 나는 행복한가? 지금 충분히 만족스러운가?

ᐧ ᐧ ᐧ ᐧ ᐧ ♥ ᐧ ᐧ ᐧ ᐧ ᐧ

고려는 19번과의 일을 무척 궁금해했다. 일찍 물어봤다면 말해주었을 텐데, 그녀는 항상 묻고 싶은 것을 오래 참았다. 그는 19번과 있었던 이야기를 해주었다. 끝까지 들은 고려가 그의 등짝을 갈겼다. 그는 상체를 뒤틀었다. 없던 날개가 다시 뽑히는 줄 알았다. 루시퍼의 와인색 린넨 셔츠가 그녀의 손바닥에 착 감겼다.

"에, 헤이! 못됐어, 정말!"

"내가 잘못한 겁니까?"

비명 대신 눈가에 눈물을 훔치는 그를 보고 고려가 땍땍거렸다.

"이봐, 이봐! 쑤신 사람은 모른다니까. 아픈 사람만 고생하는 거지. 자, 내가 적당한 예를 들어줄게요. 내가 죽었다고 칩시다. 나를 다시는 못 만나는 거예요. 그럼 기분이 어떨 것 같아요?"

루시퍼에게 유한과 무한의 경계는 확실하게 그어진 선이 아니었다. 그는 갖은 상상력을 동원했으나 역부족이었다.

"모르겠습니다."

고려는 기괴하게 얼굴을 일그러뜨린 채 되물었다.

"몰라? 내가 죽는다는데 몰라?"

"미안합니다."

"이별해본 적 없어요?"

"가족과 이별하기는 했습니다."

말문이 막힌 고려는 삐죽 나왔던 입술을 말아 다물었다. 루시퍼가 되물었다.

"왜 아무 말도 안하는 겁니까?"

"미안해요. 아픈 곳을 건드릴 생각은 아니었어요."

그는 무엇이 미안하고 무엇이 아픈 것인지 몰라 생각나는 것을 모두 꺼내놓았다.

"여동생의 일이라면 크게 신경 쓰지 않아도 됩니다. 아, 남동생 일도 별것 아니고 말입니다."

"남동생도 있었어요?"

하연에게는 여동생이 있었고, 루시퍼에게는 쌍둥이 남동생이 있었다. 다른 인간들과 어울릴 때는 단 한 번도 꼬이지 않던 노선이 고려의 앞에만 서면 꼬였다. 그는 하연의 삶을 흉내 내야 했는데, 그녀 앞에서만 본연의 모습이 드러나고 말았다.

그가 황급히 말꼬리를 돌렸다.

"내게 이별은 극적이지 않습니다."

그녀의 눈동자가 빠르게 흔들렸다.

"안 되겠네! 우리 이별을 배웁시다!"

그녀의 목소리만 들어도 포부가 느껴졌다. 루시퍼는 이별을 배우자는 말이 영 탐탁지 않았다. 고려가 손바닥을 루시퍼의 코앞에 펼쳐 보이며 단호하게 말했다.

"이별했던 기억을 떠올려보자고요. 눈 감고!"

장미 길 가운데 서서 루시퍼는 순순히 눈을 감았다. 제대로 가르쳐주겠다며 이별을 고하기 전에 그녀의 말을 잘 따라야 할 성싶었다. 그는 과거의 기억을 더듬었다. 동생은 고향을 저버린 채 춥고 뜨거운 세계로 가는 형을 안타깝게 생각하지 않았고, 당시만 하더라도 형인 루시퍼는 동생과 아버지가 있는 고향을 아쉬워하지 않았다. 그리고 그의 무조건적인 편, '밤의 마녀' 릴리스. 릴리스는 루시퍼 없는 지옥에서 무얼 하고 있을까. 성미 급한 고려가 루시퍼의 회상 속으로 끼어들었다.

"어때요?"

"이별은 사탕 같군요. 천천히 녹아 없어질 뿐 흔적을 남기지 않으니 말입니다."

그녀가 골이나 돌아섰다. 화가 난 아이마냥 발에 힘을 주어 땅을 디뎠다. 같이 가자는 그의 말도 무시한 채 고려는 홀로 상담소로 돌아가버렸다.

짧은 냉전 기간이 있었다. 루시퍼와 고려의 소리 없는 전쟁은 출장 상담으로 풀어졌다. 장미 슈퍼에 점심을 먹으러 다녀온다던 고려가 헐레벌떡 뛰어와 상담실 문을 열어젖혔다. 점심시간이 30분이나 남아 있었다. 모바일 인터넷 검색 창에 '삐친 여자 친구 달래기'를 쓰고 있던 루시퍼는 화들짝 놀라 휴대폰을 책상 위에 뒤집어놓았다.

"무, 무슨 일입니까?"

상담소에 얼마나 찾아오는 이가 없었으면 저렇게 입고 있을까. 루시퍼는 여름 운동복차림의 고려를 처량하게 바라보았다.

"어서 일어나봐요. 갈 데가 있어요. 루시퍼 가방 없어요?"

고려가 부산스레 그의 가방을 찾았다. 붙박이장처럼 상담실에 처박혀 있는 그에게 가방이 있을 리 없었다. 책상 앞에 버티고 선 루시퍼가 미간을 모으며 캐물었다.

"어디로 간다는 겁니까?"

"남영 아파트요. 출장 갈 거니까 필요한 것 좀 챙겨봐요."

길게 설명할 틈이 없다고 했다. 내일이면 할아버지가 요양원으로 가버린다며 서두르라고 명령했다.

"할아버지?"

되묻는 그에게 고려가 성질을 냈다.

"19번!"

워낙 무섭게 으르렁거리는 터라 하는 수 없이 루시퍼는 계약서를 꼬깃꼬깃 접어 바지 뒷주머니에 넣었다. 만년필을 회색 셔츠 앞주머니에 꽂자 그녀가 루시퍼를 상담실 밖으로 내몰았다. 남영 아파트가 보이는 대도로가 횡단보도에 설 즈음에야 고려가 앞뒤 사정을 말했다. 가쁜 숨을 몰아쉬느라 축약된 그녀의 말에 따르면, 상담소를 방문한 다음부터 19번의 상태가 나빠졌고 치매로 판정되어 자식들이 그를 요양원에 보내기로 했다는 것이다. 슈퍼 아줌마를 통해 알게 되었단다. 횡단보도에 파란 불이 들어오길 기다리며 루시퍼가 되물었다.

"그게 뭐 어쨌다는 말입니까?"

"아줌마 말이 가끔 거스름돈 계산을 틀리시고 건망증처럼 깜빡깜빡 하시긴 했지만 정정하셨다고 했어요. 게다가 병원 다녀오셨잖아요. 큰 문제 없다고 했는데 치매로 요양원에 가시게 된다니까……."

"자식들을 의심하는 겁니까?"

고려는 시원하게 답하지 못했다. 때마침 파란 불이 들어왔다. 그녀가 날래게 뛰어가며 손짓했다. 그는 부득이 뜀박질을 계속했다. 19번이 사는 남영 아파트는 대체적으로 평수가 작았다. 중산층의 독거노인이 주로 기거했고, 집을 오래 비우는 젊은 직장인이 드문드문 살았다. 빈집이 많아 썰렁한 분위기였다. 고려와 루시퍼는 엘리베이터를 타고 올라갔다. 19번의 집은 F층, 닭장 같은 좁은 복도 끝에 위치한 가장 안쪽에 위치했다. 고려가 19번의 집 앞에 루시퍼를 데려다놓았다. 그는 난

감한 얼굴로 회유를 시도했다.

"굳이 이렇게까지……."

고려는 그를 무시하고 냅다 초인종을 눌렀다. 문이 열리자 19번의 딸이 나왔다. 펑퍼짐한 초록색 블라우스가 누렇게 뜬 그녀의 낯빛과 어울리지 않았다.

"15분 드릴게요. 아버지 떠나기 전에 인사하시는 거라고 했으니까 다른 수작은 마시고요."

마뜩치 않는지 문틈 사이에 서서 약속을 받아냈다. 들어오라는 손짓에 고려가 루시퍼의 어깨를 치고 안으로 들어갔다. 문을 열자 비릿하고 큼큼한 냄새가 났다. 그는 코를 잡은 채 신발을 벗었다. 싱크대에 씻지 않은 식기들이 음식물과 뒤엉켜 그대로였다. 그는 다른 놀라운 것을 발견하게 될까 봐 고려의 뒤통수만 보고 따라 걸었다. 19번의 침실 앞에 당도하자 여자가 방문을 열어주며 신신당부했다.

"15분이에요. 길 건너 슈퍼에 다녀올 테니 이야기 나누고 계세요."

쌩하니 등 돌리고 사라지는 모습을 끝까지 지켜본 후, 고려가 루시퍼를 침실 안으로 밀어 넣었다.

"시간을 끌어볼게요. 진짜 치매가 맞는지 알아보란 말이에요. 할 수 있죠?"

"난 의사가 아닙니다. 차라리……."

그의 뒷말이 또 씹혔다. 마왕을 이렇게 박하게 대하는 것은 고려뿐이었다. 방 안으로 밀려들어간 루시퍼의 코앞에서 매몰차게 문이 닫혔다.

"뉘시오?"

19번이 침대에 걸터앉아 그에게 말을 붙였다. 루시퍼는 상담에 들어가기에 앞서 창문을 열었다. 쾌쾌한 공기에 19번의 몸 냄새가 섞여 숨쉬기가 어려웠다. 환기를 시키며 생각을 정리했다. 그는 갇혔고 문밖에는 고려가 지키고 서 있었다. 루시퍼가 19번 앞에 섰다. 19번은 흐릿한 눈을 비비며 딴소리를 했다.

"식이 왔냐?"

19번의 상처는 그날과 다르지 않았다. 다만 깜빡이는 속도가 빨라져 있었다.

"요양원에 간다고 들었습니다."

19번이 일어나 창가로 걸어갔다. 걸음걸이가 힘겨워 보였다. 그를 따라 창가에 선 루시퍼가 질문을 던졌다.

"도와드릴 수 있습니다만, 원하십니까?"

19번은 멍하게 창밖을 내다보았다. 허공의 무언가가 19번의 주의를 몽땅 빼앗아간 듯 서 있었다.

"지난번 생선에 대한 이야기를 해주시면 도와드리겠습니다. 어떻습니까?"

그의 거래 제안에 19번은 미동이 없었다. 루시퍼는 손목시계를 확인했다. 아무것도 하지 않았는데도 시간은 잘 지나가고 있었다. 마침 방문을 연 고려가 멀뚱히 선 그를 보고 나무랐다. 그가 두 손을 들고 항의했다.

"도움 따위 필요 없다고 말하고 나간 이 늙은 인간을 내가 왜 도와주어야 합니까? 내게 애걸복걸하는 것도 아닌데 친히 출장까지 와서!"

고려는 밖의 동태를 살피다 방 안으로 들어왔다. 그의 어깨 너머로 돌처럼 굳어 창밖만 바라보는 19번을 힐끔 보더니 그녀가 낮게 속삭였다.

"슈퍼 아줌마가 할아버지 따님 분을 붙잡고 있다고요. 딴청 피울 시간 없어요. 이렇게 날 실망시킬 거예요?"

"내게 이 자를 도울 이유가 없습니다."

"불쌍한 사람을 보고 돕지 않는 건 사람도 아니에요!"

"난 사람이 아닙니다!"

이번에는 루시퍼도 지지 않고 화를 냈다. 맞는 말이었으나 통하지 않았다.

"나도 따뜻한 사람은 아니에요. 계산적이고 내 몸부터 사리죠. 그런데 당신이 좋아지고 난 뒤로 따뜻한 사람이 되고 싶어졌어요. 루시퍼도 그랬으면 좋겠고요. 저분이 당신 아버지라고 생각해봐요."

"그럴 리가 있겠습니까? 그 꼬장꼬장한……."

"아니면 내 아버지라고 생각하든가요."

그녀가 '당신을 믿는다'는 말로 주문을 걸며 나갔다. 19번과 마주 선 루시퍼는 심호흡했다.

"당신을 치유하긴 할 겁니다. 그녀의 아버지라고 가정한다면 안 도울 수 없으니."

"뭘 도와?"

19번이 하품을 하며 나른하게 물었다.

"이름 쓸 수 있겠습니까?"

"내 이름? 쓸 수 있지."

"자식들이 당신을 요양원에 버린다고 합니다. 막아줄 테니 서명하십시오."

엉거주춤 섰던 19번은 침대에 걸터앉으며 말없이 창밖으로 시선을 옮겼다. 이런 방법으로는 서명은커녕 대화도 어려울 듯싶었다. 루시퍼는 꾀를 냈다.

"순심 씨가 보내서 왔습니다. 선물 전해드리라고 하는데, 서명을 하셔야 받을 수 있습니다."

19번이 눈을 감았다 떴다. 맑아진 표정으로 그를 돌아보며 되물었다.

"으응? 순심이가?"

루시퍼는 얼른 종이와 만년필을 내밀었다. 19번은 제 이름을 쓰는 것이 어색한지 입꼬리를 씰룩거리며 받아들었다. 침대 위에서 백지에 한 자 한 자 정성스럽게 이름을 썼다. 종이가 울어 삐뚤빼뚤한 이름 세 자가 완성되었다. 19번이 제 이름을 물끄러미 내려다보다 종이를 곱게 접어 만년필과 함께 루시퍼에게 내밀었다. 루시퍼가 19번에게 다가가며 말했다.

"순심 씨의 선물을 드리겠습니다."

방문이 열렸다. 뛰어 들어온 것은 19번의 딸이었다. 실랑이 끝에 지고 만 것인지 분한 표정의 고려가 뒤따라왔다. 루시퍼는 곤히 잠든 19번의 이불 위를 다독이며 일어섰다. 다행히 모든 절차가 끝난 뒤였다. 그가 느긋하게 웃으며 반겼다. 여자가 별안간 눈을 부릅뜨며 쏘아붙였다.

"15분이라고 했죠!"

30분이 지나 있었다.

"15분 전부터 잠에 들었으니 나와 대화를 한 것은 정확히 15분이 맞습니다. 그쪽이 늦게 온 거 아닙니까?"

루시퍼는 고려를 옆구리에 끼고 19번의 집을 나섰다. 아파트를 빠져나와 횡단보도에 멈춰 서자 고려가 그의 품에서 떨어져 나왔다. 아쉬워 눈꼬리를 내리는 루시퍼를 보고 그녀가 눈을 반짝이며 칭찬했다.

"심리상담사가 치매도 고칠 수 있는지 몰랐어요."

"치매가 아닙니다."

그녀의 경악과 동시에 파란 불이 들어왔다. 둘은 횡단보도를 건너며 이야기를 이어나갔다.

"그자에게 치매와 닮은 증상이 있기는 했습니다. 노인 우울증 원인 중 20퍼센트가 배우자 사별입니다. 노인 우울증이 깊어지면 간혹 치매와 흡사한 증상들이 나타날 수 있습니다. 큰 병원에서 정밀검사를 했다면 생물학적인 문제가 아님을 알 수 있었을 겁니다."

"생물학적인 문제?"

"뇌세포 손상이 없다, 뭐 그런 말입니다. 19번은 가성치매입니다. 가짜 치매라고하면 이해가 빠르겠습니다. 치매와 증상이 비슷해 보이지만 다릅니다. 잃어버린 최근의 기억을 어떻게든 짜 맞추려는 치매 환자들과 달리 노인 우울증 환자들은 쉽게 모른다는 대답으로 일관합니다. 또 우울증이 치료된다면 기억력뿐만 아니라 모든 인지기능이 회복됩니다. 일상으로 돌아갈 수 있다는 말입니다."

루시퍼는 마음의 상처를 치유하는 능력이 있을 뿐, 신체의 손상으로 인한 정신 질환은 손댈 수 없었다. 가능했다면 제일 먼저 박 여사의 치매를 고쳐주었을 것이었다. 박 여사는 천천히 자연으로 돌아가는 중이었다. 그녀의 정신은 육신을 앞질렀다. 기억이 먼저 사라지고 인지력이 그 뒤를 뒤따르는가 싶더니 가끔은 제 몸을 가누지 못하기도 했다. 인간에게 백 세 시대가 도래했다지만 박 여사에게는 해당사항이 없었다. 고려는 전혀 눈치채지 못했지만 박 여사의 증상이 악화되고 있었다. 손뼉을 치며 신기해하는 고려를 향해 루시퍼가 으스댔다. 장미 길에 접어들자 그가 질문을 쏟아냈다.

"그런데 아까 말한 따뜻한 사람은 어떤 사람입니까?"

당황한 고려가 돌아보며 애매하게 답했다.

"좋은 사람?"

"좋은 사람은 어떤 사람입니까?"

"깊이 생각해보지는 않았는데요."

"어떤 사람이 좋은 것인 줄도 모르고 산단 말입니까?"

"그, 그거야 사람마다 다르니까⋯⋯."

"자기만의 정의가 있어야 하지 않겠습니까?"

고려는 입술을 쭉 내밀고 피, 피 거렸다.

"좋은 게 좋은 거라고 치고. 왜 좋은 사람이 되고 싶어진 겁니까? 내가 좋은 사람이 되어야 하는 이유가 뭡니까?"

고려의 말이 내심 마음 구석에 걸려 있던 탓이었다. 검은 길을 지나 상담소 건물이 보였다. 이마에 흐른 땀을 훔쳐내며 그녀가 말했다.

"좋은 사람이 많아지면 좋은 세상이 되지 않을까요? 좋은 세상이 되어야 나중에라도 우리⋯⋯. 아이, 몰라요!"

그녀는 얼굴을 붉히더니 루시퍼를 밀치곤 냅다 달려가버렸다.

3

일기장 속 당신

시계에서 일기장으로 시선을 옮기길 몇 번 했더니 그가 돌아올 시간이다. 일기장은 잘 읽히지 않는다. 지루하다. 그만 읽을까. 나는 엉거주춤 일어선다. 일기장을 들고 주변을 돌아본다.

거실이 어둡다. 목이 마르다. 거실 불을 켜고 부엌으로 갈 생각이다. 빨간 일기장을 무심히 소파 위에 던진다. 일기장은 소파의 가장자리에 부닥치고 바닥으로 떨어진다. 떨어진 일기장이 쥐덫처럼 입을 꽉 다문다. 읽었던 자리를 표시하지 않았다는 생각에 화들짝 놀라 얼른 집어 들자, 일기장은 얇은 종이 하나를 툭 뱉는다. 흰 종잇조각이다. 뒤집었더니 이상한 사진이 보인다. '우리 세 사람'이라는 글귀에 알맞게, 사진 속에 세 사람이 있다.

나는 바닥에 주저앉아 사진을 뚫어져라 본다. 그에게 전화를 건다. 그가 귀가할 시간까지 기다릴 수 없었다. 그 여자가 인화한 사진일까? 아니면 그가? 누구든 무슨 의도로 일기장에 끼워둔 것인지 모르겠다. 마치 내가 보기를 바라는 것처럼 느껴져, 등골이 오싹하다. 이 사진이 발견되길 바란 사람은 그 여자일까, 그일까. 신호음이 흐르고 그가 전화를 받는다.

"여보세요? 현정아, 왜? 무슨 일 있어?"

다정하고 느린 그의 말씨 끝에 짜증이 묻어 있다. 내가 예민해서 그렇게 느꼈는지도 모른다. 감정은 상황을 있는 그대로 받아들이게 놔두지 않을 테니까. 그래, 그런 것뿐이야. 나는 태연함을 가장해 말한다. 그에게는 엉뚱한 소리로 들리겠지만, 내게 가장 중요한 말이다.

"서재 정리하다 빨간 일기장을 찾았어."

그의 뒤로 낯선 소음들이 들린다. 조용한 공간에서 오는 부산스러움.

"여기 당신이 있어."

대답이 없다. 나의 정신은 소음들 사이를 누비다 돌아온다. 그의 등 뒤로 펼쳐진 세계를 그려보다 주저하길 몇 번. 그가 답했다.

"뭐라고?"

"루시퍼, 알아?"

그의 반응을 기다리며 짧게 끊어 말한다. 소란한 침묵. 그를 두고 그의 배경은 활기차게 돌아가고 있다. 그의 침묵이 버거워 나는 혼자 지껄인다.

"어떤 여자가 쓴 일기장인데, 거기 당신이 나왔다고."

일기장 속 '우리 세 사람'에 어울리는 사진 한 장. 찾아 헤매던 '그'를 일기장 속 사진에서 만난 후로 온갖 상상이 이어졌다. 잊지 못할 첫사랑? 아니, 깊은 사이가 아니었다면 과연 은밀한 일기장을 그에게 주었을까. 나를 만나기 전에 그와 아프게 이별한 여자? 얼마나 사랑했기에 예비 신혼집에 옛 여자 일기장을 가져다놓았나. 과거에 두고 온 여자라면 넘어가줄 수 있었을 것이다. 그런데 옛 여자의 일기장을 내가 발견하다니. 이 일은 더 이상 과거에 국한된 것이 아니다. 사진 속 두 남자 중 한 사람은 분명히 그다. 그리고 고려, 그 여자. 나는 짧게 입맛을 다신다. 그가, 그녀가 나의 세계를 짓밟으며 들어온다.

"현정아,"

"내 이름 부르지 말고 답만 해. 이 여자, 누구야?"

"현정아, 그게 아니라……."

"여기 사진도 있어."

"사진…… 봤어?"

봤냐고? 그 사진의 존재를 알았어? 알고도 일기장에 고이 모셔둔 거야? 왜 버리지 않았어! 내가 보지 못하게 왜 치워두질 않았어! 왜 나 혼자 서재 정리를 하도록 둔 거야……. 청혼해놓고 날 외롭게 방치한 이유가 그 여자 때문이었니? 그 여자를 잊지 못해서? 고요한 분노가 소용돌이친다.

"그래서 나랑 결혼하려던 거니?"

나도 모르게 와락 무너진다. 고함을 치고 보니 무너져 있다. 그에게 어떻게 된 일이냐고 묻지 않는다. 이미 그는 어떻게 된 일인지 설명하기 위한 말을 고르고 있을 것이다.

"금방 갈게. 기다려."

나는 기다리겠다고 한다. 최대한 빨리 올 수 있다면 좋겠다고 덧붙인다. 속에 쌓아둔 말이 내 발 아래로 와르르 쏟아진다. 쏟아진 것들을 마음의 상자 안에 잘 정리해두었다가 그가 오면 모두 꺼내야지. 그런 생각으로 심호흡을 고른다. 관자놀이가 지끈거리고 얼굴에 열기가 오른다. 나는 금방 눈물이 흘러도 이상할 것 없는 환경에 굴하지 않으려 안간힘을 쓴다.

부엌에서 냉수 한 잔을 마시고 거실 소파로 돌아온다. 그가 오기 전까지 나머지 일기를 읽을 생각이다. 읽던 장을 끝내고 중요한 그의 이름을 찾아 몇 장을 더 넘긴다. 그리고 그가 등장하는 장면부터 읽기 시작한다.

내담자가 아닌 방문자. 한 남자가 나를 찾아왔다. 우지만, 그가 자신을 소개했다.

❧

내담자가 아닌 방문자. 한 남자가 나를 찾아왔다. 우지만, 그가 자신을 소개했다.

"처음 뵙겠습니다. 우지만이라고 합니다."

흰 얼굴에 흰 손. 그가 악수를 청했다. 막바지 더위에 새카맣게 탄 사람들의 얼굴만 마주하던 나는 안내 데스크에서 나오지 않고 멀뚱히 바라보았다. 대기실이 어두워 그렇지, 밖에서 만났다면 환하게 반짝였을 새하얀 남자였다. 그가 웃자 쌍꺼풀 또렷한 큰 눈이 반달로 접혔다. 나는 작게 머리 숙여 인사하며 그의 손을 잡았다.

"어서 오세요. 예약하셨나요? 아니면 예약하러?"

립스틱이라도 바르고 있을걸. 뜻밖의 손님맞이에 들떠 화장하지 못한 얼굴을 후회했다. 남자가 다른 한 손을 내 손 위에 포갰다. 그의 손바닥이 뜨끈했다. 그가 한동안 나를 물끄러미 내려다보다 말을 이었다.

"만나 뵙고 싶었습니다."

루시퍼처럼 마른 몸매를 갖고 있으나 그보다 키가 커 보였다. 남자의 도톰한 입술과 코볼, 날 서지 않고 둥그렇게 휘어지는 턱선 덕분에 루시퍼와는 반대로 선한 느낌이었다. 상갓집에 가더라도 실례가 되지 않을 검은 정장 차림의 루시퍼, 흰 차이나 넥 반팔 셔츠에 청바지를 입은 청순한 남자. 누가 보아도 천사와 악마. 어디서 이런 천사가 왔나, 감격하고 있노라니 그가 기분 좋은 말을 꺼냈다.

"저희 형이 여기 직원이 예쁘다기에 찾아와봤습니다."

"그 형님, 보는 눈 있으신가 보네요. 언제 저희 상담소에 오셨대요?"

"정확히는 형이 아니고, 형 여자 친구가……."

"그분이 상담을?"

"그분 조부님이 최근 상담 받으셨던……."

"아, 40번 할아버지!"

번뜩 생각나 큰 소리로 손뼉을 쳤다. 여든이 넘은 백발의 할아버지는 정부에서 제공하는 공공임대주택에 사셨다. 외손녀와 함께 왔는데 할아버지가 손녀를 어색해하는 것이 인상 깊어 기억하고 있었다. 할아버지를 모시고 온 손녀는 단발머리펌이 잘 어울리는 젊은 여자로 할아버지가 상담 받는 동안, 나와 이야기를 나누었다. 이 예쁘장한 손녀는 어머니와 아버지가 이혼하여 따로 살았지만, 여섯 살까지 할아버지의 손에 컸던지라 장성하여 할아버지를 찾은 것이었다. 그때, 할아버지와 서먹한 손녀의 속사정도 들을 수 있었다.

할아버지는 임대주택에 기거하는 친구분들 사이에서 장기간 왕따를 당했다. 따돌림의 이유인즉 자식들이 그를 찾아오지 않는다는 것. 두 아들 모두 형편이 녹록지 않아 명절에도 할아버지를 찾지 못한 탓이었다. 그것을 이유로 자식들에게 버려진 아비라며 인신공격 당했단다. 여러 해, 돌아오는 명절마다 안에서 문을 걸어 잠그고 고향 떠난 척을 했다던 할아버지. 주도권 잡기를 잘하는 옆집 할머니가 그 사실을 알고 그를 거짓말쟁이로 내몰았다. 제대로 먹지 못하고 자지 못해 건강이 악화된 때 외손녀가 할아버지를 찾았고 수소문 끝에 무료 심리 상담을 받고자 이곳으로 오게 된 것이라 했다.

"손녀분 남자 친구는 같이 안 오셨는데요?"

40번 할아버지와 둘만 왔지 그녀의 남자 친구는 코빼기도 보이지 않았다.

"못 보셨을 거예요. 상담 끝난 후에 그쪽이 할아버지와 손녀를 대문까지 배웅하는 걸 형이 봤다고 해요. 제게 몇 번이고 여기 직원이 예쁘다 칭찬하기에 한 번쯤 보고 싶어 불쑥 찾아왔습니다. 무례한 건 아니죠?"

넉살 좋게 받아치려는데 남자가 씩씩하게 자기소개를 했다.

"90년생 우지만입니다. 잘 부탁합니다."

붙임성 있는 그의 성격 탓에 나는 벌써부터 친근감을 느끼고 있었다.

"나는 88년생, 내가 누나네요?"

그는 내가 말만 꺼냈다 하면 놀랐다. 기세를 몰아 그의 높은 어깨에 내 오른손을 척 올렸다. 초면에 급속도로 친근감이 생긴 것은 살면서 그가 처음이었다.

"다들 놀라더라고요. 동안이죠? 누나라고 불러요. 나는 고씨 성에 이름은 려, 고려예요. 반가워요."

"가끔 놀러 와도 될까요?"

"물론이죠. 매일 와도 반겨줄게요."

그냥 하는 말인 줄 알았는데 정말로 지만은 매일 찾아왔다.

딱히 내게 남자답게 보이려 애쓰지 않았고, 무리한 부탁이나 데이트 신청도 없었다. 우연히 마주쳐 먹을 것이라도 건네면 같은 시간과 장소에 나타나 봄 같은 말랑함을 선사하는 길고 양이처럼, 지만은 내게 왔다. 안내 데스크에는 꽃병이 자리 잡았다. 지만이 틈만 나면 꽃을 사 와 유리병을 갈았다. 그의 밝은 힘이 내게까지 미쳐 덩달아 빛나는 기분이었다.

내담자가 없는 날, 지만은 내게 바느질을 배웠다. 일전에 그의 떨어진 단추를 꿰매준 것이 계기가 되었다. 단추를 꿰매고 뜯어진 곳을 이어 붙이는 연습을 하며 우리는 수다를 떨었다. 지만의 부드럽고 온화한 대화법은 나의 과거를 열리게 했다. 지만은 직설적이든 우회적이든 절대 가시 돋친 말을 입에 담지 않았다. 비아냥거림 없이 딴죽 걸지 않고, 그렇다고 건성으로 듣지 않으면서 나의 눈을 들여다봐줘서, 좋았다.

박 여사는 여간해서 내려오지 않는데 지만이 찾아오고 나서부터 1층에서 우리와 곧잘 어울렸다. 지만은 박 여사 따라 장보러 간 적도 있었다. 지만이 양손 가득 비닐 봉투를 들고 상담소로 들어올 때면 두 사람은 꼭 모자지간 같았다. 오랜 시간을 같이 보낸 루시퍼보다 친밀해 보였다. 지만은 박 여사의 취향마저 송두리째 바꿔놓았다. 두 사람이 함께 록 페스티벌에 다녀오고부터 2층 거실에는 어느 록 밴드의 오묘한 음악이 무한 반복되었다. 최근 음악 예능프로에서 매회 색다른 목소리로 사람들을 놀라게 했던 보컬의 매력에 빠진 박 여사는 평생 입어본 적 없는 항공점퍼를 입고, 스냅 백을 썼으며 거실 가운데 서서 주먹을 불끈 쥐고 율동하기를 부끄러워하지 않았다.

화기애애해진 상담소에서 루시퍼만이 유일하게 저기압 상태였다. 루시퍼는 말 못할 고민이 있는 사람처럼 끙끙 앓았다. 산책은 고사하고 나와 말도 잘 섞으려 들지 않았다. 나와 거리를 두려는 느낌이었다. 벌써 권태기인가. 몸이 달아 무슨 생각을 하는지 알려달라고 보채보았으나 소용없었다. 우리의 사랑은 높이 쌓을수록 불안하게 흔들렸다. 마치 젠가처럼. 다 쌓았다고 좋아할라치면 상대가 막대 하나를 쑥 빼내는 것이다. 거기에 화가 나서 나도 하나 빼고, 다시 너도 하나 빼고 그러다 보니 넘어지는 게임. 나는 통나무 같이 굵고 견고한 탑을 쌓고 싶었다.

나와 지만은 고속도로에 차가 막혀 네 시간 만에 목적지에 도착했다. 산속에 자리 잡은 펜션은 작은 전구들이 점점이 나뭇가지에 걸려 있어 멀리서도 잘 보였다. 감탄할 여력이 없는 나는 펜션 입구가 보이자 조수석 창문을 내렸다. 산길을 올라오느라 멀미가 났다. 지만이 펜션 입구에 위치한 사무실 창문 쪽으로 차를 바짝 가져다댔다. 예약자의 이름을 대고 열쇠를 받으려 했더니 이미 받아갔단다. 박 여사와 루시퍼가 먼저 도착한 모양이었다. 사무실을 지나 조금 더 들어가니 짧은 다리가 나왔다. 열어둔 차창 사이로 시원한 물소리가 들렸다. 갈

림길을 지나 주차장에 차를 세우고, 각자의 짐 가방을 챙겨들었다. 까만 가죽 가방을 꺼내고 차 문을 닫으려던 지만이 물었다.

"몇 호랬지?"

"12호 별빛."

"산이라 쌀쌀하네. 안 추워? 옷이 너무 얇은 것 같은데."

얇은 카키색 점퍼를 챙겨 입은 지만이 나의 반팔을 보고 잔소리를 했다. 이 녀석은 조금 친해졌다고 제멋대로 말을 놓았다. 우스운 것은 그의 반말이 거슬리지 않다는 것이었다. 나는 차문을 잠그는 지만을 두고 먼저 배정받은 펜션을 찾아 나섰다. 주차장을 지나 안쪽으로 들어가다 보면 1호에서 10호가 다닥다닥 붙어 있었다. 반대로 우리는 한적한 곳을 잡았다. 통나무집 단지를 지나 오르막을 올라간 끝에 11, 12호가 나왔다.

우리가 묵을 12호는 온돌식 평평한 단층으로 평수가 넓었다. 나란히 한곳을 바라보고 선 11호에도 놀러온 사람들이 있었지만 적당히 거리가 있어 조용하게 지낼 수 있을 듯했다. 환하게 불이 켜진 창문 너머 거실이 눈에 들어왔다. 현관에 신발을 벗자 곧바로 지만이 따라들어왔다. 루시퍼는 나와 지만을 보고 아는 척하지 않았다. 싱크대에서 초록 채소를 씻던 박 여사가 뛰어나와 반겼다. 돌아서는 그녀의 하늘색 원피스 밑단이 빙그르르 날렸다. 그녀는 집에서 가져온 흰색 프릴 앞치마를 두르고 있었다.

"왔어?"

내게서 짐 가방을 받아 구석에 정리하며 지만이 박 여사에게 인사했다.

"일찍 출발하셨나 봐요."

"택시 타고 왔어. 둘 다 기계치라서 말이야. 내비게이션 볼 줄을 몰라. 차고에 차 한 대가 있기는 한데 너무 오래 묵혔어. 운전할 수 있는 사람도 없고 그래서 콜택시 타고 왔지. 빨리 나선 덕에 한 시간 만에 도착했지 뭐야. 올 때 차 많이 막혔지?"

그녀가 댐이 무너지듯 수다스럽게 조잘거렸다. 차비가 엄청 나왔을 텐데 박 여사는 해맑았다. 거실에 퍼질러 앉은 루시퍼는 마늘을 까고 있었다. 그의 눈치를 살피며 내가 박 여사에게 살갑게 물었다.

"저는 뭘 할까요?"

"하 선생이랑 마늘 까줄래? 하 선생 손이 느려. 속이 터진다니까."

속으로는 쾌재를 불렀다. 절묘한 플레이. 루시퍼와 같은 조가 되다니. 내가 팔을 막 걷어붙이는데 지만이 나섰다.

"내가 할게. 눈 맵잖아."

"자기는 따로 해줄 일이 있어. 숯불 피워줄래? 하 선생은 그런 거 할 줄 모른다고 딱 잡아떼는 거 있지? 뭐 해? 고기 먹어야지. 어서 움직여."

기막힌 타이밍에 박 여사가 끼어들어 지만의 등을 밀어 내보냈다. 나는 마늘통에 기운을 모았다. 루시퍼의 손등에 한 번만 스쳐라. 얍! 얍! 저 고운 손을 잡고 싶어 내 손은 마늘을 한참 동안 골랐다. 헐렁한 회색 티셔츠에 찢어진 청바지가 루시퍼를 한껏 청초해 보이게 했다. 내 남자라서 더 예뻐 보이는 것인지, 예뻐서 내 남자가 된 것인지. 감탄하다 말고 그를 보던 눈에 힘을 주었다. 오래 끓인 분노가 나의 명치를 치받았다. 사랑한다고 한마디 해주면 크게 손해 보는 것도 아니면서.

"그만하십시오."

내 속마음을 들었나? 놀라 그를 보았다.

"눈이 맵습니다."

루시퍼는 내 손에 들린 마늘쪽을 빼앗았다. 내가 눈이 매워 인상을 찌푸렸다 생각하는 듯했다. 안 보는 척하더니 다 보고 있었구먼. 나는 그에게 마늘을 맡기고 앉았다. 곁을 지키고 앉아 꼬물꼬물 움직이는 그의 손가락을 보았다. 가늘고 긴 손가락은 마늘을 깔 때조차 멋졌다.

"차라리 밖에 나가 숯 피우는 남자 곁에 서 있지 그러십니까?"

마늘에 시선을 고정한 그가 은근히 비꼬았다. 나는 박 여사의 눈치를 살폈다. 그녀가 흥얼거리며 다 씻은 채소를 넓은 쟁반에 담고 있었다. 박 여사가 등을 돌린 순간 쏜살같이 속삭였다.

"그러기를 원해요?"

그가 고개를 비틀어 나를 올려다보았다. 그의 목선 언저리에서, 껴안아주고 싶은 향이 났다. 노려보는 그의 눈빛마저 섹시해 그의 목에 내 볼을 부비고 싶었다.

"뭐해요?"

가깝게 붙어 있던 나와 루시퍼의 얼굴이 동시에 멀어졌다. 언제 들어왔는지 지만이 뒤에서 우리를 내려다보고 있었다. 별반 잘못한 것도 없는데 무안했다. 아이 앞에서 뽀뽀를 하려다 들킨 부모의 심정이랄까. 어색한 분위기를 환기하고자 내가 물었다.

"숯에 불은 붙였어?"

"그게 잘 안 되네."

"숯이 애를 먹이나 봐요. 나갔다 올게요."

아무나 들으라는 투로 허공에 말하고 지만을 따라 밖으로 나섰다.

어제, 그러니까 금요일 점심시간이었다. 나는 지만과 남영 아파트 B단지 옆 장미 공원 벤치에 앉아 편의점 도시락을 까먹었다. 불고기가 가득 들어간 도시락은 지만의 것, 갖은 나물과 강된장이 들어간 종이박스 밥은 나의 것이었다. 나는 강된장 비빔밥을 비비며 이번 여행의 중요 포인트를 전달했다.

"상담소 단합대회야. 무슨 뜻인지 알겠어?"

"모르겠는데."

지만이 내 도시락에 있는 시금치를 젓가락으로 긁어가며 말했다.

"뭐 하는 거야? 내 거야!"

그의 젓가락을 내 젓가락으로 막으며 성을 냈다. 젊은 것이 식탐이 많구나! 나는 지지 않고 시금치를 사수했다.

"시금치 싫어하는 사람 많던데 먹나 봐?"

"내가 애냐? 뽀빠이 없었어도 난 시금치 잘 먹었어."

머쓱해하는 그의 젓가락에서 나의 시금치를 구한 뒤, 지만에게 다시 주지시켰다.

"네가 마법을 걸 상대는 루시퍼야. 알겠어? 네 친화력을 루시퍼에게 쏟아 부어보란 말이야."

"내가 마법사야? 마법을 걸게?"

"에, 헤이! 기왕지사 두루두루 친하면 좋잖아."

지만이 고개를 끄덕거리는 것을 본 후에야 나는 강된장 비빔밥을 크게 한술 떴다. 지만은 내가 시금치를 잘 씹어 삼키는가 보더니 불고기를 집어 제 입에 넣었다. 고기를 씹는 그의 시선이 다른 벤치에 앉은 노인들에게로 향했다. 나는 지만의 흰 밥 위에 시금치 한 줄을 얹어주며 다독였다.

"루시퍼도 알고 보면 속정이 깊어. 안쓰러운 사람이라고. 그 사람이 많이 웃었으면 좋겠어. 너처럼 말이야. 우리 사이좋은 삼남매가 되어보자."

"남매는 아닌 것 같은데. 사랑의 물약이 필요해서 마법사 찾아온 거 아니야?"

"오해하면 곤란해. 루시퍼가 축 처져 있는 게 마음 아파서 그러는 거지 다른 뜻은 없다고."

"거짓말. 가재 치고 도랑 잡겠다 그 말이면서."

"도랑 치고 가재 잡아야지. 뭘 치고 뭘 잡아?"

그가 해맑게 웃으며 밥과 시금치를 입안에 밀어 넣었다. 나는 젓가락을 쥔 손으로 지만의 어깨를 두들기며 격려했다.

"정 힘들면 SOS 날려. 누나가 둘이 친해지게 도와줄게. 하긴, 그 남자가 좀 호락호락하지 않긴 해."

대차게 비웃으며 자신감을 뽐내던 지만은 끝내 SOS를 향한 뻐꾸기를 날렸다. 숯불은 핑계고 지만과 나는 주차장으로 갔다. 누가 먼저랄 것도 없이 지만은 운전석, 나는 조수석에 올라탔다. 반팔 소매 아래로 닭살이 돋은 팔뚝을 비볐다. 차 안에 습기가 차 뿌옇게 김이 서렸다.

"있잖아."

짐짓 낮은 목소리로 말을 걸며 지만이 나를 돌아보았다. 차 안에는 아직 주황색 차량용 등이 켜져 있었다. 그의 얼굴에 검은 그림자가 드리워졌다.

"그 사람 어디가 그렇게 좋아?"

"갑자기 그건 왜?"

"아니, 그 사람이랑 친해지려면 뭘 알아야겠다 싶어서."

나는 팔짱을 낀 채 생각했다. 루시퍼의 어디가 좋을까. 남들에게 차갑게 구는 남자, 애처럼 초콜릿이라면 환장하는 남자, 동화나 이야기를 수집하는 남자, 사교성 없이 혼자 노는 남자, 체온이 좋다는 핑계로 끌어안고 놔주지 않는 남자, 그러면서 다음 진도는 끝까지 안 나가는 남자.

"첫 만남은 엄청 무서웠지."

기괴했던 그날 밤을 떠올리면 이제 나는 입가에 미소부터 걸렸다. 나의 모든 것을 사로잡은 남자. 그는 나의 세계를 뒤틀었다. 어두운 방향으로 비틀어진 나를 반대 방향으로 비틀었다. 그를 만나기 전에는, 이렇게 살 만한 세상은 없었다.

"뭐 저런 남자가 다 있나 싶었거든? 근데 한눈에 알아본 거지. 저 사람 때문에 내게 무서운 일이 생기겠구나, 하고."

"무서운 일?"

"그가 내 앞에서 사라질까 봐, 그가 나를 싫어할까 봐 전전 긍긍하는 그런 일?"

돌연 차 안의 조명이 꺼졌다. 불빛이 사라지며 둘 다 입을 다물었다. 나는 한 팔을 높게 뻗어 차 천장을 더듬었다.

"여기 불 켜는 스위치 어디 있지?"

"내가 할게."

더듬던 손을 내리고 똑바로 앉아 등받이에 허리를 기댔다. 그런데 지만의 손길이 어깨에 닿더니 슬슬 나의 목을 타고 올라왔다.

"뭔데? 왜?"

차차 어둠이 눈에 익어 지만의 형상이 보일 때였다. 그의 형체가 시나브로 다가왔다. 야릇한 분위기? 아니, 그럴 리가. 나는 김칫국을 마시지 않으려고 주저리주저리 떠들었다.

"장난치기만 해봐. 어쭈, 치겠다는 거냐?"

지만의 얼굴이 가까워진 것이 느껴졌다. 숨소리가 귓가에서 바로 들릴 즈음, 그의 입술이 훅 들어왔다. 반사적으로 내 손이 빠르게 날아갔다. 지만의 입술보다 나의 주먹이 빨랐다. 무지막지하게 주먹을 날렸다. 내 주먹에 그의 어깨며 가슴, 배가 닿았다. 가리지 않고 주먹을 휘둘렀더니 그가 나가떨어졌다. 그래도 놀란 가슴, 분이 풀리지 않아, 말아 쥔 주먹을 펴지 않고 붕붕 휘저었다. 그가 거의 울부짖을 때에야 손을 거둬들였다. 매질이 잠잠해지자 지만이 버튼을 눌러 조명을 켰다. 차량 내 불이 들어왔지만 그는 운전대에 이마를 붙이고 있었다.

"죽고 싶어서 수작질이냐? 이놈의 자식! 돌아올 수 없는 강, 실제로 본 적 없지? 보게 해줘? 푹 담갔다가 나오게 해줘? 떡 감게 해줘?"

그가 축 처진 어깨로 나를 보았다. 그의 코에서 피 한 줄기가 주룩 흘렀다.

"아, 단단한 게 어깨가 아니었어? 얼굴이었니? 얼굴을 왜 거기 달고 있었니?"

마구잡이로 휘두른 주먹에 코를 맞은 모양이었다. 뜨끔해서 얼른 티슈를 찾아 지만의 코밑을 닦아주었다. 벌건 피가 묻어

나오는 걸 보고도 지만은 아무 소리 하지 못했다. 그는 제 코 밑을 문질러 닦아주는 내게 변명했다.

"드라이브나 갈까 해서 안전벨트 매주려던 거야."

짜증이 올라 손을 치켜들었다. 피 묻은 티슈가 들려 있는 손이었다. 지만이 어깨를 움츠리며 목을 접었다. 한 대 더 맞을까 봐 지만이 눈치를 살폈다. 나는 주먹 쥔 손을 풀었다 쥐며 손목을 빙글빙글 돌렸다. 손등이 아리고 손가락 마디가 아팠다. 나는 달칵, 조명 버튼을 눌러 불을 껐다.

"붓기 가라앉으면 나와라. 나도 근처 한 바퀴 돌고 들어갈 거야. 이따 보자."

설마, 지만이 나를? 차문을 세게 닫았다. 쾅 하는 소리와 함께 마음을 떨쳐냈다. 돌아보니 차 안은 깜깜해 아무것도 보이지 않았다. 지만이 홀로 앉았을 생각을 하니 뭉친 마음 한구석이 아렸다. 곧장 펜션으로 돌아가기는 꺼려졌다. 나는 밤 산책에 나섰다. 산중 밤공기가 시렸다. 찬 공기가 옷 속으로 스몄다.

고려는 루시퍼에게 객관적으로, 주관적으로, 독보적으로 특별한 여자였다. 그 특별한 여자를 어떻게 할 것인가. 루시퍼는 답을 내지 못하고 있었다. 어느덧 내담자 번호는 60번 대를 지났다. 절반 이상 지나온 셈이었다. 인간의 상처를 치유해주고 받은 계약서가 쌓일 때마다 루시퍼가 밟고 있는 땅은 좁아졌다. 잡은 손을 놓아야 하지만 벼랑 위에서 한쪽을 밀어내는 것은 쉽지 않았다. 밀려나는 것이 자신인지 그녀인지 알 수 없었다.

고려에게 최근 다른 남자가 생겼다. 허여멀건 막대기 위에 동그란 메추리알을 꽂은 듯 생긴 인간이었다. 첫눈에 그는 우지만의 상처, 돛단배를 보았다. 흰 돛을 단 배가 우지만의 가슴속을 배회하고 있었다. 바람이 불지 않아도 계속해서 노를 젓는 사공. 무언가를 찾아 헤매는 우지만의 음습한 상처가 마음에 들지 않았다. 하지만 그녀는 아니었다. 우지만의 번지르르한 밝음에 이끌리는지 고려는 그와 친하게 지냈다. 반드시 떠나야 하는 루시퍼에게 그의 등장은 불쾌했다. 떠나긴 떠나야 하는데 뒤가 무거웠다. 차라리 잘된 것인가? 이대로 자연스럽게 멀어지면 편안히 귀가할 수 있을까. 그는 고개를 저었다. 그럴 리 없지 않은가. 그가 식탁 위에 젓가락을 내려놓았다.

"질투해?"

사념에 빠진 루시퍼에게 박 여사의 목소리가 날아들었다. 허를 찌르는 말에 깜짝 놀라 고개를 들어보니 박 여사가 초롱초롱한 눈을 하고 있었다. 그제야 시간감각이 돌아왔다. 그는 하연의 껍질을 쓰고 금요일 점심 밥상머리에 앉아 딴 생각을 하고 있었던 것이다.

오늘도 우지만과 고려는 둘이서 먹고 오겠다며 밖으로 나갔다. 2층 거실에는 햇살이 쏟아졌다. 부엌 식탁 위에는 갖은 접시들이 올라와 있었다. 모처럼 맛있는 요리를 만들었다고 들뜬 박 여사가 다양한 그러나 하나같이 초록빛인 반찬을 그의 밥 위에 올렸다. 언제부터 박 여사의 종교가 불교였던가. 살생을 꺼려도 너무 꺼린다 싶었다. 그는 초록 나물을 올린 밥 한 숟가락을 크게 퍼 입안 가득 우적우적 씹었다. 자연의 맛이 살아 있는, 풀 냄새가 올라왔다.

"내 말 안 듣고 있었어?"

젓가락 쥔 쪽 손등으로 이마를 긁고 있노라니 박 여사가 먹던 수저를 테이블 위에 놓고 말했다.

"나 혼자 여행 가면 질투할 거냐고."

"안 됩니다. 혼자 가는 여행은 절대."

"그럴 줄 알았어. 그럼 같이 가는 거다?"

박 여사가 신이 나 엉덩이를 들썩이며 콧노래를 불렀다.

"혼자는 안 된다고 했지, 같이 간다는 말은 하지 않았습니다."

"그게 그거지. 바비큐 파티 하러 갈 건데 나 혼자 가도 되냐고 물었잖아. 혼자는 안 보낼 거라며? 나는 무조건 갈 거니까 같이 간다는 말이지. 한 입으로 두말하기 없어요, 하 선생."

아뿔싸, 덫에 걸린 그는 막막한 얼굴로 박 여사를 빤히 쳐다보았다. 보기 싫은 두 사람의 꼬락서니를 하룻밤 내내 봐야 한다는 말이었다.

"당장 내일 출발인데 장을 미리 봐둬야 하나, 어쩐다?"

승리를 확신한 그녀의 미소가 얄미웠다.

루시퍼는 우지만이 어째서 동행하는 것인지 불만이었다. 더군다나 고려와 우지만은 단둘이 차를 타고 펜션으로 온다는 것이 아닌가. 불타오르는 마음을 힘들게 참고 있건만, 고려와 지만은 펜션에 도착한 지 얼마 되지 않아 사라졌다. 따라가 봐야 하는 게 아니냐며 슬쩍 압력을 넣는 박 여사를 피해 루시퍼는 다 깐 마늘을 싱크대 위에 올려두고 마당으로 나왔다.

그들을 찾으러 나설 생각은 없었다. 불안한 박 여사를 두고 자리를 비울 수 없었다. 또 두 사람을 찾은들 어쩌겠나. 그저 답답하여 밤공기를 마시러 나온 것이었다. 육체의 허기가 그를 괴롭혔다. 자신뿐만 아니라 그녀가 돌아오면 허기를 채워줄 고기가 필요했다. 집게와 숯을 찾는 틈에 벌레들이 꼬였다. 삽시간에 작은 벌레부터 커다란 나방까지 날개를 퍼덕이며 뜨거운 조명으로 몸을 날렸다. 길을 잃은 나방들이 연방 백열등에 부닥치며 소리를 냈다. 그는 멍하게 나방을 바라보았다. 어딘가를 향해 간절하게 날아가는 나방의 날갯짓이 허무하게 보이는 한편, 묘한 동질감이 들었다.

시커먼 숯에 불을 붙이려 해봐도 잘 붙지 않았다. 화로에 넣고 토치로 불을 가하거나 집게로 뒤적거려봐도 소용없었다. 허리가 아파 상체를 세우자 주차장 쪽에서 지만이 걸어오는 것이 보였다. 백열등 빛을 정면으로 받은 지만의 눈에 핏발이

서 있었다. 다소 얼굴이 부은 것도 같았다. 다가온 지만이 그의 손에서 집게를 낚아채며 잘난 척했다.

"불쏘시개가 있어야 잘 붙어요. 이렇게 해서는 오늘 안으로 고기 못 먹죠."

고려의 모습이 보이지 않았다. 물어볼까 하다 입을 다물었다. 마음이 내키지 않았다. 잘하는 것, 잘하라고 두고 루시퍼는 실내로 돌아왔다. 박 여사가 루시퍼를 보고 물었다.

"왜들 안 오는 거지? 좀 찾아봤어?"

"우지만은 밖에서 불 피웁니다."

"려는 아직?"

"곧 돌아오지 않겠습니까."

그녀의 걱정을 등지고 화장실로 향했다. 인간의 몸은 참으로 귀찮았다. 배가 고프면 먹어야 하고, 먹었으면 화장실을 가야 하는 시스템이라니. 육체만 번잡한가. 아니, 차라리 먹고 화장실을 들락거리는 것이 나았다. 이성과 감성이 따로 놀았다. 화장실을 나오니 거실에 박 여사가 보이지 않았다. 불 피우는 걸 구경하나 싶어 창밖을 내다보았으나 지만 혼자였다. 그는 운동화를 신고 밖으로 나와 물었다.

"박 여사님 못 봤습니까?"

"나가셨는데요."

불꽃이 튀는 숯을 이리저리 뒤적거리며 지만이 대수롭지 않게 답했다.

"어디로 간다고, 말했습니까?"

"안 물어봤는데요."

식은땀이 쭉 흘렀다. 그는 허겁지겁 휴대전화에 있는 박 여사의 전화번호를 찾아 눌렀다. 신호음이 무사태평하게 흘렀다. 한 번, 두 번. 박 여사는 대답이 없었다. 마구잡이로 흔들린 콜라 속 탄산이 솟구치듯 열이 뻗쳤다. 지만은 박 여사의 상태를 모르니 그럴 수 있지, 그런 논리가 루시퍼의 몸을 다스리지 못했다. 다급한 마음과 폭발적인 짜증에 말이 막 나왔다.

"그냥 가도록 놔두면 어떻게 합니까!"

입 밖으로 나온 짜증이 본인의 귀를 긁었다. 제 짜증에 발등 찍혀 어쩔 줄 몰라 하는 그를 지만이 황당하다는 양 보았다. 상황 파악이 더딘 지만을 두고 루시퍼가 뛰어 나가며 소리쳤다.

"뭐합니까? 안 찾아 나서고? 고려도 찾아 와야 할 것 아닙니까?"

둘은 주차장을 기점으로 좌우로 찢어졌다. 왼쪽으로 돌면 등산객들이 자주 찾는 산길과 연결되고, 오른쪽으로 돌면 계곡으로 향하는 길이었다. 누가 어느 쪽으로 갔을지 장담할 수 없었지만 일단 움직이기로 했다. 각각 반대 방향으로 한 바퀴를 돌아 다시 만날 작정이었다. 루시퍼는 물소리의 반대쪽 길로 내달렸다.

"박 여사님?"

습한 공기에 묻어 그의 목소리가 무겁게 내려앉았다. 자그락거리는 자갈길, 젖은 숨을 뿜는 흙냄새, 스산하게 우는 나무. 점점 멀어지는 물소리를 이기고자 그는 목청껏 부르기를 멈추지 않았다. 그는 숨이 가쁜지, 뛰다 말고 잰걸음으로 걸었다. 굵은 나무 밑동에 걸터앉은 사람의 형상이 보였다. 동그랗게 말린 척추와 어깨 위 우거진 느티나무 같이 풀어헤친 머리칼, 고려였다. 이곳에 그녀가 있으니 지만이 달려간 길에는 박 여사가 있을 것이었다. 늙은이가 멀리 가진 못했겠지. 그나마 안심이 되었다. 그는 인기척을 냈다. 그녀가 고개를 들고 루시퍼를 확인했다.

"여기서 뭐 합니까? 그만 갑시다."

"도와줘요. 발목을 접질린 것 같아요."

그녀가 한쪽 발목을 접고 기우뚱하게 서 있었다. 루시퍼는 말없이 다가가 고려를 안아 들었다.

"어깨만 빌려줘도 충분한데요."

달빛에 고려의 표정이 적나라하게 드러났다. 그녀의 눈빛과 입이 따로 놀았다. 그가 걷다 흘러내리는 고려의 몸을 추스를 때였다. 고려가 루시퍼의 양쪽 귀를 붙잡고 물었다.

"파란 장미 어쨌어요?"

"모릅니다."

그는 잠깐 어젯밤의 일을 회상했다.

며칠 전부터 안내 데스크 위에는 푸른 장미꽃이 놓여 있었다. 투명한 유리병에 꽂힌 푸른 장미는 화려했다. 다만 그곳에 숨겨진 속내가 못마땅했다. 고려가 푸른 장미를 받았을 때, 루시퍼는 상담실 문에 귀를 대고 있었다. 허리를 굽히고 어정쩡한 자세로 신경을 곤두세웠다.

"우와, 파란 장미네? 처음 봐."

"매일 가던 꽃집에 파란 장미가 들어왔더라고."

"안 비싸? 비싸겠는데."

고려의 한마디 말에 그는 불끈 쥔 두 주먹을 허공에 날리며 소리 없는 환호성을 질렀다. 그렇지! 경제적 대화로 이어나가도록! 그는 두 사람이 말랑말랑한 분위기를 벗어나기를 소원했다. 그러나 지만이 희미한 웃음소리를 섞으며 말했다.

"파란 장미 꽃말은 불가능 그리고 기적."

불가능이면 불가능이지 기적? 지만의 도발에 루시퍼는 당장 문을 열고 뛰쳐나가고 싶었다. 하지만 나가서 뭘 어쩔 것인가? 그의 생각은 전혀 정리되어 있지 않았다. 이대로 홧김에 끼어든다면 평생 고려를 책임질 수 있는가? 그녀를 홀로 두고 떠나지 않을 자신이 있는가? 그는 계약서를 모아서 천국으로 돌아가야만 했다. 한편으로는 그녀와 지상에 남고 싶기도 했다. 지상에 남고자 한다면 남을 수 있는 것인가? 선택의 문제인가? 지상에 남기 위해 포기해야 한다면 무엇을 포기해야 하는가? 고뇌하는 루시퍼를 두고 두 사람은 정다웠다.

"꽃말이 두 개야?"

"장미는 파란 색소를 만드는 효소가 없대. 그래서 꽃말이 불가능."

"어? 근데 여기 있잖아. 그래서 기적?"

"800년 만에 불가능을 실현했으니 기적이라고 할 만하지?"

무슨 불가능을 어떻게 기적으로 승화시키겠다는 것이냐! 버럭 소리를 지르고 나가려다 루시퍼는 이를 악물며 힘겹게 참았다. 그날 밤, 루시퍼는 결심하고 안내 데스크로 살금살금 걸어갔다. 어두운 와중에도 유리병은 옅은 빛을 반사하며 반짝이고 있었다. 그는 곧장 유리병에 꽂힌 푸른 장미를 몽땅 회수했다.

"불가능이란 영원히 불가능한 법이지."

표독스럽게 미소 짓는 루시퍼의 그림자가 바닥에 길게 늘어났다.

뒷마당에 묻어버린 파란 장미의 일을 발설할 수 없었다. 비싸게 태어나 비싸게 팔렸으나 아름답게 죽지 못한 장미야, 미안하지만 사라져줘야겠다. 그리 마지막 인사를 하고 흙을 덮었었다. 질투의 힘은 막강한 것이었고, 유한한 인간의 몸에 갇힌 그가 질투에서 벗어날 능력은 없었다.

"그럼 루시퍼가 나한테 먼저 말 건 거 알죠?"

"아닙니다."

"이제 거짓말까지? 내가 걱정되어서 한걸음에 달려온 거 아니에요?"

"박 여사님을 찾아 나온 겁니다."

"사라지셨어요?"

"지만이 찾을 겁니다."

"나는 걱정 안 돼요?"

"안 됩니다."

"지금 이건 뭔데요?"

"직원복지입니다."

"말도 안 돼!"

고려가 온몸에 힘을 빼며 축 늘어졌다. 죽은 낙지처럼 늘어지는 터라 루시퍼는 몇 배로 힘이 들었다.

"몸에 힘을 좀……."

그를 믿고 모든 것을 내맡긴 인간의 감촉이 기이했다. 이 따뜻한 여자를 두고 떠날 수 있을까. 고려는 계속해서 쫑알거렸다.

"루시퍼, 내가 이렇게까지 구걸해야겠어요?"

그는 손아귀에 들어가는 힘을 뺐다. 제대로 잡는다면 절대 놓고 싶지 않을 것 같았다. 어떻게 바로 알고 그녀가 바락 악을 쓰며 루시퍼의 목을 감아 안았다.

"지금 나 던지려는 거죠? 손에 힘 줘요!"

여자가 와락 안겨들자 몹쓸 확신이 섰다. 아무래도 이 여자를 놓을 수 없으리라는 확신이. 루시퍼는 고려를 힘껏 안았다. 그의 품안에서 어깨를 움츠렸다 펴는 고려가 느껴졌다. 그녀는 더 이상 떠들지 않았다.

주차장을 지나려는데 그녀가 내려서 가겠다고 고집 부렸다. 그녀를 내려놓자 루시퍼의 손과 가슴이 허해졌다. 모래사막에서 더 쉽게 눈에 들어오는 바람의 결처럼, 루시퍼는 허하고 메마른 가운데서 자신의 미묘한 마음의 행방을 스스로 알아차릴 수 있었다. 고려와 거리를 벌리면 벌릴수록 그랬다. 맹목적으로 돌아가기만을 갈구했던 그의 생각은 바뀌었다. 선택지는 두 개가 되었다. 함께 남거나, 함께 떠나거나. 그는 어금니를 꽉 깨문 채 절뚝거리는 그녀의 뒤를 따라 펜션 마당에 들어섰다. 두 사람을 반긴 것은 박 여사와 지만이었다. 지만은 숯불에 삼겹살을 얹어 구우며 땀을 삘삘 흘리고 있었다. 박 여사가 고려와 루시퍼를 발견하곤 집게를 흔들었다.

"어디 갔다 왔어?"

루시퍼가 박 여사에게 다가가 물었다. 화를 꾹꾹 누른 목소리였다.

"제가 묻고 싶습니다. 어디 계셨던 겁니까?"

"화장실 다녀왔지. 하 선생이 화장실 쓰니까, 나는 옆 펜션 가서 화장실 빌려 썼어. 이 나이쯤 되면 참는 게 힘들어서 말이야."

입을 헤 벌린 박 여사의 입꼬리가 쑤욱 올라갔다. 그는 박 여사의 너슬너슬한 웃음에 화를 삼켰다. 네 사람이 한자리에 모이고 나서야 고기 파티가 시작되었다. 눈치 없는 박 여사만

신이 나서 소주병에 숟가락을 꽂아 노래를 불렀다.

언제나 변함없이 루시퍼의 옆모습을 훔쳐보던 고려는 지금 우지만의 얼굴 표정을 살피고 있었다. 루시퍼는 가득 채워졌다가 허해졌던 손과 가슴을 상기했다. 그리고 깨달았다. 진짜 그가 갖고 있는 선택지는 오직 하나였다는 사실을. 설사 인간의 몸에 갇힌 채 죽을지언정 현재 그의 손아귀에 있는 선택지는 고려, 그녀뿐이었다

냉랭한 분위기로 여행을 끝내고 돌아오는 길, 운전을 못하는 루시퍼와 고려가 뒷좌석에 앉고 조수석에는 박 여사가 탔다. 휴게소에 내려서도 지만의 기분만 살피는 고려를 보다 못한 루시퍼는 그녀의 손을 잡고 큰 소리로 말했다.

"우리, 모두에게 서로 사랑한다고 밝히는 게 어떻습니까?"

그의 쟁쟁한 목소리가 차 안을 한 바퀴 돌았다. 그녀에게 묻는 게 아니라 그냥 공식 발표와 다름없었다. 박 여사의 얼굴이 뒷좌석을 향했다. 지만도 룸미러를 통해 고려를 보았다. 그녀는 루시퍼의 등짝을 거하게 후려쳤다. 루시퍼는 무엇을 잘못했는지 모르는 눈치였다. 흔쾌히 축하해줄 줄 알았던 박 여사는 입을 다물었다. 고려는 어색한 분위기를 어쩔 줄 몰라 하며 침으로 마른 입술을 여러 번 축여야 했다.

루시퍼의 고백은 그것으로 끝나지 않았다. 여행에서 돌아온 그가 상담소를 그만두겠다고 선언한 것이다. 상담실 문을 박차고 들어온 고려가 양쪽 허리에 손을 얹고 버럭 소리 질렀다.

"농담할래요?"

그가 깍지 위에 턱을 괸 채 말했다.

"사랑할 겁니다."

"놀리지 말아요. 진지하니까. 상담소는 왜 그만두겠다는 거예요?"

"당신을 사랑하기 때문입니다."

"쉽게 설명해줄래요? 어떻게 사랑이 퇴사로 이어지는지?"

하연의 몸속에 남아 고려와 시간을 보내기 위해서 가장 중요한 것은 바로 더 이상 상처를 치유하지 않는다는 것에 있었다. 그러나 루시퍼가 이를 고려에게 이해시킬 방법은 없었다. 진실이 통하지 않는 관계로 진심이 담긴 거짓말이 필요했다.

"나는 당신과 살고 싶습니다. 남은 생, 당신과 같이."

"이해해요. 하지만 나랑 살면서도 상담소 운영은 얼마든지 할 수 있어요."

"다른 일을 하고 싶습니다."

"설마 셔터 맨?"

"그게 뭡니까?"

"부인의 가게 문을 여닫아주는 남편이죠. 집안 살림도 하고."

고려는 그가 초콜릿을 만들 때처럼 앞치마를 두르고 부엌에 서 있는 상상을 했다. 루시퍼는 갓난아이를 등에 업고, 꼬마 아이까지 품에 안은 채 장을 보는 제 모습을 상상하고 있었다. 먼저 그림 그려본 고려가 말문을 열었다.

"루시퍼, 걱정 말아요. 그렇게 살게 해줄게요. 나만 믿어요. 그러니까 딱 무료 상담까지만 합시다. 좋은 일이니까 마무리하고 새로 시작해요, 우리."

아무것도 모르고 루시퍼의 손을 잡고 흔드는 고려. 나머지 30명의 상처 치유 그 끝에 서로의 이별이 있는 줄 모르고 그녀는 간절한 눈빛을 보내고 있었다. 그는 마지못해 허락했다. 설명할 말이 더는 남아 있지 않았으며, 100명을 완벽하게 채우지 않는다면 크게 문제될 것 같지 않았다.

❖

불행은 갑작스레 찾아왔다. 가을이 접어들어 루시퍼가 이상해졌다. 장미의 계절, 누구보다 눈이 부시게 멋졌던 그는 낙엽처럼 말라갔다. 메마르고 수척해져, 가만히 있다가도 깜짝 놀랐고, 거울을 무서워했으며, 불빛을 모조리 끄려 했다. 캄캄한 곳에 있을 때마저 안심하지 못했다. 어디선가 작은 빛이라도 새어들면 큰일이나 날 것처럼 불안해했다. 또 간혹 기괴한 말을 했다.

"그, 그가 돌아올 겁니다."

루시퍼가 말하는 '그'는 '지만'이 아니다. 단합대회 이후에도 지만은 상담소를 찾아왔었다. 그 이후 점점 변하는 루시퍼를 보고 지만이 놀랐던 걸까. 방문이 뜸해지는가 싶더니 그는 언젠가부터 아예 출입을 끊었다. 나는 루시퍼를 두려움에 떨게 만드는 작자가 누구인지 알지 못했다.

악마 심리상담소, 이곳에 멀쩡한 사람은 나밖에 없었다. 2층에 올라가보면 박 여사는 소스라치게 놀라거나 허공에다 뭐라 소리를 질렀다. 잠깐씩 정신이 돌아오는지 옷도 잘 입고 집 안 또한 정갈했다. 무시무시한 변화의 소용돌이가 상담소를 뒤흔드는 동안, 나는 병들어가는 루시퍼와 박 여사를 두고 볼 수밖에 없었다. 나는 점점 더 피폐해져가는 그를 붙들고 말하곤 했다.

"제발 내게 온전히 안겨줘요. 내게 기대줘요. 나를 믿어줘요. 내가 무엇이든 당신을 위해 할 수 있게 해줘요."

하지만 돌아오는 대답이 없었다. 사랑하는 사람이 이렇게 아픈데도 아무것도 할 수 없다는 좌절감. 나는 그가 시키지 않아도 그를 위해 할 수 있는 일을 찾기로 했다. 그렇지 않고서는 제풀에 지쳐 돌연 그의 손을 놓을까 봐 무서웠다.

나는 일기장을 뒤졌다. 최초의 시발점 그리고 원인을 알아낼 작정이었다. 루시퍼가 이상하게 변한 시점은 꼼꼼하게 기록된 일기장에서 쉽게 찾을 수 있었다. 분명 80, 81번의 10대 청소년 상담을 끝마친 뒤였다. 그날 우리의 대화는 일기장에 기록되어 있었다. 그가 지식을 뽐내면 나는 못 이긴 척 고개를 끄덕여주었다. 예, 예. 그러시겠지요. 그러다 질리면 그를 놀렸다. 나는 그날의 행복한 한때로 돌아갔다.

"수연이는 루시퍼가 낳은 아들 같아요."

"려, 당신을 두고 어디서 아들을 낳아온단 말입니까? 게다가 나는 80번처럼 애착장애는 없습니다. 아버지에게 학대당한 적도 없고. 아, 지금이 학대라면 학대랄까……."

"중이 제 머리는 못 깎는다고. 잘 생각해봐요. 아들이든 애착장애든 정말 없어요?"

"나는 81번이 당신을 닮았다고 주장하고 싶군요."

"수영이가 나를요?"

"하얀 얼굴에 약간 올라간 눈꼬리가 고양이 같았습니다."

"귀엽다는 말?"

"성질이 더럽다는 말."

그가 혀를 날름 내밀고 표정을 굳혔다. 나는 약이 올랐다.

"누가요? 내가? 수영이가? 똑바로 말해요!"

루시퍼가 어깨를 으쓱이며 애매하게 웃었다.

"한 번은 봐줄게요. 그런데 수영이는 무슨 상처가 있어서 방문했대요?"

80번 수연과 81번 수영은 같은 날 내담했다. 이름이 헷갈렸으나 중학교 1학년 루시퍼를 닮은 남자아이는 수연, 고등학교 2학년 예민한 여자아이는 수영이라고 외우니 금방 입에 붙었다. 소년소녀가 대기실 소파에 머쓱하게 앉아 있는 모습이 떠올랐다. 둘은 묘하게 서로를 훔쳐보며 자신의 순서를 기다렸다. 상담이 끝나면 두 아이는 곧장 떠나지 않고 대기실 구석에 멀리 떨어진 채로 앉아 있다 가곤 했다.

"월경전 불쾌장애. 내가 어쩔 수 있는 게 아니라서 가벼운 우울장애만 치료해서 돌려보냈습니다. 그런데 인간들은 월경이 죄도 아닌데 왜 숨기려는지 모르겠습니다."

"큰 소리로 말하지 말아요."

"한자로 월경은 달을 지난다는 뜻인 것 같습니다. 하지만 경사가 났다, 할 때 쓰는 경자를 써야 한다고 봅니다. 매월 있는 경사. 월경이 없으면 인간은 후대를 이을 수 없으니까 말입니다. 그렇군요. 아이 이야기가 나와서 말인데, 이번에 내담한 아이들을 보니 괜히 그려보게 되더란 말입니다. 려, 나도 언젠가는 아기를 가질 수 있는 겁니까? 날 닮았거나 당신을 닮은?"

그의 입을 두 손으로 막았다.

"그 입 좀 다물어요. 아니, 월경전 불쾌장애에 대해서 설명이나 해봐요."

그가 토라져 입을 다물어버렸다. 나는 늘 하던 대로 익숙하게 그를 살살 달랬다.

"당신의 지식을 높이 펼쳐봐요. 그럴 때가 제일 멋지더라."

루시퍼는 허리를 곧추세우고 턱 끝을 들며 말했다.

"월경이 시작되기 전에 일반적으로 나타나는 증상 외에 우울감, 수면장애, 식욕 조절 불가, 집중력 저하, 피로, 불안 등 정서적으로 심하게 안정되지 못한 상태가 됩니다. 주위 사람들에게 과도한 반응으로 관계를 망치기도 하고, 일을 할 때는 업무효율성이 떨어집니다."

"여자들이 다 그렇지 않나?"

"집 밖으로 나가고 싶지 않을 정도이면서 병원 치료를 받지 않는 여성들이 대부분입니다."

"다들 겪는 일이라고 생각하니까."

"규칙적으로 식사하고 카페인과 소금을 줄이는 것이 도움이 될 겁니다."

그의 눈빛이 나를 똑바로 보기에, 서둘러 손을 내저었다.

"아니, 내가 그렇다는 게 아니라……."

돌연 루시퍼가 앉은자리에서 휘청했다. 그의 상체가 고꾸라지는 것을 내가 황급히 몸으로 받았다. 그의 턱이 나의 한쪽 어깨에 걸쳐졌다. 너무도 갑작스러운 일이었다.

"루, 루시퍼? 왜 그래요?"

루시퍼의 고른 숨소리가 나의 귀를 간질였다. 규칙적으로 쌔근거리는 그의 숨결을 볼과 귀로 느끼며 안심했다. 자는 것이라 생각했다. 피곤한 나머지 쓰러지듯 잠든 것뿐이라고.

그날 이후 반복되는 루시퍼의 돌발적인 잠. 이어지는 괴상한 행동들. 나는 그때 루시퍼에게 조금 더 관심을 기울여야 했었다. 초인종이 울렸다. 상담소에 두 여자가 나타났다. 오랜만의 방문객이었다. 나는 보던 일기장을 덮고 일어나 사무적으로 두 여자를 대했다.

"루시퍼를 만나러 왔어요."

대조적인 두 여자는 대기실에 서서 똑같은 말을 했다. 단풍처럼 머리칼을 붉게 물들인 여자와 온통 까맣게 치장한 긴 생머리의 여자가 나를 보고 있었다. 나는 두 여자 중 한 여자에게 시선을 고정했다. 잊고 있었던 일들이 떠올랐다. 환영인 줄 알았는데 아니었던가. 환청과 같이 사라진 줄 알았던 여자가 내 앞에 살아 숨 쉬며 서 있었다. 빨간 머리의 여자, 그 여자가 다시 나타났다.

"예약을 하셨나요?"

떨리는 내 목소리에 먼저 반응한 것은 검은 긴 생머리의 여자였다.

"아니요. 하지만 내가 누구인지 말하면 만나줄 거예요."

루시퍼와 비슷한 또래로 보이는 여자는 까만 블라우스와 롱치마를 입고 서 있었다. 깡마른 몸을 가린 여자의 눈 밑에 짙은 음영이 드리워졌다. 그녀가 덧붙여 말했다.

"마녀가 찾아왔다고 전해주세요."

여자가 두 팔을 길게 늘어뜨린 채 나를 재촉했다.

"어서요."

"알겠습니다. 잠시만 기다려주시겠어요?"

검은 여자를 진정시킨 후 빨간 여자를 돌아보며 물었다.

"그쪽 분은 예약하셨어요?"

붉은 머리카락을 제외하면 지난번에 창밖에서 내게 웃던 그 여자가 확실했다. 흰 셔츠에 검은 가죽 치마. 오늘도 그 복장 그대로였다. 생기발랄한 얼굴에 복숭앗빛 볼을 가진 여자가 긴 붉은 머리카락을 쓸어 넘기며 웃었다. 나는 그녀의 아름다움이 무서웠다.

"우리는 예약이 필요 없는 사이예요."

루시퍼와 친밀한 사이인 듯 말했다. 나는 여자에 대해 갖고 있던 기본 정보를 수정해야 했다. 살인사건에 연루된 여자에서 내 남자와 가까운 사이로. 머릿속이 복잡했다. 그러나 예리하게 촉이 섰다. 루시퍼가 늘 끼고 있는 반지의 주인이 이 여자는 아닐까. 직감의 나침반 바늘이 한 지점으로 가리키며 맹렬하게 떨었다. 머릿속에 비상벨이 울리고 산불이 타오르듯 까만 연기가 이성을 탁하게 둘러쌌다. 나는 두려움을 이긴 채 날을 세워 물었다.

"그와는 어떤 사이예요?"

"헤어진 지 오래되었지만 알아보실 거예요."

돌아오는 웃음 속에 비웃음이 끼어 있었다. 자격지심인가, 생각하면서도 불퉁한 어조로 대꾸했다.

"잠시 기다려주세요. 먼저 말씀해주신 이분부터 상담실로 안내해드리겠습니다."

나는 붉은 여자를 눈짓으로 살피며 안내 데스크 위의 예약 일지를 펼쳤다. 먼저 상담실로 들어가는 검은 여자를 99번으로 기록했다. 우선 99번을 잠시 세워두고 혼자 상담실에 들어갔다. 상담실에는 완전한 어둠이 내려 있었다. 블라인드 위에 이중으로 친 암막 커튼이 한 톨 빛이라도 침투하는 것을 막고 있었다. 책상 위에 놓여 있던 스탠드까지 치운 상태였다. 나는 넘어지지 않게 조심조심 그에게로 갔다. 어둠 속에서 루시퍼를 찾아나서는 걸음이 익숙했다.

"루시퍼, 나예요. 상담할 수 있겠어요? 자기가 마녀라는 여자가 찾아왔어요."

생각지 못한 루시퍼의 손이 쑥 뻗어져왔다. 그가 책상 아래에서 기어 나왔다.

"들어오라고 하십시오. 스탠드도 가져와주면 고맙겠습니다."

"괜찮겠어요?"

내 말을 듣지 못한 것인지 그는 멍한 얼굴로 의자에 앉았다. 나는 검은 여자의 손에 스탠드를 쥐어 상담실로 들여보냈다. 루시퍼는 무슨 이유에서인지 간만에 기운을 차린 것 같았다. 나는 안내 데스크에 앉아 붉은 여자를 훔쳐보았다. 저 여자가 올 줄 알았던 건 아닐까? 아직도 연락을 주고받는 걸까? 의심을 확장시키고 있는데 99번이 나왔다. 상담은 생각보다 빨리 끝났다. 99번은 다음에 오겠다고 하며 대기실을 나가버렸다. 뒤이어 붉은 여자가 일어나 내게 다가왔다.

"들어가면 되나요?"

답하기도 전에 여자는 빠르게 내 곁을 스쳐지나갔다. 그녀가 노크 없이 문을 열고 상담실로 들어갔다. 나는 혼을 빼고 앉았다가 정신이 들었다. 단 둘이 한 방에 놔둬도 되는 걸까. 슬그머니 일어선 후 네 발로 상담실 앞까지 기어갔다. 문 앞에 바짝 엎드린 나는 귀를 세웠다. 살아 있는 세포를 모조리 깨워 문 너머의 두 사람을 상상했다. 드디어 작은 목소리가 들려왔다.

"찾아올지도 모른다고 생각은 했었다."

뜻밖에 루시퍼가 선뜻 아는 척을 하는 것이 아닌가. 대화를 엿들을수록 더 놀라게 될까 봐 그들의 다음 이야기를 들을 자신이 없어졌다.

━━►━►►━♥━◄◄━◄━━

하연을 직접 만난 것은 사흘 전 마당에서였다. 선선한 바람이 여름을 가르고 날아들었다. 가을이 오는 소리가 귀밑에서 들렸다. 어디선가 귀뚜라미가 숨어서 울고 열어놓은 문에 매달린 풍경도 쟁그랑 쟁그랑 울었다. 마당에는 고려가 꽃모종을 심고 있었다. 초록의 모종은 색 모를 꽃을 담고 있었다. 무슨 꽃이냐고 물어도 말해주지 않았다. 가을이 오면 저절로 알게 될 것이라 했다. 잔뜩 웅크린 초록 밭 사이로 그녀의 손가락이 오갔다. 흙냄새가 온 마당을 떠다녔다. 흰 반팔 티, 해진 청바지, 질끈 묶은 그녀의 머리타래 아래에서 핑크색 리본 끈은 바람에 한들거렸다.

루시퍼는 진득하게 앉아 바삐 손을 놀리는 고려의 뒷모습을 보고 있었다. 횅한 마당을 그냥 두지 못하겠다던 별난 그녀의 뒷모습이 따뜻했다. 그녀를 보고 있는 루시퍼의 입매가 부드러워졌다. 고려는 그가 싫어하던 것마저 순순히 받아들이게 하는 힘이 있었다. 반대로, 좋아하던 일도 그녀 앞에서는 그다지 흥미가 생기지 않았다. 모든 게 속수무책이었다. 그 무엇도 그녀만큼 좋지 않았다. 적어도 그의 시야 안에서는 그녀가 어떤 것보다 빛나고 또 강했다.

'루시퍼!'

고려의 뒷모습을 한참 보고 있는데, 누군가 그를 불렀다. 뒤돌아보았으나 아무도 없었다. 곰곰이 생각해보면 익숙한 목소리. 그의 것이자 하연의 목소리였다. 루시퍼는 입을 다문 채 두리번거렸다. 풍경은 여전히 쟁그랑거렸고 끈질긴 삶의 냄새가 그를 흔들고 있었다. 주변을 돌아보았다. 마당은 이전과 다르지 않았다. 다만 어딘가에서 하연이 끈질기게 부르고 있었다. 목소리는 수화기 건너에서 들리는 듯했다. 그는 고개를 숙여 발끝을 노려보았다. 그곳에서 목소리가 번져 나오고 있었다. 분명했다.

'루시퍼, 그만 돌려줘요.'

하연은 애걸하는 어투가 아니었다. 정중한 문장을 명령조로 읽는 마냥 화를 내고 있었다. 루시퍼는 오른발을 들었다. 그럼자가 그의 행동대로 따라 움직였다. 이번에는 왼발을 들어보았다. 역시 루시퍼의 뜻대로 움직이고 있었다. 잘못 들은 것인가, 눈을 부라렸다. 안심이 되지 않았다.

얼마 전부터 루시퍼는 거울을 볼 수 없었다. 수도 없이 봐온 하연의 얼굴이었고, 이미 익숙해졌다고 생각했다. 어느 날은 그 얼굴이 진짜 자기 얼굴처럼 느껴지기도 했다. 그런데 거울 속 얼굴이 낯설어졌다. 본래 그의 것이 아니기도 했으나 그의 뜻대로 움직이지 않은 탓이었다. 거울 속의 하연이 노려보는 것처럼 느껴졌다.

면도를 할 때는 눈을 감고 더듬어가며 공을 들여야 했다. 손가락 끝에 걸리지 않는 여린 수염은 처리하지 못했다. 상처가 나는 것을 빼면 그다지 불편하지 않았다. 이처럼 사소한 것을 곧잘 놓쳤다. 면도칼에 베여 생긴 상처에 붙여둔 커다란 화장지 조각, 손에 묻어 얼굴로 옮겨진 만년필 잉크, 밥을 먹다 입가에 붙은 김 등등이었다. 고려가 그것들을 발견해 떼어주곤 했다. 하지만 고려에게 말할 수는 없었다. 하연이 몸을 달라고 합니다. 어떻게 하죠? 루시퍼는 아직 그림자를 노려보고 서 있었다.

"거기서 뭐 해요?"

고려가 한쪽 다리를 들고 선 루시퍼를 돌아보았다. 그는 다리를 내려놓고 차렷 자세로 웃어 보였다.

"아무것도 아닙니다."

발밑이 근질거렸다. 어색한 웃음을 알아차린 고려는 일어나 두 손을 탈탈 털었다. 흙냄새가 짙어졌다. 그의 신경은 온통 발아래 그림자로 향했다.

"그렇게 멀뚱히 보고 있을 거예요? 좀 도와주시죠."

"안 끝났습니까? 얼마나 더 심으려고 그럽니까?"

눈으로 발밑을 예의주시하며 태연을 가장해 말했다. 그림자는 이상이 없었다. 온순한 강아지와 같이 그의 발밑에 넙죽 엎드려 있었다. 그가 느릿느릿 땅바닥에 고정했던 시선을 들자 고려가 검지를 바닥에 댄 채로 제자리에서 한 바퀴 돌았다. 그녀의 검지가 커다란 타원형을 그렸다. 꽃모종으로 마당을 둘러버릴 생각인 듯했다.

"그렇게나 크게 말입니까?"

"알았으면 장갑 가지고 와요."

루시퍼는 긴장이 풀려 너털웃음을 지으며 고개를 좌우로 저었다.

"아니, 그건 아닌 것 같습니다."

"기회 줄 때 잘 생각해보세요. 일주일간 포옹 금지령을 내리는 수가 있어요."

그녀의 마른 어깨가 으쓱 올라갔다가 내려왔다.

"진정하십시오. 꽃밭 조성만이 우리의 최고 목표는 아니지 않습니까?"

"그럼 내가 모르는 우리의 최고 목표가 뭘까요?"

"우리의 2세가 아니겠습니까?"

막 그녀를 어르고 달래 한쪽 구석에만 꽃밭을 만들자고 하려던 참이었다.

'그만 내놔!'

그의 그림자 안에서 검은 두 손이 쑤욱 올라왔다. 루시퍼의 목을 잡아채려는 양 곧게 뻗어왔다. 루시퍼는 검은 손을 피해 움츠렸다가 고려를 돌아볼 새도 없이 튀어 올랐다. 상담실로 정신없이 달렸다. 발바닥 밑에서 자라난 그림자가 끈질기게 쫓아왔다. 열린 문으로 뛰어들다 문턱에 걸려 넘어졌다. 바닥에 드리운 그림자가 루시퍼를 감싸 안았다. 까만 그림자가 그를 통째로 집어 삼키고 있었다.

"으, 으아악!"

그녀가 달려와 허공을 휘젓는 루시퍼의 팔을 잡았다. 그러자 그림자는 스르륵 크기를 줄이고 온순해졌다. 위기를 모면했으나 소멸이 턱밑까지 위협하던 기분을 그는 두고두고 잊지 못했다. 원흉은 그림자였다. 하연의 몸에서 비롯된 그림자. 그것 말고는 답이 없었다. 빛을 피하고 어두운 곳에 몸을 숨기면 그림자는 사라졌다. 그림자가 생기지 않으니 하연의 목소리도 들리지 않았고, 검은 손도 나타나지 않았다.

루시퍼는 오늘도 빛 너머 가장 깜깜한 곳에 있었다. 고려에게 선택의 기회를 주어야 할까. 진짜 정체를 밝히면 정신과에 가보자고 하지는 않을까. 떠나갈 것이 뻔한 고려에게 선택지를 건네는 것은 옳은 일인가. 옳은 일은 없지. 그녀에게 좋은 일과 나쁜 일이 있을 뿐. 욕심을 버리고 그녀를 놓아줄 수 있을 것인가. 온갖 잡념으로 불안에 떨 때 반가운 얼굴을 만났다. 그의 책상 위 불빛은 맞은편에 앉은 여자를 환하게 비추고 있었다. 그러나 상담실 바닥에 여자의 그림자는 없었다.

"루시퍼, 저를 알아보시겠습니까?"

윤기가 흐르는 붉은 머리카락. 그가 부드럽게 웃으며 그녀의 이름을 불렀다.

"릴리스."

세상에 처음 날 때, 릴리스는 아담의 부인이 되도록 만들어졌다. 오로지 아담의 부인으로서 움직이고 기능하고 존재해야 했다. 하지만 그녀는 아담의 요구에 응하지 않았다. 릴리스는 자신의 이름으로 불리기 바랐고, 자신의 존재 가치를 다른 곳에서 찾고자 했다. 청하여 허락받고자 했으나, 이루어지지 않았다. 때문에 아담을 버렸고, 릴리스의 자리를 아담의 갈비뼈로 만든 하와가 대신하게 되었다. 하지만 그녀는 운명을 거스른 최초의 여성으로서의 자부심을 갖고 있었다.

"나를 어떻게 찾았나."

루시퍼의 어투는 평소와 달랐다. 존칭을 깍듯하게 쓰던 그의 습관은 온데간데없고 자신감이 넘쳐 말끝이 두껍고 짧았다. 루시퍼가 빛 속으로 손가락을 밀어넣었다. 그의 검지가 스탠드 불빛을 받으며 상담실 문을 가리켰다.

"밖에 있는 여자가 듣지 못하게 해다오."

문 앞에 있던 고려의 민첩한 움직임 소리가 들렸다.

"손을 쓰겠습니다."

벌떡 일어나는 여자에게 루시퍼가 덧붙였다.

"소중하니 다치지 않아야 한다."

릴리스는 표정을 감추고 고개를 조아렸다. 속으로는 그가 독특한 것에 눈이 멀었을 뿐이라고 생각했다. 그 인간 여자에게서 독특함을 빼앗아버린다면 루시퍼의 관심도 사그라질 것이라 여겼다. 릴리스가 믿는 구석이 있는 까닭이었다. 릴리스는 곧장 밖으로 나갔다가 돌아왔다.

"인간은 재웠습니다. 그보다 루시퍼, 당신이 그리웠습니다. 얼굴을 보여주십시오."

릴리스의 목소리가 가늘게 떨렸다.

"나는 인간의 몸에 갇혀 있고, 그림자에 쫓기고 있다."

"알고 있습니다."

짧은 침묵 뒤에 루시퍼가 빛으로 얼굴을 내밀었다. 릴리스에게 향했던 스탠드를 가운데로 돌리며 그가 물었다.

"너는 어디까지 알고 있는 것인가? 언제 나를 찾았고, 왜 미리 보고하지 않나?"

힐난하는 어조가 아님에도 릴리스는 바들바들 떨며 머리를 조아렸다.

"인간 여자가 상담소에 안착하던 때, 뒤를 따르다 루시퍼를 발견했습니다. 상황을 파악하느라 늦었습니다."

"고려를 따라왔단 말인가. 너도 느꼈나. 악마의 향기를."

그에 대해서 릴리스는 말을 아꼈다. 루시퍼가 의자를 뒤로 물려 어둠 속으로 숨었다. 릴리스는 사라지는 루시퍼의 껍데기, 하연의 얼굴을 끝까지 놓치지 않고 바라보았다.

"네가 나를 도와다오. 하연의 껍데기가 나를 노리고 있다. 나를 밀어내고 제 몸을 찾으려 한다. 해서 내가 그림자를 피하고 있는 것이다."

릴리스는 고개를 들어 루시퍼가 있는 어둠 언저리를 응시했다. 그녀의 눈동자가 루시퍼의 눈동자를 찾아 헤맸으나 둘의 시선은 교차될 뿐 마주치지 않았다. 힘과 권력을 잃은 주군을 안쓰럽게 바라보던 릴리스가 아랫입술을 깨물었다 놓으며 물었다.

"지금이라도 인간의 몸을 버리고 돌아오실 수 없는 것입니까?"

"내 마음대로 된다면 이리 오랜 시간이 걸리지 않았을 것이다. 인간 천 명의 상처를 치유하고 돌아가 재판을 받으면 천국으로 귀환되리라는 명이 있었다. 그 때문에 인간의 몸에 묶여 있는 듯하다."

"정녕 가시려는 겁니까? 어찌 지옥이 아닌 천국으로 가신단 말씀입니까? 저를 비롯해 주군을 기다리는 지옥의 백성들은 어찌합니까!"

릴리스가 일어나 그에게 성큼 다가갔다. 그녀의 한 손이 책상 위에 올라왔다. 루시퍼가 손을 뻗어 그녀의 손등을 다독였다. 릴리스는 돌아가 소파에 앉았다. 그가 빛 속으로 얼굴을 내밀며 속삭였다.

"지상은 좋은 곳이다."

"지상은 지옥보다 못한 곳입니다."

"너에게 선택권이 있듯, 나에게도 선택권이 있다. 릴리스, 나를 이곳에서 인간으로 살 수 있도록 도와다오."

"천국으로 가신다 하지 않았습니까? 저 여자 때문입니까?"

릴리스는 문 밖으로 시선을 돌렸다.

"피곤하다. 그만 자야겠구나."

루시퍼가 답을 피하며 가운 같은 겉옷을 벗었다. 릴리스는 제 군주의 모습을 보고 깜짝 놀랐다. 마왕이 곰돌이 파자마를 입고 있는 것이 아닌가. 항시 양복 차림으로 의자에 앉아 잠을 청하던 그에게 파자마는 색다르면서 편리한 것이었다. 보드라운 것이 은근히 마음에 들어 곰돌이 파자마를 안에 겹쳐 입곤 했다. 그가 부스럭거리더니 상담실 책상 아래에서 이불을 꺼내 깔았다. 그는 무릎을 껴안아 몸을 웅크리고는 바로 눈앞에 있는 릴리스의 다리에 대고 말했다.

"소등하고 가다오."

그녀가 무릎을 꿇고 앉아 루시퍼와 눈을 마주했다.

"제가 지키겠습니다. 그러니 책상 아래에서 나와 편히 주무십시오. 침대는 없습니까? 계속 여기서 지내셨던 것입니까?"

루시퍼가 손가락으로 의자 위의 흰 베개를 가리켰다. 릴리스가 그에게 베개를 건네며 잔소리를 했다.

"지옥에 계실 때는 이렇게 살지 않으셨습니다. 무조건 최고, 최선의 것만 택하지 않으셨습니까?"

베개를 끌어안고 책상 서랍에 머리를 기댄 루시퍼가 흐릿하게 웃었다.

"이게 나의 최고고 최선이다. 문밖에 그녀가 있다. 그것으로 충분하다."

릴리스는 울 것 같은 표정으로 의자를 멀리 치웠다. 이불 끝을 잡으며 그녀가 애원했다.

"편히 누워 주무십시오. 그림자가 찾아오지 못하도록 여기서 지키고 있겠습니다."

릴리스의 손에서 잡은 이불을 거둬들인 루시퍼가 고려가 있는 방향을 턱짓하며 말했다.

"질투에 목이 졸리고 싶지 않다. 너와 내가 상담실에서 밤을 보낸 것을 알면 나는 죽어."

"감히 인간 따위가!"

"릴리스, 고려는 내게 유일하게 아름다운 인간이다."

그가 엄하게 주의를 주었다. 온화한 그의 웃음에 릴리스는 입술을 깨물었다 놓았다.

"당신은 제게 단 한 번도 그렇게 웃어주신 적 없으십니다."

한참 만에 루시퍼가 베개를 안은 채 이야기 하나를 꺼냈다.

"옛날에 하늘에서 내려온 선녀가 있었다. 천사 같은 것이지. 천상에 사는 아름다운 여인은 목욕을 하러 지상에 내려오곤 했다. 그리고 홀어머니를 모시고 사는 나무꾼이 있었는데. 어느 날, 위험에 처한 사슴을 도와주고 선녀들이 목욕하는 곳을 알게 되지. 나무꾼은 선녀의 날개옷을 훔친다. 그것으로 선녀를 붙잡지."

"그런 무례한 인간을 보았나! 아무리 천사의 일이라 해도 가만두지 않겠습니다."

이를 악물고 격분하는 릴리스를 진정시키며 그는 이야기를 더했다.

"선녀는 자신이 낳은 아이들까지 데리고 날개옷을 찾아 고향으로 돌아간다."

"스스로 지옥 같은 곳을 벗어난 것 아닙니까? 아주 장한 천사입니다."

"이 이야기에서 나는 많은 것을 배웠다. 나무꾼은 멍청했어. 아이를 낳고 살면서도 선녀의 마음을 얻지 못했으니까 말이야. 시작은 겁박이었으나 선녀와 나무꾼 사이에 사랑이 있었다면 선녀는 날개옷을 입고도 떠나지 않았을 텐데……."

"겁박으로 시작해 사랑이 될 수는 없습니다."

"그래, 맞다. 나는 나무꾼에게 날개옷을 갖다 바치는 선녀다. 제발 나와 살아달라고, 우리의 아이를 낳게 해달라고 빌면서 말이지. 나는 절대 나무꾼을 놓치지 않을 것이다. 너는 내 말이 무슨 뜻인지 이해했느냐. 네가 나에게 가진 감정을 이제는 안다. 이곳에서 배웠지. 그 감정을 나는 고려에게 갖고 있다. 나를 향한 그녀의 질투가 어린아이들 불장난이라면 너의 질투는 화산 폭발 같은 것 아니냐. 너의 질투로 그녀를 상하게 하지 마라."

릴리스가 억눌렀던 목소리를 터뜨렸다.

"루시퍼, 어떻게 인간 여자에게 제 마음을 갖다 붙이시나이까."

"네 마음을 낮잡아 보고 하는 말이 아니다. 아니, 어쩌면 계속 낮잡아 보고 있었던 것일는지 모르겠다. 그녀를 만나기 전까지 너의 마음을 이해할 수 없었으니 말이다. 지금 나는 내 마음과 네 마음을 동등하게 보고 하는 말이다."

"그럴 리 없습니다. 잠시 홀리신 것입니다. 그 여자에게는……."

루시퍼는 릴리스의 말을 끝까지 듣지도 않으면서 그녀를 달래느라 여념이 없었다. 그가 한숨으로 말문을 열었다.

"천상으로의 귀환을 포기하는 나의 심정을 정녕 모르는가. 나의 마음을 하찮게 생각하는 것은 곧 너의 마음 역시 하찮게 여기는 것과 같다. 그러니 그만 물러가 쉬어라. 너는 내게 마음의 거리를 두려고 노력하고, 나는 너에게 물러날 시간을 줄 것이다."

사랑이라는 감정의 벽을 두고 릴리스는 물러났다. 그녀의 오래 끓인 마음이 펄펄 연기를 뿜고 있었다. 상담실 불을 끈 후 릴리스는 문을 여닫을 뿐 밖으로 나가지 않았다. 그녀는 조용히 문 앞에 서서 책상 아래로 삐져나온 이불자락을 바라보았다.

인간의 몸에 갇힌 마왕은 책상 아래에서 잠을 청한다, 릴리스가 상담실 안에 있는지 밖에 있는지 알지도 못한 채. 마왕을 사랑했던 마녀는 인간 남자를 지킨다, 인간 여자가 들어오지 못하도록. 릴리스는 고려에 대해 전하지 못한 말들을 입에 물고 그가 잠들기를 기다렸다. 그녀가 움직여도 새근새근 숨을 쉴 뿐 아무런 말도 하지 않았다. 릴리스는 일인용 소파에 앉아 그의 숨소리를 들었다.

사랑이 영원할 것처럼, 영원히 지킬 수 있는 것이라고 믿다가 사랑에 배신당하는 인간들. 루시퍼는 그들의 길을 걷고 있는 듯 보였다. 그로 인해 앞으로 얼마나 더 위험에 처할 것인가. 릴리스는 그가 고려의 무엇에 홀렸는지 말할 기회조차 부여받지 못했다. 박 여사를 찾아온 이들에 대한 보고는 말할 것도 없었다. 인간은 한곳에 집중하면 다른 여러 가지를 놓치고 만다.

그녀는 혼자서라도 루시퍼를 지켜내야 했다, 지금껏 그래왔던 것처럼.

무거운 눈꺼풀을 가까스로 떴다. 대기실은 캄캄했다. 약에 취한 것처럼 몽롱한 정신을 바로잡으며 나는 커튼을 열어젖혔다. 밤이 까맣게 내려앉도록 잤단 말인가. 시간 감각이 돌아오면서 차차 머리도 맑아졌다. 정신이 돌아오면서 제일 먼저 생각난 것은 빨간 머리의 여자였다. 이미 돌아갔겠지? 상담실 문에 귀를 바짝 댔다. 안에서 인기척이 들렸다. 들어오라는 말을 한 것은 루시퍼가 아니었다. 문을 열고 보니 그 여자가 소파에 앉아 나를 돌아보았다.

여자는 미녀와 야수에 나오는 붉은 장미 한 송이 같았다. 유리관에 소중하게 모셔진 아름다운 장미. 저 꽃 같은 것이 아직 루시퍼의 곁에 붙어 있었다.

"려, 실내등을 켜주겠습니까?"

나는 스위치를 눌러 형광등 불빛을 밝혔다. 그는 파자마 차림으로 책상 아래에서 기어 나왔다. 초저녁부터 잠들었는지 산발이 된 머리에 눈을 가늘게 뜨고 있었다. 내가 미처 다가가기도 전에 여자가 일어나 루시퍼의 팔을 잡았다. 서슴없이 그녀에게 몸을 맡긴 루시퍼가 일어나 내게 걸어왔다.

"릴리스가 왔으니, 걱정할 것 없습니다."

"걱정할 게 없다고요? 위험하게 생긴 여자를 옆에 끼고?"

릴리스에게서 강제로 루시퍼의 팔을 빼앗아 왔다.

"내 남자예요. 부축을 해도 내가 할 거고."

그녀의 웃는 입꼬리가 비틀어졌다. 나는 직감적으로 이 여자가 내 남자에게 마음이 남았음을 확신했다. 둘을 붙여놓을 수는 없는 노릇이었다. 내가 강경히 루시퍼의 팔을 잡아당기며 설명을 요구했다.

"누구예요?"

"예전에 알고 지낸 동생입니다. 우리가 함께 살 수 있도록 도울 겁니다. 당분간 여기서 머물게 해주세요."

붙어 있겠다는 이야기로군. 전 여자 친구는 아니라지만, 불여우같이 생긴 여자가 내 남자를 마음이 두고 있다지 않는가. 나는 그를 2층 계단으로 인도하며 기분 상한 티를 냈다.

"박 여사님 허락이 필요한 거겠죠."

"당신의 허락이 먼저 필요합니다."

루시퍼가 내 어깨에 반쯤 기댔다. 뒤따르던 릴리스의 표정을 보아하니 이는 분명히 그가 나에게만 보이는 모습이다. 승리감에 도취되어 눈을 내리깔았다. 단박에 마음이 누그러져 머리를 끄덕였다.

"허튼짓만 하지 말아요. 너무 붙어 다니지 말고. 도와준다는데 믿어야지 어떻게 하겠어요?"

2층으로 올라가니 박 여사는 부엌 식탁에 앉아 커피를 마시고 있었다. 초록 치마에 보라색 가죽 재킷을 걸친 박 여사의 머리에는 파란 리본 핀이 꽂혀 있었다. 잡동사니 박스에 알

록달록 장난감을 집어넣고 흔들어 뒤섞어놓은 것처럼, 박 여사는 어울리지 않는 것들을 죄다 걸치고 있었다. 루시퍼가 박여사의 맞은편에 앉았다. 나와 릴리스가 동시에 그의 곁 의자를 빼려다 부딪쳤다. 그녀에게 눈을 부라리고는 내 자리를 찾았다. 릴리스는 반대쪽으로 가서 루시퍼의 옆에 섰다. 박 여사는 낯선 여자를 보자마자 눈살을 찌푸렸다. 박 여사가 말간 눈으로 우리 세 사람을 순서대로 훑어보다 릴리스를 콕 집어 말했다.

"이년, 또 무슨 짓을 하려고 여기로 기어든 것이냐?"

루시퍼가 어떻게든 손을 뻗어 릴리스의 머리를 쥐어뜯으려는 박 여사의 손목을 붙잡고 말렸다.

"여사님, 손님입니다."

릴리스가 루시퍼 뒤에 숨어 커다란 눈을 깜박였다. 나는 고소해서 웃다가 루시퍼의 등에 찰싹 붙은 릴리스를 보고 정색했다. 저 머리채를 내가 잡아야 하는 건가, 진지하게 고민하고 있노라니 박 여사가 저절로 탄산 빠진 콜라처럼 침착해졌다.

"손님이구나, 하 선생."

박 여사는 자신의 헝클어진 머리를 손질했다. 그녀가 숨을 돌림 틈을 주며 루시퍼는 릴리스를 돌아보았다. 둘이서 뭐라고 속삭이는데 잘 들리지 않았다. 시무룩해 시선을 돌리자, 박 여사와 눈이 마주쳤다. 맑고 또렷한 눈빛의 박 여사가 나를 보고 웃으며 뜬금없는 말을 했다.

"나는 당신 편이에요."

박 여사의 정신이 어디를 배회하는지 알 길이 없어 눈을 게슴츠레 뜨고 있을 때였다. 찬바람이 훅 끼치더니 이내 웬 남자가 나타났다. 큰 키의 남자가 달려와 박 여사 앞에 섰다. 차가운 인상의 미남자가 과하게 울먹이며 박 여사를 끌어안으려 했다. 반면 박 여사는 뒤로 물러나며 그를 경계했다.

"어머니, 저 박천사입니다."

남자가 박 여사의 눈을 똑바로 보며 찍어 내리듯 말했다. 저건 아무리 보아도 아들이 먼 길 돌아 만난 어머니를 보는 눈빛이 아니었다. 나는 의심의 눈초리로 남자를 쏘아보았다. 박 여사를 지키기 위해 내가 따지려던 참이었다. 박 여사가 힘없이 손을 들며 말했다.

"내 아들이 맞네. 아들 이름을 따서 예전 요양원에서 다들 나를 천사 할머니라고 불렀지. 속사정이 있어. 그만 다들 내려가주겠나? 재회한 아들과 나눌 말이 있어. 다들 데리고 내려가줘요, 루시퍼."

박 여사를 존중해주는 것은 좋지만 찜찜했다. 나만 남아서 그녀의 얼굴을 심각하게 보고 있는데 루시퍼가 나를 잡아끌었다. 나와 루시퍼, 릴리스는 상담실로 내려왔다. 릴리스가 먼저 들어가 일인용 소파에 잽싸게 앉았다. 루시퍼가 내 손목을 잡고 책상 쪽으로 끌었다. 내게 의자를 양보하면 못 이긴 척 앉으려 했건만 괜찮다는 나의 예의상 한마디에 진짜로 그가 앉아버렸다. 단순하기 짝이 없는 남자 같으니라고. 속으로 욕을 퍼붓고 있는데, 햄버거 패티 위에 빵 올리듯 가볍게 올라앉은 나. 루시퍼가 나를 들어 제 무릎 위에 앉혔다.

"여기가 당신 자리입니다."

그가 나의 등에 볼을 갖다대고 말하니 등이 웅웅 울렸다. 건너편에 앉은 릴리스의 얼굴을 루시퍼가 봐야 하는데! 삽시간에 기가 살아 떠들었다.

"오, 저런! 릴리스 양. 젊을 때 관리를 잘해야 해요. 그런 표정, 주름지고 좋지 않아요."

루시퍼가 고개를 빠끔히 내밀었다.

"어떤 표정을 하고 있는데 그럽니까?"

"웃는 주름은 괜찮답니다."

릴리스가 억지웃음을 지어 보였다. 나는 지지 않고 공격했다.

"그런데 본명이 릴리스? 직역하면 '백합들' 맞죠? 복수형?"

"루시퍼가 저를 불러주는 별명이 릴리스, 그쪽식 이름은 라희수. 본인 소개는 하시고 이야기하셨으면 좋았을 걸 그랬네요. 예의 없게."

요것 봐라? 본명도 예쁘네? 나는 와락 달려들지 않고 한 박자 느리게 들어갔다. 오른손을 최대한 높이 들었다가 아름다운 포물선을 그리며 릴리스 앞으로 뻗었다. 악수를 청하는 이 아름다운 자세를 보라.

"고려라고 해요."

뒷말을 이으려는데 릴리스가 큰 소리로 웃으며 말했다.

"그게 사람 이름으로 고려할 만한 이름인가요?"

머쓱해진 손을 거둬들였다. 분명 내가 던진 유치 폭탄이었건만, 왜 내게 돌아온 거지. 나는 화와 부끄러움을 참느라 얼굴이 시뻘게졌다. 루시퍼가 나의 등에 볼을 부비며 릴리스에게 말했다.

"독특한 이름이지 않나. 아름다운 이름이라고 생각해."

릴리스가 경직된 어투로 말하며 고개를 조아렸다.

"옳으신 말씀입니다."

이긴 것도 진 것도 아닌 이 애매한 기분. 친구와 싸울 때 학교 선생님이 끼어들어 마무리 짓지 못한 기분. 나는 릴리스의 정수리를 쏘아보았다.

다음 날 아침 식사를 차리러 2층에 올라간 나는 거실 소파에 앉은 사람들을 보고 눈을 비볐다. 내 인생에 어쩜 이렇게 화려한 사람들이 있을 수 있단 말인가. 어제 만났던 또렷하게 생긴 천사 양반, 그 옆에 꽃 같은 것, 창가 끝자리에 낯모를 긴 생머리 미소년이 앉아 있었다. 쏟아지는 까만 생머리, 일자로 쭉쭉 뻗은 생기 넘치는 머릿결을 귀 뒤로 넘기며 미소년이 내게 다가와 인사했다. 목소리가 중성적이었다.

"반가워요. 천사 씨 친구, 철수라고 해요"

본인 친구에게 부를 만한 호칭은 아니었다. 미소년이 내게

227

손을 내밀며 악수를 청했다.

"전 고려예요."

악수란 적어도 몇 초는 붙잡고 있어야 하는 게 아닌가. 철
수가 내 손을 잡자마자 바로 놓았다. 걸레라도 되는 것처럼
께름칙하게 잡았다 놓는 모양새였다. 나는 이 상황이 달갑지
않았다. 루시퍼의 눈앞에 예쁜 존재는 꽃 같은 년 하나로 충
분했다.

우리는 복작복작하게 식탁에서 아침을 먹었다. 천사와 철
수, 두 사람을 탐탁지 않아 하는 릴리스, 무신경한 루시퍼, 눈
치 보느라 심기 불편한 박 여사, 이게 무슨 일인가 눈이 휘둥
그레진 지만, 그리고 나까지 일곱 명이 앉자 식탁이 꽉 찼다.
지만은 식사 시간 조금 전에 나타났다. 야구로 치자면 적절한
타이밍에 본루로 뛰어 들어온 격. 나 보기가 민망해 곧장 2층
으로 가실 때에는, 말없이 고이 보내드려야 하는 것인데. 하필
그때 내가 2층에 있었다는 현실. 지만은 적잖이 당황한 것 같
았으나 나는 좋았다. 요즘 잘 찾아오지 않아 소식이 궁금하던
차였다. 식사가 끝나자 다들 뿔뿔이 흩어졌다. 칸막이 독서실
에 들어와 있는 것처럼 모두 숨을 죽이고 저들끼리 속삭였다.
나는 안내 데스크에 지만과 나란히 앉아 이야기했다.

"한동안 안 오더니, 웬일?"

"찾을 게 있어서. 근데 여기 어쩌다 이렇게 된 거야?"

오랜만에 놀러온 지만은 분위기가 달라져 있었다. 생기발랄

하던 그가 10년은 겉늙어 시간을 거슬러온 것처럼 무게를 잡았다. 그러더니 뜬금없이 내 머리칼과 목덜미 사이로 손을 집어넣었다.

"뭐 하냐?"

"아니야."

지만은 내게 멀찍이 떨어져 혼자 돌아다녔다. 대기실 한가운데에서 청소를 해야 한다며 쿠션 먼지를 털지 않나, 바닥에 자기 동전이 떨어졌다며 내 운동화 아래를 노려보지 않나. 의심쩍은 행동만 하다 빈손으로 돌아갔다. 오후에는 99번 마녀가 찾아왔다. 장례식장을 옮겨 놓은 듯 그녀의 주변이 칙칙하고 암울했다. 오늘따라 손님맞이가 잦아 나는 진이 빠져 있었다.

그가 왔다는 소식에 루시퍼는 말을 잇지 못했다. 고려가 상담실 문을 두들겼다. 릴리스는 잠깐 돌아보았다가 루시퍼에게 시선을 고정했다. 이내 루시퍼의 허락 없이 문이 열리는 소리가 들리고 고려의 목소리가 또렷하게 들렸다.

"루시퍼?"

이 순간만큼은 릴리스는 고려의 목소리가 루시퍼에게 닿기를 바랐다. 루시퍼가 말문을 닫은 지 오래 되었기 때문이었다. 루시퍼는 눈을 뜨고 그녀의 어깨너머로 고려를 보았다. 눈이 마주치자 고려가 다가왔다.

"왜요? 무슨 일 있어요?"

릴리스는 루시퍼에게서 시선을 떼지 않았다. 그는 굳었던 표정을 풀고 웃었다. 그의 일분일초가 사진처럼 분할되어 릴리스의 눈에 담겼다.

"별일 아닙니다."

릴리스의 시야는 확장되어 그와 고려를 한눈에 담았다. 인간에게 쓰는 존칭이 그녀의 귀에 거슬렸다. 걱정하는 인간 여자와 그 인간 여자가 걱정할까 다시 걱정하는 악마 루시퍼. 줄이 끊긴 꼭두각시 인형처럼 릴리스의 전신에 힘이 쭉 빠졌다.

"99번이 지금 상담을 하고 싶다는데 어떻게 할래요?"

루시퍼가 고려의 손가락을 만지작거리며 답했다.

"알겠습니다. 릴리스가 나가면 들여보내주십시오."

고려가 완전히 나간 것을 확인한 루시퍼가 릴리스에게 읊조렸다.

"릴리스, 그를 만나야겠다. 혹 네가 곤란해지는 것은 아니냐."

릴리스는 머리를 좌우로 흔들었다. 그는 릴리스가 참으로 곤란한 것이 무엇인지 알지 못했다.

"자리를 마련해다오. 그만 나가봐."

그는 넘치지 않았다. 적당한 선까지 찰랑거리다 이내 거리를 두었다. 다정하여 기대하면 선을 그었다. 선이 확실하다는 것을 알면서도 릴리스는 기대하기를 그만두지 않았다. 너무 오래 기다렸기에 돌아가는 길도 그만큼 멀었다. 릴리스는 일어나 허리 숙여 인사하고 상담실을 나섰다. 딱 맞춰 마녀라 주장하는 인간 여자가 상담실로 들어갔다. 릴리스는 안내 데스크 의자에 앉아 무언가를 열심히 쓰고 있는 고려를 먼발치에서 지켜보았다. 빨간 일기장을 펼쳐놓고 무어라 길게 끄적거리고 있었다. 저 여자만 사라지면, 루시퍼를 예전으로 돌려놓을 수 있는데.

여자의 흔적을 따라 얼마나 오랜 시간 쫓았던가. 여자의 자취를 찾아 다가가면 여자는 도망치듯 거주지를 바꾸었다. 장미 슈퍼에 자리 잡은 여자를 찾아 환청으로 겁주었다. 여자는 요리조리 잘도 피해서 신기하게도 루시퍼가 있는 곳으로 숨어들었다. 이번엔 수상한 남자를 붙여 한바탕 골리려고 했더니 루시퍼가 나타나 여자를 구했다. 참을 수 없는 슬픔이 불같이 일었다. 실은 인간을 해치울 필요도 없었다. 여자의 가슴속에 박힌 그것만 꺼내면 되었다. 그리 된다면 루시퍼는 여자에게 아무런 흥미를 느끼지 못하게 되리라. 아랫입술을 물었다 놓으며 릴리스는 모나게 뜬 눈으로 고려에게 말을 걸었다.

"내가 충고 하나 할까?"

"본색을 드러내는군."

"루시퍼는 너 따위가 감당할 분이 아니란다. 말로 할 때 루시퍼의 곁을 비우는 게 좋을 거야. 그 자리는 원래 내 자리라고."

"세상에, 그렇게 착각하며 살았구나?"

"너는 모르는 그의 과거를 나는 알고 있어. 너와 그의 현재
도 나는 속속들이 알고 있지. 게다가 미래? 너와는 절대 함께
일 수 없다고."

루시퍼는 옛날부터 지상으로 여행 오길 좋아했다. 희고 큰
날개는 옥빛으로 지상을 비췄고 백옥 같은 피부에 금발을 한
그가 성스러운 미소를 지을 때면 온갖 꽃이 수줍어 고개를 숙
였다. 릴리스는 그날의 루시퍼를 회상하며 황홀한 눈빛으로
상담실을 잠시 건너다보았다. 인간, 너는 결단코 알 수 없어.
루시퍼, 그가 얼마나 아름다운 존재였는지. 때로 그가 슬퍼 울
면 만물이 녹아 흘렀다. 그의 아름다움은 온 세상을 뒤덮었고,
어느 누구도 그의 이름을 함부로 부르지 않았다. 미워하려야
미워할 수 없는 그를 릴리스가 사모했다. 다른 것들보다 훨씬
강력하게 가슴앓이를 했다.

"너는 루시퍼가 잠깐 거쳐 가는 징검다리랄까? 징검다리 위
에서 머물 수는 없어. 애초에 징검다리는 편하게 건너오기 위
해 놓인 거니까. 그는 너를 모조리 건널 거야. 그리고 내 곁으
로 돌아오겠지."

릴리스는 확신에 차서 말했다. 지옥의 마왕이 되었다는 루
시퍼를 찾아 악마가 된 그녀였다. 타락한 루시퍼는 날개가 뜯
긴 채 지옥으로 떨어졌다. 피투성이가 된 루시퍼의 금발은 피

로 물들었다. 검게 굳어 뻣뻣해진 루시퍼의 머리칼은 더 이상 스스로 빛나지 않았다. 루시퍼가 흘린 피를 제 머리에 똑같이 적시고 그녀는 다짐했다. 영원히 루시퍼의 곁을 지키겠노라고. 릴리스가 매서운 눈빛으로 고려를 쏘아보았다.

"하지만 징검다리 주제에 루시퍼의 앞길을 막는다면 내가 널 해칠지도 몰라. 그전에 그만둬."

옛 사람들은 마녀가 된 릴리스를 괴물로 여겼다. 남자의 정기를 빨아먹고, 아이들을 유괴해 해코지하고, 임산부의 배를 갈라 갓난아기를 죽이는 끔찍한 요괴라 칭했다. 릴리스가 아담을 거부한 이래, 아이를 갖지 못하는 몸이 되었기에 생겨난 말들이었다. 하늘의 그분은 잔인하게도 근거 없는 소문이 세상에 흐르도록 두고만 보았다. 인간들은 하나같이 남의 상처 난 곳에 소금 뿌리기를 즐겼고, 제 상처만 가장 아픈 것으로 알았다. 그 악랄한 인간을 가장 아끼는 것이 하늘의 그분이었다.

지옥에 떨어진 루시퍼는 마왕의 역할에 충실하지 않았다. 루시퍼가 그분을 사랑했기 때문이었다. 일절 악마의 일에 관여하지 않았다. 천상의 존재와 같이 홀로 빛났고, 자주 지상으로 놀러나갈 뿐 해악은 저지르지 않았다. 그의 방관에 악마들은 더욱 날뛰었고 인간을 유혹하고 하급 천사들을 타락시키는 일에 릴리스가 앞장섰다. 루시퍼 대신 복수를 한다는 명분이 있었다. 그녀는 밖으로 나도는 루시퍼를 단속하는 부인의 역할이 좋았다. 루시퍼를 대신해 악마를 통솔하는 것이 그를 돌보고 자신의 자식들을 길러내는 것마냥 뿌듯했다. 때문에 릴리스는 예전처럼 지옥으로 돌아가 루시퍼와 단란한 시간을 보내기 바랐다.

거창한 연설 앞에서 고려는 고개를 까닥거리며 참을성 있게 기다렸다. 릴리스가 말을 끝내자 날래게 말할 기회를 낚아챘다.

"누가 착각인지는 끝까지 가보자, 꽃 같은 년아. 너는 그의 모든 것을 알고 있을 수도 있지. 그런데 하나를 빼먹었어. 그의 감정을 이미 내가 가졌다는 거야. 우리는 미래를 약속했거든. 루시퍼가 간절한 얼굴로 나 닮은 아이를 낳아달라고 하더구나."

고려가 안내 데스크 의자에서 내려와 맞은편 릴리스에게 다가갔다. 움찔하는 릴리스의 어깨에 척 손을 얹은 고려의 얼굴에 승리의 여신다운 미소가 걸려 있었다. 콧노래를 부르며 상담실로 들어가는 고려의 뒷모습을 보며 릴리스는 이를 갈았다.

"너는 그 말만은 하지 말았어야 했어."

릴리스의 눈동자가 붉게 타올랐다.

그녀만큼이나 활활 타오르는 가슴을 안고 99번이 내담했다. 시커먼 머리카락을 풀어헤친 99번은 까만 블라우스에 발목까지 오는 주름치마를 입고 있었다. 유일하게 다른 색감이 있다면 빨간색 핸드백과 그녀의 시뻘건 심장일 것이었다. 불길에 타고 있는 99번의 심장은 못 본 사이 어린아이의 주먹만큼 쪼그라들었다. 일인용 소파에 앉은 99번은 루시퍼를 똑바로 보고 말했다.

"저를 죽여주세요."

99번은 스스로 죽을 길이 없어 악마에게 죽음을 청하러 온 인간이었다. 루시퍼는 하루의 말미를 주었다. 생각해보고 그때도 마음이 변하지 않는다면 돌아오라는 것. 흔쾌히 상담실을 나가기에 다시 돌아오지 않을 수도 있겠다고 생각했건만, 99번은 창백한 얼굴로 루시퍼 앞에 앉아 있었다.

"화형에 처해야 마땅하지만, 내가 완전히 없어질 것 같지 않거든요. 그러니까 루시퍼, 나를 죽여줘요."

루시퍼는 깍지 낀 두 손을 풀어 의자 팔걸이에 얹었다. 가진 것을 버리려는 인간은 가진 것을 더 가지려는 사람만큼이나 한심해 보였다. 그는 크게 숨을 몰아쉬었다.

"죽여줄 테니 안심하고 말하십시오. 당신은 무엇 때문에 죽어야 한다고 생각합니까?"

"첫째 딸이 꿈에 나와요. 딸이 날더러 죽어야 한다고 말해요. 어서 죽어야 한다고. 나는 마녀니까 지옥에 가야 해요."

99번은 진짜 악마 앞에서 마녀 타령을 했다. 그는 궁금했다. 상담실 문 밖에 있는 릴리스가 마녀라는 것을 알면 어떤 표정을 지을까. 릴리스가 나타나고 난 뒤로 루시퍼는 안정을 되찾고 있었다. 꼬았던 다리를 반대쪽으로 꼬며 그가 다시 질문했다.

"지옥에 가야 하는 다른 이유는 없습니까?"

99번은 손톱을 물어뜯으며 두리번거릴 뿐, 대답하지 않았다. 루시퍼는 책상 아래 그림자를 흘끔거리며 99번의 대답을 끌어내고자 애썼다.

"가족이 어떻게 됩니까?"

"남편하고 병오, 병오는 네 살 된 둘째 아들이에요."

"첫째 따님은 이름이 어떻게 됩니까?"

"연서."

딸 이름을 말하던 99번이 돌발 행동을 했다. 목청이 찢어져라 비명을 지르며 핸드백 안에서 볼펜 하나를 꺼냈다. 말릴 틈도 없이 99번은 볼펜으로 자신의 왼쪽 손목을 내리찍었다. 다행히 뭉툭한 볼펜은 상처를 내지 못했다. 99번의 재시도를 루시퍼가 끼어들어 저지했다. 볼펜을 빼앗으려는 그와 지키려는 99번의 몸싸움이 격해졌다. 책상에 부딪치고 소파를 발로 걷어차는 난리 통에 밖에서 고려와 릴리스가 튀어 들어왔다.

그는 99번을 끌어안은 채 릴리스에게 나가라고 소리쳤다. 그의 명령에 멈칫하는 릴리스를 두고 고려는 벌써 99번의 손아귀에서 볼펜을 빼앗고 있었다. 그의 눈빛이 한 번 더 닿기 전에 릴리스는 시무룩해져 상담실을 나갔다. 무기를 뺏긴 99번은 바람 빠진 풍선처럼 푹 꺼졌다. 99번의 머리는 산발이 되어 있었다. 루시퍼도 바닥에 주저앉았다. 아직 힘이 남아 있는 고려가 볼펜을 멀찍이 던지고 그녀의 핸드백도 압수해 자신의 목에 걸었다.

"돌려주세요. 제 가방이에요."

온순해진 99번이 간청했으나 고려는 고개를 저었다.

"위험할 수 있으니 저희가 맡았다가 돌아가실 때 드릴게요."

고려가 그녀의 어깨를 안아 일으키며 물었다.

"연서와는 무슨 일이 있었는지 말해주시겠어요?"

"사정을 알아야 죽이든 살리든 할 것 아닙니까?"

루시퍼가 거들자 99번은 고개를 까닥인 후 이야기했다.

"연서는 일곱 살이었어요. 놀이터에서 놀고 있으라고 하고, 잠깐 길 건너 슈퍼에 다녀왔는데…… 정말 잠깐이었어요. 5분도 안 돼서 돌아왔다고요. 슈퍼 들어가면 연서가 이것저것 사달라고 하니까. 놀이터에 아이들이 많았어요. 유치원에서 아이들을 데리고 돌아오는 부모들도 있었고. 잠깐이니까 괜찮겠지 싶어서 혼자 놀게 두고 자리를 비웠어요. 그런데 돌아와 보니 연서가, 아이가…… 안 보였어요. 연서야, 연서야. 얼마나 불렀는지."

99번은 소파에 앉아 마른 입술을 물어뜯으면서 말을 이어나갔다.

"연서를 찾긴 찾았어요. 놀이터 뒤쪽에 커다란 등나무가 있거든요. 벤치가 몇 개 있고, 예전에는 동네 흡연자들이 거기서 담배를 많이 피웠어요. 요즘에는 놀이터랑 가깝다고 금연 구역이 되어서 사람들이 잘 안 다녀요. 나무 그림자가 져서 어둡고…….. 네, 어두웠어요. 그런데 연서가 거기 있더라고요. 화를 내며 뛰어갔어요. 원래 아무데나 잘 주저앉고 눕는 아이예요, 연서는. 뭐 사달라고 잘 조르고, 바닥에 퍼질러 앉아 떼를 쓰는 아이였죠. 그날도 그런가 보다 했어요. 연서야! 부르면서 달려가 아이를 일으키려 했죠. 옷 더러워지게 왜 이런 데 넘어져 있냐고. 넘어졌으면 털고 일어나라고 엄마가 했어, 안 했어. 그러면서 아이 겨드랑이에 손을 꼈는데…….. 차가웠어요. 우리 연서가…….."

들고 있던 고려가 눈을 질끈 감으며 99번을 껴안았다. 99번의 눈물이 비스듬히 떨어져 고려의 어깨를 적셨다.

"내가 연서를 죽게 했어요. 내가 슈퍼에 데리고 갔어야 했는데. 그깟 과자 몇 푼 한다고. 안 사주려고 떼어놓고 간 틈에 사고를 당한 게 틀림없어요."

살아 있는 것 자체가 죄스러운 인간을 무엇으로 회유할 수 있을까. 그는 고심 끝에 남은 아이의 이름을 입에 올렸다. 부모란 대개 아이를 위해 무엇도 할 수 있는 존재이니 회유가 될 법했다.

"당신 탓이 아닙니다. 병오를 생각하십시오. 남은 아이를 생각해서라도…….."

"내가 살아 있으면 병오도 죽게 만들 거예요. 나는 무능한 엄마예요. 아이 하나 지켜내지 못하는 엄마라고요. 나는 마녀예요. 아이들을 잡아먹는 마녀. 내가 죽지 않으면 병오까지 목숨을 잃을지 몰라요. 어서 날 죽여줘요. 약속했잖아요?"

루시퍼가 뭐라 말을 꺼내기도 전에 고려가 소리 내어 울었다. 루시퍼는 당장 99번을 놔두고 고려를 달래야 할 판이었다. 99번도 황당했는지 눈물이 쏙 들어가서는 고려를 돌아보았다.

"아가씨가 왜 울어요?"

울먹이던 고려가 99번의 등을 후려쳤다. 깜짝 놀란 99번이 고려를 밀쳐냈다. 그 바람에 고려가 엉덩방아를 찧는가 싶더니 오뚝이처럼 일어나 99번에게 또다시 돌진했다. 그녀가 99번의 어깨를 잡고 흔들며 외쳤다.

"연서를 혼자 두실 작정인가요?"

99번이 멍한 얼굴로 고려가 아닌 루시퍼를 건너다보았다. 이 미친 여자를 어떻게 해주세요, 그런 표정이었다. 고려는 기세등등하게 99번에게 쏘아붙였다.

"살아서 일찍 헤어진 것도 억울할 텐데, 죽어서도 혼자 둘 거냐고요."

"그러니까 죽는다잖아요!"

소파를 박차고 일어서는 99번을 붙잡고 고려가 악을 썼다.

"엄마가 제 손으로 생을 마감한다는데, 그 딸이 천국에서 잘 지내겠어요? 스스로 목숨을 끊는다면 지옥에 떨어질 거예요. 천국에 있는 연서, 보고 싶지 않아요?"

순간 99번의 입가가 미세하게 떨렸다.

"보고 싶어요."

정신이 오락가락하는 와중에도 정정하고 싶었는지 99번이 고려의 말꼬리를 잡았다.

"저는 절에 다녀요. 아이 사십구재도 절에서 지냈어요."

마녀라는 여자의 종교가 불교라니. 고려가 순발력 있게 말을 바꿨다.

"극락에 있는 연서 보고 싶지 않아요? 윤회, 알죠? 빙글빙글 돌아 결국 만날 사람은 만나게 되어 있어요. 연서랑 다음 생에 또 만나야지요. 지금 삶을 포기하면 어떻게 되겠어요? 내생에 축생이 되어도 좋나요?"

"하지만 연서가 날더러 어서 죽으라고……."

"연서가 그랬을 리 없어요! 연서가 얼마나 착한 아이였는데, 얼마나 엄마를 사랑하는 아이였는데. 기억해봐요. 연서가 엄마를 보고 어떻게 웃었는지. 연서가 엄마에게 칭찬 받고 싶어 어떤 일들을 했는지."

루시퍼를 등진 두 여자가 훌쩍거리며 대화를 나누었다. 소외된 루시퍼는 팔짱을 낀 채 신기한 광경을 보았다. 비논리적인 대화에 99번의 상처가 반응하고 있었다. 99번은 루시퍼보다 고려에게 마음을 열고 속내를 털어놓았다.

"맞아요, 우리 연서 엄마 힘들다고 설거지도 해줬었죠. 싱크대가 높아서 바구니 하나를 밟고 올라갔더라고요. 물론, 주방을 엉망으로 만들기는 했지만."

99번의 입가에 슬며시 웃음이 번졌다. 고려가 이를 놓치지 않고 99번의 눈을 똑바로 보며 말했다.

"그것 봐요, 연서가 그렇게 말했을 리 없어요. 죄책감에 당신이 만들어낸 꿈일 뿐이에요. 그러니 행복해져야 해요. 연서 만나러 극락 가야죠."

눈물을 닦으며 결연히 고개를 끄덕이는 99번을 두고 고려가 돌아섰다.

"물 한 잔 가져다드릴게요. 잠시만 계세요."

고려가 눈짓으로 나머지는 루시퍼에게 맡겼다. 함께 울어주는 것으로 공감을 표하는 놀라운 능력을 인간들은 대단하게 생각지 않는다. 하지만 그것은 그가 절대 해낼 수 없는 일. 고려는 아무렇지 않게 척척 해냈다. 이제 그의 일이 남아 있었다. 그녀가 돌아오기 전에 어서 치료를 끝내야 했다. 그가 자리에서 일어서며 말했다.

"선택의 시간입니다. 마녀로서 지옥에 떨어져 영영 연서를 못 보는 편이 좋겠습니까, 잠시 상처를 내려놓고 살다가 늦게나마 연서를 만나러 극락에 가시겠습니까?"

"연서를 위해 끝까지 살겠어요."

이런 비논리적인 말이 통하다니. 그는 놀라움을 숨기고 침착하게 대응했다. 그는 책상 위로 반쯤 올라가 99번에게 손짓했다.

"잠시 이리로."

어정쩡하게 일어선 99번이 책상 가까이로 다가갔다. 그는 그녀의 턱 끝을 손가락으로 끌어올렸다. 99번의 불안한 시선이 딸려 올라왔다.

"당신의 행복을 위해서입니다. 눈을 감으십시오."

고려가 가져다준 물을 한 모금 마시고, 99번은 편안해진 얼굴로 상담소를 나섰다. 위로와 공감은 아무짝에 쓸모가 없다고 생각했던 그는 고려의 옆얼굴을 골똘히 응시했다. 그리고 난기류에 몸을 맡긴 비행기처럼 오르락내리락하던 감정을 추슬렀다. 텁텁한 입안이 불쾌했다. 99번이 아닌 자신에게 냉수 한 모금이 간절했다.

그에게 99번은 마지막 내담자였다. 어영부영 99번까지 오고 말았다. 계약서를 따로 받아놓지 않은 것은 그나마 다행이었다. 80번 대 이후로 백지에 내담자들 이름을 받지 않았다. 그런데도 그 누구도 입맞춤에 대해 의문을 제기하지 않은 것이 이상하기는 했다. 하지만 뭐 어떠한가. 말 그대로 문제는 생기지 않았다. 오늘 밤 루시퍼가 그를 만나고 나면 모든 문제는 일단락될 것이었다. 마침내 그녀와 멀리 떠날 수 있는 것이다. 그는 가슴이 부풀었다.

99번이 떠나고 한참 뒤에야 루시퍼가 나왔다. 상담실에서 휘적휘적 걸어나온 그는 대기실 소파에 몸을 던졌다. 일자로 쭉 뻗은 그의 기럭지가 소파를 가로지르고도 남았다. 가슴을 대고 한쪽 얼굴을 소파에 붙이고 누웠다. 나는 다가가 그의 엉덩이를 소리 나게 때렸다.

"양복 구겨져요."

편한 옷을 입고 편하게 행동하면 될 것을, 잔소리를 덧붙이며 쯧쯧 혀를 찼다. 가까이서 보니 99번 때문에 진땀을 뺐는지 피곤해 보였다. 그가 나의 손을 찾아 잡으며 애원했다.

"물 한 잔만 가져다주시면 안 되겠습니까?"

"정수기 한 대 사죠? 왜 2층에만 정수기가 있나 몰라, 힘들게."

"아, 알겠습니다. 삽니다! 기필코 살 테니 그만, 그만 때리십시오."

나는 말하는 내내 루시퍼의 엉덩이를 때렸다. 그가 엉덩이를 두 손으로 가린 채 엎드려 애걸했다.

"됐어요. 사려면 벌써 샀어야죠. 금방 갖다줄 테니 기다려요."

2층으로 가려다 말고 뒤돌아보니 루시퍼는 그 자세 그대로였다. 엉덩이 위에 두 손을 포갠 채 내게 뒤통수를 보인 그에게 물었다.

"루시퍼, 한 번 치료한 내담자들은 영영 상처가 생기지 않는 건가요?"

그가 내 쪽으로 고개를 돌렸다. 붉게 자국이 생긴 한쪽 뺨이 귀여웠다.

"상처는 다이어트 같은 겁니다. 돈 주고 단기로 많이들 빼지 않습니까? 그런데 근본적으로 본인 체질이나 식습관, 생활 습관을 고치지 않으면 살은 반드시 다시 찝니다. 상처도 마찬가지입니다. 내가 바뀌지 않으면 상처도 반드시 다시 생깁니다. 일시적으로 치유가 되었더라도, 위안을 받고 마음이 편안해졌다고 하더라도 세상과 나를 보고 판단하는 눈이 바뀌지 않는 이상 상처는 재발합니다."

"우리가 치료한 사람들도요?"

"물론입니다. 그래서 장기적인 심리 치료가 필요한 겁니다."

허무했다. 무언가 좋은 일을 하고 있다고 생각했다. 그를 만나 나도 이만큼 바뀌었다고, 다른 사람에게 도움이 되는 일을 하고 있다고. 그의 말을 듣고 나자 지금껏 내가 해온 모든 것이 쓸데없는 일처럼 느껴졌다.

"루시퍼가 치료한 사람들은 하루 만에도 바뀌잖아요."

"나는 상처를 도려냈을 뿐입니다. 상처 난 사과를 그대로 두면 전체가 썩어버리는 것처럼, 도려내서 덜 썩도록 막은 겁니다. 훗날 다시 생겨날 상처는 나도 어쩔 수 없고 말입니다."

"무책임한 상담사."

나는 불퉁해져 돌아섰다. 상처가 인생의 과업인 다이어트와

244

같다니. 해도 너무한 비유 아닌가? 툴툴거리며 2층에 가서 물이 든 유리컵을 들고 내려왔다. 대기실에는 곤히 잠든 루시퍼가 있었다. 내 남자가 분명한데 왜 이리 불안한 걸까. 나의 행복을 누군가 빼앗아가버릴 것 같았다. 나는 루시퍼를 흔들어 깨웠다. 부스스 눈을 뜬 그에게 물컵은 전하지 않고 딴 소리를 했다.

"우리, 약속대로 여행 갈 거죠?"

무료 상담이 끝나면 상담소를 떠나 한적한 곳으로 여행을 떠날 계획이었다. 갔다가 돌아오는 여행이 아닌, 머무를 곳을 찾기 위한 여행이었다. 꿈의 여행을 앞둔 시점에 그에게 병이 나고 엎친 데 덮친 격으로 전 여자 친구가 등장하다니. 상체를 일으키고 눈을 비비는 그의 곁에 착 안기듯 앉았다. 루시퍼의 심장 소리가 내 살갗에 닿아 전해졌다.

"무료 상담도 다 했잖아요? 아픈 곳도 나을 거라면서요?"

"정확히는 한 명 남았습니다. 완전히 나은 것도 아니고 말입니다."

"마이너스 한 명, 봐드릴게. 우리 예정대로 여행 가요."

그가 잠결에 웃으며 내 손에서 물 컵을 뺏어들었다. 시원하게 물을 마시고는 굳이 물 컵을 바닥에 놓고 내 어깨에 팔을 둘렀다. 그의 얼굴이 나의 목과 어깨 사이로 비집고 들어왔다. 그의 숨결이 간지러워 킥킥 웃는데 그가 말했다.

"다음 주에 떠나는 것은 어떻습니까?"

"아니, 내일."

"당장은 어렵습니다."

알고 있었다. 박 여사에게 가족이 생겨 그나마 한시름 놓을
수 있었지만, 야반도주하듯 박 여사를 두고 떠날 수는 없는 노
릇이었다. 그에게서 떨어져 나와 새끼손가락을 들어보였다.

"다음 주, 콜이요."

루시퍼가 희미하게 웃으며 나의 손가락에 자신의 새끼손가
락을 걸었다. 그의 새끼손가락에는 거슬리는 금반지가 여태
끼어져 있었다. 누구의 것이면 어떠한가. 지금 이 남자는 나의
남자였다. 나는 애써 무시하고 손가락을 흔들었다. 하지만 약
속한 날은 번번이 미뤄졌다. 내담자가 있는 것도 아니었다. 도
대체 언제 떠나는 것이냐고 닦달하자 그가 말했다.

"같이 살 집을 찾고 있는 중이니 조금만 더 기다려주십시
오, 려."

루시퍼의 말은 거짓이 틀림없었다. 그의 표정이 전혀 밝지
않았다. 나는 불안했다. 그가 마음을 바꿔먹고 떠나지 않겠다
고 할까 봐, 차일피일 미루다가 나 홀로 상담소를 떠나게 될까
봐. 그래서 아예 캐리어를 끌고 그의 방문을 두들겼다.

"이러다 영영 못 가는 거 아닌가요?"

그는 고개를 흔들었다. 대신 데이트를 하자고 했다. 우리는
바깥에서 제대로 된 데이트를 해보지 못했다. 기회가 없었다
기보다 딱히 그럴 마음이 생겨나지 않았다. 사람이 많은 곳을

꺼려하는 성향은 우리 둘이 같았다. 나는 그의 손에 깍지를 끼며 좋다고 답했다. 우리는 평범한 데이트를 했다. 밥을 먹고, 영화를 보고, 쇼핑을 했다. 그와 같이 간 백화점에서 깜짝 선물을 받았다. 백금에 푸른 사파이어가 빛나던 반지, 루시퍼의 심플한 금반지와 다르게 화려하고 반짝거리는 그것을 루시퍼가 직원에게 말해 쇼윈도에서 꺼내게 했다.

"불안해하지 말아요. 이건 내 약속의 증표입니다."

그의 얼굴에 흐릿한 미소가 번졌다. 맞잡은 루시퍼의 손이 미세하게 떨리고 있었다. 나만큼 그도 무언가에 불안해하는 듯했다. 내 마음을 다 안다는 양, 그가 한 팔로 내 어깨를 그러안았다. 확신을 주는 말인데도 나는 물 먹은 종이처럼 마음이 무거웠다. 그가 직원에게서 받은 반지를 내게 내밀었다.

"껴봐요. 잘 맞나 봅시다."

나는 손가락 다섯 개를 펼쳤다. 그가 나의 네 번째 손가락에 반지를 밀어넣었다. 반지가 컸다. 직원이 반 사이즈는 줄여야 할 것 같다고 말했다. 당장 갖고 돌아갈 수 없는 현실이 야속했다. 지금 가져가지 않으면 다시는 갖지 못할 것만 같아 그냥 가져가겠다고 우겨보았다. 직원이 딱 맞게 끼지 않으면 잃어버릴 거라고 충고했다. 루시퍼도 그의 말에 고개를 끄덕거리며 호수를 줄이자고 했다. 하는 수 없이 빈손으로 돌아왔다. 받았는데 받은 것은 아닌, 그런 상태로.

내가 반지 상자를 받은 것은 예상보다 훨씬 후일이었다. 나는 주먹만 한 상자를 한참 동안 흔들었다. 상자 뚜껑에 붙은 빨간 리본이 할랑거렸다. 소리에 집중했다. 덜거덕거리는 소리가 나야 하는데 나지 않았다. 아무것도 들어 있지 않거나 지나치게 꼼꼼히 포장되어 그런 것이리라. 상자에 귀를 기울인 채, 약속 장소에 나타나지 않은 그에게 연달아 전화를 걸었다. 신호음이 긴 만큼 기다림도 지루해졌다. 그는 끝내 나의 전화를 받지 않았다.

나는 그가 예약한 레스토랑에 혼자 있었다. 코스 요리가 나오고 디저트와 함께 작은 상자를 받았지만 그는 나타나지 않았다. 이러면 안 되는 것이었다. 떠나기로 한 날짜를 미룬 대신 대단히 로맨틱한 저녁을 보내기로 약속하지 않았던가. 약속을 어긴 대가로 받아낸 약속 또한 깨졌다. 직원이 첫 번째 접시를 가지고 오며 말했다.

"남자 친구분께서 계산하셨습니다."

애초에 오지 않을 작정이었겠지. 어떻게 이럴 수가 있나. 그것도 갑자기. 그는 없고, 접시들만 내 앞에 놓였다. 2인 메뉴였으나 접시를 나르는 직원의 표정은 덤덤했다. 나는 묵묵히 2인분의 코스 요리를 먹어치웠다. 애피타이저에서 디저트까지 남김없이 먹었다. 하얀 투피스가 불편했다. 배가 부르니 치마가 짧아졌다. 기어올라가는 치맛자락을 내리며 직원을 올려다보았다.

"뭐, 필요하신 거라도⋯⋯."

그 사람이 날 차버린 걸까요? 떠나자고 졸라서? 옛 여자가 나타나서? 묻고 싶었으나 차마 입이 떨어지지 않았다. 고개를 저었다. 젊은 직원이 멀어져갔다. 속으로 나를 비웃고 있을지도 몰랐다. 상자를 열어보지 못한 채 부랴부랴 레스토랑을 나왔다.

가을밤이 시렸다. 주머니 안에 들어가지 않는 선물 상자를 두 손으로 만지작거렸다. 사랑의 실체가 꼭 이러할까. 여덟 개의 꼭지, 아래보다 큰 위, 화려한 포장, 비어 있는 속. 지금부터는 이별의 실체라고 해야 맞는 말이다. 믿기지 않았다. 루시퍼, 그는 때로 청보리 밭을 훑는 바람같이 나를 허하게 했고, 때로는 비 오는 밤의 번개같이 나의 마음을 내리쳤다. 내가 그를 사랑하기 때문이었다. 그가 나의 세계에 들어와 휘저을 때마다, 나는 그를 사랑하기 때문에 감수했다. 세계의 문을 열어준 것, 휘젓도록 허락한 것이 나였으므로.

나는 드디어 선물 상자를 열었다. 빈틈없는 이음매로 빡빡하게 닫혀 있는 상자의 뚜껑을 열였다. 딸깍 소리와 동시에 텅 빈 속이 보였다. 상자 안에는 있어야 할 것이 없었다. 그것이 눈앞에 어른거렸다. 왜? 뭐가 당신을 이토록 잔인하게 만든 거죠? 끝내 그에게 연락이 닿지 않았다. 묻지 못한 질문을 품고 어기적어기적 걸었다. 발길 닿는 대로 거닐었다. 딱히 갈 곳이 없었다. 그가 있는 곳, 유일하게 돌아갈 수 있는 곳이었다.

약속 장소에 나오지 않은 루시퍼를 찾아 상담실 문을 열어 젖혔다. 그는 여느 때와 같이 의자에 앉아 화첩을 보고 있었다. 느릿하게 고개를 든 그의 시선이 도로 화첩으로 내리꽂혔다. 곱게 단장한 내 모습을 애써 외면한 채, 그 매정한 시선은 종이 안에 갇힌 그림에 닿아 있었다.

"루시퍼, 내가 어디 다녀온 줄 알아요?"

"내가 예약한 식당에 다녀왔겠지."

그의 뒷말이 짧아 깜짝 놀랐다. 단 한 번도 내게 저런 어투로 말을 건네지 않던 그였다. 언제나 정중한 높임말로 조곤조곤 의사를 표현하던 그가 아닌가. 나는 혹시나 하는 마음에 뒤를 돌아보았다. 릴리스가 따라 들어왔나? 그녀에게 건넨 말을 내가 잘못 들었나? 그러나 그곳에는 나뿐이었다.

"모르겠나. 내가 왜 그곳에 당신을 혼자 보냈는지."

신경질적으로 화첩을 덮으며 그가 일어섰다. 나를 바라보는 그의 눈빛은 너무나 날카로워 내 가슴 한가운데가 쩍 갈라졌다.

"정말 모르나 보군. 좋아, 그렇다면 선택권을 주지. 나를 잊고 행복해지겠나, 나를 미워하며 평생 혼자 살겠나?"

그에게 다가가는 걸음이 무거웠다. 갯벌에 빠진 발을 끄집어내 한 발짝씩 내딛는 것 같았다. 내가 뻗은 손을 그가 허공에서 쳐냈다. 맞은 것은 손등인데 볼이 얼얼했다.

"무슨 일이 있었던 거죠? 그렇죠?"

매달리는 것이 부끄럽지 않았다. 말하지 못하고 놓는 것보다, 갖은 말로 붙잡을 수 있다면 그렇게 하고 싶었다.

"무섭게 벌써부터 변하지 말아요. 나랑 떠나기로……."

나는 넋두리처럼 늘어놓던 말끝을 마무리 짓지 못했다. 그의 한숨이 내 발끝을 짓눌렀다.

"박 여사 말만 듣고 내담자들의 서명을 받아놓았다지. 왜 그랬나. 그것만 아니었어도 우리는, 우리는 운명에서 벗어날 수 있었을 텐데. 왜 그랬어?"

눈앞에 불이 번쩍였다. 팔을 뿌리치는 그를 악착같이 붙잡고 말했다.

"그 종이에 내담자들 이름을 미리 받아두라고, 당신이 그러라고 했다고……. 아니었나요? 박 여사가 당신에게 꼭 필요한 거라고 했어요. 그래서 내담자들이 상담실에 들어가기 전에 부러 받아둔 거라고요."

그의 팔에 매달린 내 손 위에 그의 손이 포개어졌다. 그에게 날 향한 사랑이 남아 있음을 느꼈다. 조심스럽고 부드러운 그의 손길에서 희망을 보는가 싶었는데 상담실 문이 열리고 지만이 뛰어 들어왔다.

"그 손 놓으시죠."

잡고 있는 것은 나인데 지만은 내가 아니라 루시퍼에게 성질을 냈다. 둘은 내게 개입할 여지를 주지 않았다. 루시퍼가 지만을 노려보다 나의 손을 매몰차게 떼어냈다.

"벌써 데리러 온 건가? 박 여사가 불렀나?"

"진실을 알게 되었다면 더더욱 이러시면 안 되는 거 아닙니까?"

"잠시 나랑 이야기 좀 하지."

무슨 소리인지 이해가 가지 않았다. 나와 루시퍼의 일인데 지만이 왜 여기 있는지도 알 수 없었다. 갑자기 끼어든 지만이 짜증스러웠다. 노기 띤 루시퍼를 처음 보았다. 핏대 선 목, 좁아진 미간, 충혈된 눈, 비틀어져 올라간 한쪽 입꼬리. 이 남자들이 내가 모르는 이유로 내 삶을 좌지우지하려는 것인가. 두 남자가 이번엔 나를 노려보며 고갯짓했다. 날더러 나가서 기다리라는 것이다. 내 인생의 결정권을 왜 그들이 가진 것처럼 구는지 모를 일이었다.

"둘이서 무슨 이야기든 해보라지. 어떤 결정이 나오든 나는 따르지 않을 권리가 있어요. 그러니 내 권리는 빼놓고 이야기하기들 바라요!"

문짝이 떨어지도록 세게 닫고 차오르는 눈물을 참았다. 나는 줄곧 사람들과 가깝지만 한 발짝 떨어진 자리에서 살고 싶었다. 왠지 모르게 언젠가 이 삶이 끝장날 것 같은 기분에 사로잡히곤 했지만, 지금의 삶을 유지하기 위해 오늘을 열심히 살고자 했단 말이다. 그런 내가 겨우 정착하여 살 마음을 잡았다. 그와 함께인 미래는 북적거리는 사람들 틈바구니에 끼어서라도 견딜 만할 것 같았으므로. 그런데 혼자 살 팔자였던 걸까? 그래서 태어나자마자 부모 없이 이 세상을 온몸으로 치받으며 산 것인가. 누군가와 함께하려 하자 일이 꼬였다.

4
당신의 정체

나는 숨죽인 채 읽어 내려간다. 내 남자의 과거를 손아귀에 쥐고 놓지 않는 여자. 사진 한 장으로 나를 송두리째 흔들어 버린 여자. 나는 빨간 일기장을 읽다 말고 사진을 골똘히 들여다본다. 이윽고 지만이 귀가한다. 잔뜩 긴장한 얼굴로 내 앞에 나타난 그는 앞머리를 흔들었다. 나는 그를 거실 바닥에 앉힌다. 고분고분 내 말을 잘 듣는다. 그에게 차가운 물 한 잔을 내어준다. 나도 모르게 유리잔을 던질지도 몰라 내 손에는 힘이 들어가 있다. 나는 선 채로 그가 물을 마시고 내려놓기를 기다렸다가 묻는다.

"나, 좋아는 했어?"

"내가 묻고 싶어. 너는 나 사랑해서 청혼 받아준 거야?"

나는 서러워 말이 나오지 않는다. 다른 여자 사진을 고이 간직하고 있던 그가, 예비 신혼집 서재에 옛 추억을 고스란히 끌고 들어온 그가 어떻게 내게 이럴 수 있단 말인가. 유일하게 기댈 수 있는 사람이었는데. 나는 세상을 뒤집을 기세로 따져 묻는다.

"네가, 네가 어떻게 이럴 수 있어. 너만 믿고 사는 나한테 어떻게……."

"네가 믿고 있는 게 나이긴 하냐!"

그가 자리에서 일어선다. 나와 마주 선 그가 숨을 고른다. 화를 삭이는 모양이다. 한풀 꺾인 그가 나의 이름을 부른다. 나는 진절머리 치며 뒤로 물러선다. 그가 다시 나를 부른다. 오늘따라 내 이름이 듣기 싫다.

"내 이름 그만 부르고, 차라리 변명이라도 해봐!"

"현정아, 그거 너잖아."

나는 얼이 빠진다. 숨을 탁 내뱉고 비꼬듯 말끝을 올려본다.

"너 그걸 지금 변명이라고……."

"네가 쓴 일기잖아."

빨간 일기장을 냅다 그에게 던진다. 사진이 나풀나풀 그의 발아래에 떨어진다. 나는 악을 쓴다.

"봐! 어디 내가 있는지!"

혈압이 올라 머리가 터질 것 같다. 소리를 지르느라 목구멍이 찢어지는 것 같다. 피 맛이 올라온다. 눈도 충혈되어 붉을 것이다. 세상이 붉어지고 있나. 나는 어지럼증이 인다. 미친, 욕을 내뱉고 싶은데 해본 욕이 별로 없다. 제대로 욕 한 번 뱉어보지 못하고 살았던 삶이 후회스럽다.

"너잖아, 너야."

지만이 완강하게 사진을 들이민다. 나는 너무도 진지한 그의 표정에 속아 혼란스럽다. 사진 속 여자는 헤어스타일부터 다르다. 단정한 단발머리를 고수해온 나와 달리 그녀는 영양기 없어 보이는 웨이브 진 머리칼을 하고 있다. 옷 입는 스타일도 다르다. 무채색 계열에 깔끔한 것을 선호하는 나, 어딘지 화려한 분위기를 풍기는 그녀. 엉거주춤 어깨가 굽어 서 있는 나와 당당하게 어깨를 펴고 선 그녀. 세상 모든 걱정을 껴안은 회색빛 얼굴의 나는 생기발랄하고 다소 거만해 보이기까지 하는 그녀와는 다르다. 완전히 다르단 말이다. 아니, 다른데 인상이 닮았다.

그녀가 나라고? 그녀가 나라면, 나는 누구인가? 아니, 내가 연기하지 않아도 되는 나는 어디에 있나. 남의 눈을 의식하느라 진짜 내가 어디 있는지 몰랐다. 그 안에 진짜 나도 포함되어 있는 것인지, 진짜 나는 어디에도 없는 것인지 알 수 없었다. 그래서 나는 이러한 사람이다, 정의하고 입을 열면 거기에 내가 아닌 다른 사람이 앉아 있는 것 같았다. 지만의 두 손이 나의 오른손을 붙든다. 그의 손은 땀으로 흥건하게 젖어 있다.

"현정아, 나도 힘들어. 네 무의식 속에 숨은 그 남자 흉내 내며 사는 나도……. 아무튼, 좋아. 모두 알게 됐으니까. 우리 새롭게 시작하자."

그가 붙잡고 있는 손은 현정의 것인가, 고려의 것인가. 나는 흔들리는 눈빛으로 그를 올려다본다. 내가 흔들리는 만큼 그가 흔들리는 것이라면 차라리 나을까. 우리는 같은 땅을 밟고 있지 않은 사람들처럼 다르게 흔들린다. 어쩌면 그는 나를, 나는 그를 흔들고 있을는지도 모르겠다. 지만이 날 위해 기나긴 이야기를 시작했다. 나는 그것이 정말 나를 위한 이야기인지 알 수 없었지만 들어주어야 했다.

━━▸▸▸▸♥◂◂◂◂━━

지금 네 표정을 보니 알겠다. 너는 내가 알고 있는 전부를 듣고 싶은 거야. 그렇지? 하지만 이것만은 알아줘. 나는 너를 사랑해. 우리는 예정대로 결혼할 거야. 그리고 이 신혼집에서 행복해지리라 믿어. 다 듣고 난 뒤에 너의 마음이 변하지 않으리라는 것도 믿어.

너는 2년 동안 다른 사람이었어. 그중 고작 몇 개월, 너는 내가 아닌 남자에게 호감을 가졌고 말이야. 놀라지 마. 지난 일이고 너에게 없어진 2년일 뿐이니까. 너를 다시 찾은 것은 1년 반 만이었다. 전국을 뒤지고 다녔지만 너를 찾을 수 없었어. 너는 경계가 모호한 기억을 갖고 있겠지. 그러니 네가 사라진 날부터 이야기해줄게. 너를 최초로 잃어버린 날을 정확히 기억해. 그날을 설명하기 위해서는 불의의 사고를 말하지 않을 수 없어. 괜찮겠니? 그래.

너희 부모님은 귀농의 꿈을 안고 있었잖아. 외지인에게도 친절한 산골 마을을 골랐지. 집을 지어 자리를 잡은 후에야 두 분은 온전히 이사를 가셨어. 너는 이전에 가족들과 살던 동네에 월세로 원룸을 얻었고, 태어나 처음 혼자 사는 공간을 마련했다며 기뻐했었지. 사고가 있던 날은 네가 스물여섯 되는 생일이었고, 부모님의 시골집을 구경하고 돌아오던 길이었어. 머리숱이 적은 너의 아버지가 운전대를 잡고, 조수석에는 얼굴이 까맣게 그을린 어머니가 타고 있었다고 했어. 너는 뒷좌석에 앉아 그날 본 시골집에 대해 감상평을 던지고 있었을 거야. 불운의 사고가 없었더라면 저녁 식사로 단란한 세 가족이 삼겹살을 구워 먹었겠지. 부모님 유골을 화장하던 중에 네가 내게 해준 말이었어.

현정아, 너는 그 사고로 부모님을 잃었지만 나는 너를 잃지 않은 것 하나만 하늘에 감사하며 살았다. 너만이라도 남겨주어 감사하다고. 하지만 이상하다고 생각한 적은 있었어. 안전벨트를 하고 있지 않아 차 밖으로 튕겨나갔던 너만 살아남았다는 건 기적 아니었을까? 내가 너를 너무도 사랑해서 하늘이 내린 기적 같은 것 말이야.

너는 부모님을 잃고도 말짱했어. 남의 일처럼 담담하게 상을 치르고, 부모님의 주변을 정리했지. 모든 일처리를 하는 내내 너는 눈물 한 방울 흘리지 않았다. 상을 치르고 네가 원룸

261

으로 돌아간 첫날 아침을 기억하니? 네가 내게 전화로 그랬잖아. 오늘 부모님 시골집을 보고 왔다고, 마당이 얼마나 넓은지 벌써 복숭아나무랑 석류나무를 심어두셨더라고, 다음에는 사과랑 배나무도 심을 거라고, 이러다 과일장수 되는 건 아닌지 모르겠다고, 네가 웃으며 그러더라. 마치 사고가 있었던 그 시간만 잘려나간 듯했어.

나는 덜컥 겁이 나 너의 원룸을 찾았어. 누군가 내 심장을 돌에 묶어 벼랑 아래로 내던진 기분이었지. 중력을 받아 점점 더 쏜살같이 바닥으로 떨어지는 심장을 안고 너의 원룸에 당도했을 때, 너는 너무도 태연했어. 머리가 너무 많이 길어서 미용실에 다녀와야 할 것 같다고 했어. 오는 길에 장을 봐서 내게 맛있는 밥을 해주겠다고 웃으면서 너는 집을 나섰어. 나는 네가 오지 않는 그 원룸에서 1년 반을 기다렸다. 너를 찾아다니다가도 하루의 마감은 너의 원룸에서 끝냈어. 네가 꼭 문을 열고 들어올 것만 같았거든. 머리 자르는 데 1년 반이나 걸리는 미용실이 있다며 말이야.

너의 세계가 부서진 줄도 모르고, 나는 너를 홀로 보낸 것을 자책하며 1년 반을 보냈어. 너를 다시 만나리라 굳게 믿었지만 지치기는 했어. 네가 돌아오지 않는 시간 위에 커다란 엑스 표를 그리면서 나는 내 가슴 위에도 엑스 표를 그리고 있었어. 그러던 어느 날이었어. 해율 누나 알지? 지한이 형 여자 친구. 그분 외할아버지 일로 유명하다던 상담소를 찾아갔다가 너를 봤대. 형도 대문 밖에서 너를 봤다는 거야. 네가 틀림없는데 또 네가 아닌 것 같다고도 했어. 나는 내 두 눈으로 보지 않고는 견딜 수 없었어. 그리고 마침내 너의 눈앞에 섰지.

너는 네가 아니었어. 어깨에 닿는 게 싫다며 단발머리만 고수하던 너였는데, 너는 지난 시간 머리를 길렀더라. 너는 88년생이라고 자신을 소개했지만 사실은 90년생이었고, 고아가 아니라 교통사고로 부모님을 잃은 것이었고, 바느질을 못해서 매번 내가 단추를 달아주곤 했었는데 오히려 네가 내 단추를 달아주더라. 평생 연필로 하는 건 뭐든 싫다던 네가 쉬는 시간만 생기면 노트에 뭘 끄적거리고, 글씨체는 완전히 달라져 있었어. 하지만 내게 너는 현정이었어. 고려라는 낯선 이름의 두 살 위 누나가 아니었다고. 너의 이름을 기현정으로 확정하기 위해서 나는 공을 들였어. 예전에 같이 록 페스티벌 쫓아다닌 거 생각이 날까 해서 함께 가자고 했더니, 시끄러운 음악이 싫다고 했지. 하긴, 그건 닮았네. 기현정이나 고려나 음악 취향이 같아.

꽃 같은 걸 선물하는 남자들 마음을 모르겠다던 현정은 온데간데없고, 내가 꽃다발을 줄 때 너는 함박웃음을 지었어. 시금치는 입에 대지도 않던 애가 잘 먹고, 교통사고 후유증으로 대중교통 이용도 하지 않던 네가 내 차를 아무렇지 않게 탔어. 확인할 방법은 신체적인 특징밖에 없더라. 네 목덜미에 드라큘라 이빨 자국처럼 난 두 개의 점, 먼지 알레르기, 어릴 때 나랑 자전거 타다 넘어져 생긴 발목의 흉터까지 그대로였어. 몸은 숨길 수 없는 거겠지. 너는 소심하지만 내게 다정했던 기현정이었어. 너는 너를 버리고 고려라는 다른 인격으로 살아가고 있었던 거야.

너와 상반되는 너, 현정이 아닌 고려가 그 상담소의 루시퍼라는 작자와 연애를 하고 있더라. 그 사람에 대해 기억나는 게 하나라도 있으면 말해봐. 없잖아. 아무것도 기억하지 못할 정도밖에 안 되는 마음이었던 거야. 어떻게 끝이 났을 것 같아? 결국 그는 너를 버렸어. 네가 특별하다는 것을 알고 사랑하기를 포기한 거야. 박 여사가 그러더라. 아, 상담소 주인이자 그 남자의 엄마 같은 존재인 노부인이 있는데……. 그래, 고려의 일기를 봤으니 너도 어느 정도는 알겠지. 아무튼 그 여사가 내게 말했어. 루시퍼는 떠나야 해서 어차피 너와 이루어질 수 없었다는 거야. 너랑 잠깐 놀았던 것뿐이었어. 그나마 내가 그를 용서할 수 있었던 건, 그가 너의 병을 치료해주었기 때문이야.

드디어 너를 찾았지만 나는 너의 이름을 부를 수 없었어. 네가 아는 너는 내가 아는 네가 아니니까. 온갖 병원을 쫓아다니며 네 증상에 대해 물었어. 네가 왜 그렇게 변했는지 알아야 고칠 수 있을 테니까 말이야.

너는 해리성 둔주. 단순히 과거를 기억하지 못하는 게 아니라 아예 다른 곳에서 새로운 사람으로 행세하며 살아가는 거였단다. 부모님의 교통사고를 계기로 너는 너를 버리고 떠돌왔던 거야, 2년이라는 세월을. 해리성 둔주 환자들이 그렇대. 주위의 이목을 끌지 않고 조용히 살려 하고, 눈에 띄지 않는 단순한 직종에 임하며 기존의 환경을 떠나 돌아오지 않는대. 둔주 기간이 얼마나 길어질지 알 수 없다는 정신과 의사의 말을 듣고 내가 얼마나 좌절했는지 너는 모를 거야. 너를 찾았지만 나를 알아보지 못하는 너는 네가 아닌 것 같아서, 그런 너를 얼마나 더 오랫동안 잃고 지내야 하는지 막막해서.

그래, 너는 아무것도 기억하지 못해. 회복된 이후에는 둔주 기간에 있었던 일들을 전혀 기억하지 못한대. 의사도 놀라더라. 영영 자신으로 돌아오지 못하기도 하는데, 어떻게 네가 회복되었는지 모르겠다는 거야. 회복하면 이전의 기억이 돌아오는 건 물론이고, 재발 가능성이 없다고 했어.

실은 나 혼자 한 번 더 상담소에 갔었어. 네 물건을 받아와야 했으니까. 전부 버리고 싶었지만 이상하게 빨간 일기장은 버릴 수가 없더라. 모르겠어. 또 다른 너와의 추억이라서? 무의식중에 간직하고 싶었나 봐. 어차피 너는 봐도 모를 테니까. 의사 말이 매개체를 봐도 절대, 영원히, 다시는 기억이 돌아올 리 없다고 했으니까 안심했지. 봐, 너는 정말로 그를 기억하지 못하잖아.

상담소는 어떻게 되었냐고? 일기장에 적혀 있지 않지. 게다가 너는 제대로 기억하는 게 없었을 테니 궁금할 수 있겠다. 루시퍼는 너와 마지막 상담에 들어갔어. 맞아, 그가 너의 해리성 둔주를 치료해주었어. 치료하는 과정은 비밀이라더라. 그래서 보지 못했지만 치료하길 잘했다는 생각이 들어. 상담실을 나올 때 너는 고려가 아니라 기현정이었으니까. 너는 나오자마자 나를 알아봤어. 여기가 어디인지, 네가 왜 거기 있었는지 내게 물었지. 교통사고 후유증으로 상담을 받았다고 둘러댔어. 오늘이 마지막 상담이니 더는 올 필요가 없다고 덧붙였지. 네가 피곤하다며 어서 집으로 돌아가고 싶다고 말했어. 물론 그 남자가 네 뒤에 서 있었고.

사진은 루시퍼의 요청이었어. 너를 치료하기 전에, 그러니까 고려와 찍은 사진을 갖고 싶댔어. 자신에게 의미 있는 일이라더군. 무료상담 마지막 손님을 기록으로 남기고 싶다더라고. 나는 기꺼이 응했어. 너는 곧 돌아올 내 여자였고, 그걸 확인시켜주고 싶은 욕심도 있었으니까. 한 장만 뽑았어. 그가 너의 일기장 사이에 인화한 사진을 꽂아놓은 줄은 몰랐고. 당연히 네가 볼지도 몰랐어. 잘 숨기고 있었는데 이사를 오면서 깜박했나 봐. 불태워버렸어야 했는데…….

아무튼 나는 너를 데리고 너의 집으로 돌아갈 수 있었어. 2년 만에 재회했고 일상으로 돌아온 셈이야. 그 뒤에 너는 심리상담소를 까맣게 잊고 지냈어. 단순히 친구였던 우리 관계가 급속도로 발전한 것도 그때였단다. 나는 너를 두 번 다시 잃고 싶지 않았어. 그래서 줄곧 연기를 했어. 너는 묘하게 그 남자와 비슷한 옷차림이나 분위기를 보면 몰래 훔쳐보더라.

그래서 그를 따라했고, 우리는 깊어졌어. 나는 그게 거짓이라고 생각하지 않아. 여느 연인들처럼 상대에게 잘 보이려 했던 것뿐이야. 프러포즈했고, 너는 당연히 나를 자연스럽게 받아들여주었어. 내게 너 하나뿐이었던 것처럼, 너에게도 나 하나뿐이었으니까. 우리는 서로에게 꼭 맞는 한 쌍이잖아.

아, 그래. 그만 흥분해서 네 말을 놓쳤네. 심리상담소는 없어졌어. 건물은 그대로 남아 있지만 사람들은 어디론가 떠났다고 들었어. 그래, 박 여사와 루시퍼뿐만 아니라 뒤늦게 새 식구가 되었던 천사, 철수, 릴리스까지 모두 떠났대. 그에 대해서는 나도 잘 아는 게 없어. 너를 데리고 나온 뒤로 인연을 끊어버렸으니까. 중요한 건, 네가 기현정이라는 거야. 잠시 열병을 얻어 앓는 동안의 기억이 없어졌을 뿐이야. 기억나지 않는 것을 억지로 살리려 하지 않아도 괜찮아. 노력해도 불가능한 일이니 힘 뺄 거 뭐 있어? 과거의 짧은 찰나는 중요하지 않아. 우리에게는 미래가 있잖아.

━━•➤•➤•➤•❤•◄•◄•◄•━━

여기에 앉아, 생각하는 나는 나일까. 나는 기현정으로 고려의 일기장을 보았다. 지만의 말은 미덥지 못했다. 나는 나를 버렸고, 짧은 사랑을 했으나 차였고, 상담소는 흔적만 남겨두고 사라졌다, 라니. 차라리 그의 첫사랑, 짝사랑, 옛사랑의 일기장이라고 하는 편이 나왔다. 그도 아니라면, 무엇이 나왔을까? 돌연 그런 생각이 들었다. 그 오랜 세월 함께 지내며 나는 지만의 무엇을 알고 있다고 자부할 수 있나. 옷이나 신발 사이즈, 취미, 취향은 알겠는데⋯⋯. 그것만 알면 되는 거였나. 그것으로 충분했던가. 그와 함께할 이유는 충분해질 것인가.

장미 길을 찾는 것은 의외로 아주 쉬웠다. 인터넷 검색 창에 '장미 길'이라고만 쳐봐도 지도와 주소가 떴다. 나는 지만 몰래 상담소를 찾았다. 한 번쯤 가보고 싶었다. 어느 드라마나 영화의 촬영지라고 해서, 감명 깊게 읽은 책 속의 실제 배경이라고 해서 휴일에 가족들과 나들이 떠나는 그런 기분으로.

일기장에 적혀 있던 것을 보고 상상만 했지, 두 눈으로 보는 것은 처음이었다. 장미의 계절이 아니어서 길은 화려하지 않았다. 일기장의 끝은 허무했다. 이별 통보를 받은 그 다음 날부터는 아무것도 적혀 있지 않았다.

나와 고려 사이에는 2년이라는 차가 있었다. 왜 나이를 더 먹고 싶었던 것인지 모르겠으나, 당시 28세였던 나는 고려로 사는 동안 서른이었다. 26세 실종, 28세 악마 심리상담소에서 발견, 29세 지만과 약혼한 나는 고려의 나이 서른이 되어 상담소를 찾아온 것이었다. 시간차가 묘하게 느껴졌다. 골목 끝까지 걸어들어와 철재 대문을 발견했다. 입간판은 없었고, 사람이 오랫동안 살지 않아서인지 대문에 녹이 슬어 있었다. 슬쩍 밀어보니 열렸다. 주변을 살피다 보는 사람이 없는 것을 확인하고 들어갔다. 죽어 누렇게 바랜 마당 잔디가 나를 먼저 반겼다.

　나는 1층 현관문 앞에 섰다. 설마 현관문도 열릴까. 현관문을 당겼더니 스르륵 문이 열렸다. 풍경이 요란하게 울어 나도 모르게 어깨를 움츠렸다. 이렇게 다 열어놓았을 리가 없을 텐데. 누군가 와 있는 걸까? 나는 어두운 대기실을 지나며 가슴 앞에 두 손을 모았다. 그가? 루시퍼라는 사람이 돌아와 나를 기다리는 거라면 어떻게 하지? 나는 그가 아는 사람이 아닌데……. 만나면 무슨 말을 해야 할까. 지만과 결혼하게 되었다고? 본 적 없는 남자에 대해 생각하며 나의 발걸음은 저절로 상담실로 향했다. 일기장에서 수없이 읽었던 바로 그곳이었다. 상담실 문을 열었다. 낡은 나무들이 비명을 질렀다. 그리고 하마터면 나의 입에서도 비명이 나올 뻔했다. 정면으로 보이는 책상 위에 누군가 앉아 있었다. 창문으로 햇살이 쏟아지고, 빛을 등진 형상이 있었다. 역광이라 얼굴은 보이지 않았으나 빛을 받은 여자의 머리칼이 붉게 반짝였다.

　"릴리스?"

　일기장에서 본 여자, 상담소에 온 붉은 머리 여자는 그 이름밖에 없었다. 그 여자가 맞는 걸까? 여자가 기다란 머리카락을 흔들며 내게 걸어왔다. 인형같이 생긴 여자가 나를 뚫어지게 바라보다 말했다.

　"고려?"

269

"아, 아니에요."

어색함에 비실비실 웃으며 어깨를 으쓱해 보였다. 릴리스라는 여자는 나를 요리조리 뜯어보더니 혼잣말처럼 중얼거렸다.

"그래, 너는 고려가 아니야. 걔는 이렇게 기운 빠진 얼굴을 하지 않거든."

"전 기현정이라고 해요."

"궁금해서 놀러왔나, 인간?"

나를 언제 봤다고 릴리스는 반말을 했다. 나이는 알 수 없지만 나보다는 어려 보였다. 성격상 따지지 못해 입을 다물고 몸으로 답했다. 머리를 좌우로 흔들자 단발머리 끝이 귀를 간질였다. 귀밑머리를 넘기고, 겨우 한마디 입을 뗐다.

"여기는 어떻게……."

"너 따라왔지. 지켜보고 있었어. 너한테 받을 게 있기도 하고."

묻고 싶은 말들이 넘쳤지만 입 밖으로 흐르지 않았다. 하고 싶은 말을 제때 뱉지 않았던 시간이 쌓여 입을 틀어막았다. 아예 뱉지 못하게 되어버린 것이다. 나를 어디서부터 따라왔다는 건지, 내게 무얼 받는다는 것인지……. 고려가 아니라 기현정임을 밝혔음에도 릴리스는 뜻 모를 말을 했다. 생글생글 웃던 릴리스의 표정이 서서히 굳었다.

"자, 돌려받아볼까?"

그녀가 바싹 다가왔다. 주춤주춤 물러난 뒤꿈치가 상담실

문에 닿았다. 릴리스의 흰 손이 나의 가슴 위에 올려졌다. 차가운 손길이 가슴에서 목으로 타고 올라오더니 이내 그녀의 두 손이 나의 목을 조르기 시작했다. 얼굴로 피가 몰려서인지 눈시울이 뜨거웠다. 그녀의 두 손을 떼어내려 했지만 손목에 힘이 들어가지 않았다. 힘이 쭉쭉 빠져나가는 통에 나는 손톱 끝으로 그녀의 손등을 긁어댔다. 서 있는 것조차 힘에 겨워 발끝이 미끄러질 때, 그녀가 말했다.

"너는 참 편하게 살고 있구나. 네까짓 것이 내 것을 가지고, 내 모든 것을 훔치더니 너 살 길을 찾느라 바빠? 네가 감히?"

어른한 시선 너머 릴리스의 얼굴이 뿌옇게 바랬다. 이렇게 죽나 싶을 때, 릴리스가 나를 내동댕이쳤다. 상담실 책장 아래 나가떨어진 나에게 그녀가 다가와 가부좌를 틀고 앉아 속삭였다.

"되찾을 생각이 전혀 없나? 이번 기회를 놓치면 너는 네 안에 갇히게 되는 거야. 그럴듯한 껍데기 안을 텅텅 비워둔 채로."

말을 끝낸 후 그녀가 거세게 나의 등을 쳤다. 가슴 속에서 뜨끈한 것이 울컥하고 올라오는 것이 느껴졌다. 식도가 쓰리고 입안에서는 쇠 맛이 났다. 나는 속을 게워냈다. 술을 마신 다음 날 토악질 하듯 입안에 고인 것을 쏟았다. 바닥이 더러워질까 봐 오른손으로 입을 틀어막았다. 액체 대신 덩어리 같은 것이 목구멍을 지나 입 밖으로 튀어나왔다. 손바닥을 펼쳐보

니 침이 묻은 동전 하나가 있었다. 옛날 십 원짜리만 한 크기
와 색깔을 가진 동전이었다.

나는 어려서 뭐든 입에 넣어야 성질이 풀리는 아기로, 침을
흘리며 방바닥에 놓아둔 것은 죄다 삼켰다. 집 안에 굴러다니
는 동전을 삼켜 죽을 뻔한 적도 있었다. 나는 손바닥 위의 동
전을 뚫어지게 보았다. 그 동전이 이 동전인가? 하지만 익히
아는 동전 모양이 아니었다. 별이 그려진 동전 안에는 알아먹
지 못할 글자가 박혀 있었다. 외국 동전인가? 그게 소화되지
않고 버티다가 지금 올라오는 게 말이 되나? 릴리스가 내게서
나온 것을 낚아채며 일어섰다. 릴리스의 발목을 붙잡고 내가
물었다. 어마어마한 용기를 낸 것이었다.

"그게 뭐예요?"

팔짱을 낀 채 나를 내려다보던 릴리스가 선심 쓰듯 답해주
었다.

"악마의 별."

한심한 양 내려다보던 그녀가 나를 잡아 일으켜 세웠다. 그
녀는 동전을 손바닥 위에 올렸다. 동그랗고 얇게 편 쇳덩이가
그녀의 손바닥에서 10센티미터가량 공중 부양한 채 돌아갔다.
놀란 나를 보고 릴리스가 콧방귀를 꼈다. 이윽고 돌아가던 쇳
덩이에 불이 붙었다. 악마의 별이라 불리는 것은 뱅글뱅글 돌
기도 하고, 불이 붙어 시뻘겋게 색이 변하기도 했다. 정신이
혼미해 헛것을 보는 것인가. 머리를 흔들고 눈을 아무리 깜박

여 보아도 릴리스의 요술은 그치지 않았다.

"인간은 눈에 보이는 것만 믿지. 보이지 않는 것은 없는 취급을 해. 보이는 것보다 보이지 않는 게 훨씬 많은데 말이야."

내 손끝이 악마의 별을 향해 뻗어졌다. 손끝에 후끈한 열기가 느껴졌다. 릴리스의 손바닥 위에 불이 붙은 것이 틀림없다.

"이걸 잃어버린 덕분에 그를 찾을 수 있었지만 이것 때문에 그를 잃기도 했지. 네가 대단히 매력적이라서 혹은 정해진 운명이라서 그와 함께했다고 생각하나? 아니야. 너는 내가 잃어버린 별을 삼켰고, 그 별이 그의 눈에 신비로워 보였을 뿐이란다. 인간에게 있을 수 없는 악마의 향기를 풍기고 있으니 네 가슴은 뿌옇게 흐려져 보이지 않았을 거야. 그런 인간은 처음이었을 테고, 결론은……. 너랑 이야기하는 건 재미없다. 고려는 반응 하나 좋았는데, 넌 당최 반응이 없네."

그녀의 이야기는 고려가 주인공이었다. 내게는 완벽히 타인의 것이어서 별다른 감흥이 없었다. 거슬리는 단어들이 몇 가지 있었지만 타오르는 불길에 넋을 잃고 말았다. 릴리스의 정체는 뭘까? 고려의 일기장에서 그녀는 살인사건 연루자였다가 루시퍼의 옛 연인이었다. 요술을 부리는 사람일까, 사람이 아닌 걸까? 사람이 아니면 무엇일까? 악마인가? 오만 가지 생각이 타오르는 불길 속에 있었다. 이내 불길이 가시고 릴리스는 주먹을 쥐어 동전을 감췄다. 그녀가 뒷짐을 지며 물었다.

"궁금하지 않아? 그가 어디 있는지? 기억에 없다 해도 네가 사랑했던 존재잖아."

나는 멀뚱히 그녀를 쳐다보았다. 그러면 루시퍼를 말하는
거겠지? 릴리스가 나의 속마음을 꿰뚫어보고 있는 것처럼 고
개를 주억거렸다.

"궁금하다면 알려줄 수 있지."

나를 죽일 것처럼 굴던 그녀가 태도를 바꾸는 것이 의심스
러웠다.

"너에게 전하지 못한 것이 있다고 하셨다. 그걸 전하는 게
나의 마지막 임무고. 다소 거칠게 대한 건 사적인 감정이라고
해두지. 나랑 가볼래?"

이 여자를 따라가도 되는 걸까. 나는 망설여졌다. 망설이고
있다는 뜻은 이미 생각이 두 갈래로 분열되어 있다는 말? 그
녀를 따라가보고 싶은 마음 반, 안전이 확보될 수 있는지 불안
한 마음 반. 이를 눈치챘는지 릴리스가 나의 어깨에 팔을 두르
며 말했다.

"내 이름은 릴리스, 나는 루시퍼를 위해 무엇이든 할 수 있
는 마녀야. 하지만 약속하지. 너를 무엇으로부터든 지켜주겠
어. 그게 나의 질투심이라고 해도 말이야. 이게 나의 마지막
충성심이니까."

한참 만에 나의 말문이 열렸다.

"그는 어디 있나요?"

궁금증이 두려움을 이겼다. 좋아하는 소설 속 주인공을 만

나볼 수 있는 기회처럼 느껴졌다. 자신을 마녀라고 소개하는 여자를 따라가기로 결심하고 보니, 가슴이 쿵쾅거렸다. 루시퍼, 그를 만나게 되는 것인가. 두 손을 맞비비며 나는 여자의 뒤를 따라나섰다. 마당을 가로지르고 장미 길을 지나오며 바싹 마른 입술을 침으로 축였다. 무엇이 이토록 긴장되는지 모를 일이었다. 내 인생이 나답지 않은 선택으로 조금씩 변해가고 있었다.

검은 길 끝에 위치한 남영 병원에 도착한 나는 어리둥절했다. 그가 이곳에 있다는 것이었다. 릴리스는 능숙한 걸음으로 병실을 찾아 갔다. 병원 복도는 언제나 옅은 약 냄새가 났다. 흰 가운을 입은 사람들과 흰 환자복을 입은 사람들 사이를 걸었다. 릴리스의 붉은 머리칼을 힐끔거리는 사람들의 시선을 의식하는 것은 오히려 나였다.

병실은 1인실이었고 문 옆에 이름이 붙어 있었다. 하연. 두 글자가 또렷하게 눈에 박혔다. 릴리스가 미닫이문을 열려다 말고 내게 선뜻 앞을 터주었다. 나는 떨리는 손으로 문손잡이를 잡았다. 남자는 의식불명이라고 했다. 고려가 내가, 그러니까 현정이 되던 날. 그 또한 그로 돌아갔다고 릴리스는 걸어오는 동안 설명해주었다. 나는 그가 그로 돌아갔다는 말이 무엇인지 처음에는 이해하지 못했다. 하연이 껍데기라면 루시퍼는 영혼인 셈이고, 그는 천사였으나 악마가 되었고, 악마였으나 인간의 삶을 살았다고 했다. 자신을 마녀라고 주장하는 여자가 천사와 악마에 대해 말하고 있었다. 믿을 수 없는 이야기라고 따지지 못해 잠자코 들었다. 현정은 고려가 되고 하연은 루시퍼가 되어 두 사람이 만났다. 실체는 현정과 하연이지만 사랑을 나눈 것은 고려와 루시퍼라고. 어디까지 믿고 어디까지 걸러 들어야 할는지 알 수 없어 고개만 끄덕였다.

병실 문을 열고 들어섰다. 릴리스가 나의 뒤를 따랐다. 남자는 내가 상담소를 떠나던 날부터 의식불명이라고 했다. 하얀 방에 흰 침대, 흰 이불, 흰 환자복을 입은 남자가 시체처럼 누워 있었다. 가느다란 발목이 이불 밖으로 튀어나와 있는 것이 보였다. 이불이 키가 큰 남자의 몸을 미처 다 덮지 못했다. 나는 살금살금 다가갔다. 남자의 호흡소리가 잘 들리지 않았다. 그의 뺨이 야위어 움푹 들어가 있었다. 눈가가 거무튀튀했고 높은 콧날이 비정상적으로 솟아 있었다. 릴리스를 돌아보니 그녀는 남자에게 눈길을 주지 않고 있었다. 나는 남자의 몸에 손이 닿지 않도록 신경 쓰며 이불을 끌어다 발끝까지 덮어주었다. 발을 덮자 그의 어깨가 이불 밖으로 드러났다. 앙상하지만 넓은 어깨였다.

일면식이 없는 남자인데 마음이 언짢았다. 내가 차로 친 사람을 보고 있는 양 거슬리고, 그의 앞에서 죄인처럼 절로 고개가 숙여졌다. 말없이 섰는데, 릴리스가 남자에게 다가섰다. 그녀가 과감하게 이불을 들고 남자의 손목을 찾아 이불 밖으로 끌어올렸다. 마른 장작 같은 손목을 보고 있노라니 가슴이 아렸다. 릴리스가 그의 덜렁거리는 손목을 흔들며 나를 보고 웃었다.

"살아 있지만 살아 있는 게 아니지."

애써 눈길을 돌렸다. 끝까지 보고 있을 수가 없었다. 그런 나를 릴리스가 불렀다.

"어이, 인간. 잘 봐봐. 이게 뭔지 알겠어?"

고개는 남자에게서 멀리 돌린 채, 시선만 그녀가 가리키는 곳을 응시했다. 남자의 손등과 손가락 다섯 개. 그 다섯 개 중 새끼손가락에 낯익은 것이 있었다. 병원에 들어온 이후 처음 보는 익숙한 것이었다.

"그, 그건 제 반지예요. 그게 왜 이 남자에게 있죠?"

릴리스가 남자의 손가락에서 반지를 빼 나에게 건넸다. 그것은 내 것이 분명했다.

아버지에게 생일 선물로 받았던 것이다. 스물여섯 번째 생일, 교통사고가 있던 그날 받았고 그날 잃어버린 것. 링 안에는 'G.H.J.' 나의 이니셜이 새겨져 있었다. 반지를 약지에 끼어보았다. 심플한 디자인의 반지가 꼭 맞았다. 당연했다. 내 손가락에 맞춘 반지였으니까. 그런데 그 반지가 왜 이 남자에게 있냐는 말이다. 릴리스가 말했다.

"누구 것인지도 모르고 끼고 있었는데, 너에 대한 기억이 돌아왔으니 너에게 돌려줘야 한다고 했어."

"루시퍼가요?"

소리가 되어 나온 그의 이름이 몹시 깊은 곳의 무언가를 건드렸다. 나는 전율을 느끼며 손가락에 낀 반지를 확인했다. 반지를 잃어버린 것은 지금으로부터 4년 전이고, 그 사고 현장에 이 남자가 있었다는 말이었다. 문제는 당시의 남자가 하연이었는지, 루시퍼였는지 알 수 없다는 것이었다. 그가 누구의 것인지 모르고 끼고 다녔다면 내 반지를 주운 사람은 하연일까? 답을 아는 것은 루시퍼뿐일 터였다. 나는 릴리스에게 물었다.

"진짜 루시퍼는 어디에 있나요? 그에게 물어볼 것이 있어요."

"나도 물어보고 싶은 게 많아."

릴리스는 침울한 표정으로 남자의 손목을 이불 안에 넣었다. 그러고는 따라나오라고 손짓했다. 우리는 웅성거리는 병원 복도에 서서 이야기를 나누었다.

"나도 그를 찾고 있는 중이야. 루시퍼는 사라졌어. 네 곁에 붙어 있으면 혹여 만날 수 있을까 해서 줄곧 네 근처에 있었지만 루시퍼를 찾지 못했어. 말하자면 길어. 뭐라도 한잔 마시고 이야기하자."

릴리스가 나를 데리고 병원 1층의 커피숍으로 향했다. 우리는 사람들이 잘 앉지 않는 구석 자리에 앉았다. 나는 그녀의 커피 값을 지불했다. 따뜻한 커피 두 잔을 놓고 마주 앉아 릴리스의 입이 열리기를 기다렸다.

너를 질투했어. 죽여버리고 싶었지. 죽일 수 있었지만 그러지 않았어. 널 루시퍼에게서 떼어내고 싶어서 오기를 부린 적은 있지. 너에게 일어난 기이한 일들, 그것 모두 내가 한 짓이야. 뭐, 기현정은 모르는 일이니까. 미안하다고 말할 생각은 없어.

악마의 별은 내가 만들었어. 동전 아니야! 동전처럼 생긴 별이라고. 신경 쓰이니까 앞으로 너도 별이라고 불러. 그러고 보니 너는 내 별을 삼키고, 루시퍼는 인간들의 상처를 삼키고. 참 먹는 것 좋아하는 커플이야. 이제 와서 생각해보면. 그래, 잘 어울렸어. 네가 루시퍼를 개처럼 부리긴 했지만, 개가 된 루시퍼는 행복해 보였으니까.

너를 만나기 전, 루시퍼는 매일같이 인간계로 내려갔어. 덕분에 나의 일과도 그를 찾다가 끝나곤 했지. 그래서 만든 거야. 그를 찾기 위해 존재하는 게 악마의 별이란 말씀! 남몰래 숨겨놓았던, 천사 시절 루시퍼의 날개 깃털로 만들었기 때문에 악마의 별을 갖고 있으면 루시퍼가 어디에 있든 느낄 수 있었어. 그가 다가올수록 별이 진동하지. 그의 일부가 그와 이어진 채 반응하는 거야. 잘 생각해봐. 넌 그를 사랑했던 게 아닐지도 몰라. 네 안에 있던 별의 반응을 착각한 걸지 누가 알아?

나는 이 별을 아주 요긴하게 쓰고 있었어. 루시퍼가 인간계에 놀러 가면 별을 들고 지상에서 그를 찾아냈지. 그런데 어느 날, 천사장 미카엘을 만났어. 미카엘은 루시퍼의 쌍둥이 동생인데, 외모는 닮았을지 몰라도 마음은 하나도 닮지 않았단다. 빛나는 루시퍼가 태양이라면 미카엘은 달 같다고나 할까? 음침하고 속을 알 수 없는 놈이야. 처음에는 다들 천사 같은 그 얼굴에 홀리지만.

지상에서 마주친 미카엘이 그러더라. 마녀 주제에 천사의 날개 깃털 조각을 지니다니 있을 수 없는 일이라면서 내놓으라는 거야. 허, 그 깃털 주인은 따로 있는데 왜 자기가 난리인가 몰라. 주기 싫더라고. 홧김에 지나가는 여자 외투 주머니에 넣어버렸지. 천사들은 절대 인간의 일에 끼어들지 않아. 모습을 드러내는 것도 꺼리지. 바로 그걸 노렸어. 버리는 한이 있어도 그 녀석에게 주고 싶지는 않았단 말이지.

처음에는 쉽게 찾을 수 있을 줄 알았어. 어디에 있든 기운을 느끼는 편이었으니까. 어느 정도 거리까지 쫓아갔지만 그 여자를 찾지를 못했어. 악마의 별이 없으면 어떻게 되겠어? 루시퍼를 찾는 게 어려워지는 거지. 더군다나 악마의 별이든 루시퍼든 인간의 몸에 숨어버리면 찾을 도리가 없어. 그를 찾고자 몇 년 동안 인간계를 마구 헤매고 다녔단다. 그런데 이게 무슨 일이야? 아무리 찾아도 보이지 않던 악마의 별을 맞닥뜨린 거야. 그게 바로 너 스물여덟의 기현정, 서른의 고려였어.

어린 네가 삼켰던 거야. 순수한 갓난아기가 삼켰으니 내가 찾을 리가 없지. 지상을 헤매고 다니다 스물일곱 해 만에 겨우 찾아냈으니 당장 수거해서 루시퍼를 찾아야 하지 않겠어? 그래서 기웃거렸던 거야. 너에게서 악마의 별을 회수하려고. 그런데! 네가 이사를 갔네? 그런데! 네가 이사 간 곳에 루시퍼가 있네? 네가 루시퍼가 있는 곳으로 나를 인도한 것과 다를 바가 없어.

그를 찾았지만 난 행복하지 않았어. 네가 루시퍼 곁에 찰싹 붙어서 비켜주질 않으니까, 그와 감격의 포옹도 못 했다고. 그때까지만 해도 몰랐어. 네가 인간들 중에도 흔치않게 과거를 지우고 살고 있다는 사실을 말이야. 그러니 맑은 가슴에 악마의 별이 더해져서 신비로웠겠지. 그렇게 조작된 것도 모르고 널 만난 루시퍼는 변했어. 감정에 휘둘려 제대로 된 판단을 못 하는 것은 둘째 치고, 헛것을 보고 듣는 모양이었어. 나중에는 하연의 영혼이 몸을 찾으러 왔다더군. 이상했어. 그럴 수가 없거든. 하연의 영혼은 지옥에 있어. 그가 교통사고의 주범이었으니까. 루시퍼는 껍데기를 떠났고, 원래 몸의 주인의 영혼은 지옥에 있으니 이 병원에 몸만 덩그러니 누워 있잖아? 육체도 얼마 못 버틸 거야. 이렇게 소상히 말해도 되나 몰라. 나는 경고했어. 네가 듣고 싶다고 말한 거야. 너희 부모님은 하연의 음주운전으로 목숨을 잃었어. 물론 그는 자신의 가족 또한 잃었지. 저기 병실에 누운 녀석이 네 철천지원수 되시겠다. 그런데 그 몸을 루시퍼가 빌려 썼으니……

루시퍼는 여기 말로 망상장애 같은 게 생긴 거야. 이유는 모르지. 너무 행복한 것이 불안했거나, 너를 두고 떠나고 싶지 않았거나 둘 중 하나 아니겠니. 그래, 루시퍼에게는 선택의 기회가 있었어. 그가 원했다면 천상으로 돌아가 예전과 같은 천사가 되었을지도 몰라. 하지만 그의 선택은 유한한 삶이었단다. 너라는 인간과 함께 살다 어느 날 감쪽같이 사라지는 쪽을 선택한 거야. 너는 감이 안 오지? 인간 세상의 일로 예를 들자면, 이건 마치……. 빚 독촉 하는 사람과 사랑에 빠진 나머지 당첨된 로또 복권을 버리고, 독촉자의 전화를 기다리는 멍청한 짓이라고!

그랬던 루시퍼가 왜 고려를 찾았냐고? 이별하게 되었냐고? 너도 꽤 아는구나? 일기장을 봤어? 하긴 엄청 열심히 썼지, 고려가 그 일기를. 너는 일기장을 안내 데스크 서랍에 넣어두었었거든. 네가 떠난 뒤, 네 남자 친구라는 인간이 받아갔어. 지만? 그래, 그런 이름이었던 것 같아. 아무튼 왜 너희가 헤어졌냐면 말이지. 발칙하게 정체를 숨기고 루시퍼를 꼬여낸 박 여사 때문이야. 고려가 박 여사를 수상쩍어했다고? 기똥차네. 박 여사는 인간이 아니었어. 나는 단박에 알아봤지. 어디서 그런 가면을 만들어 썼는지.

그의 이름은 라구엘, 감독하는 천사. 에녹서 7인의 천사 중하나야. 천사에게 정확한 성별이 없긴 하지만, 인간들과 같이 형상화되었을 때 가지고 있는 이미지라는 게 있잖아? 라구엘이 얼마나 건장한데, 여사님? 토 나오겠어! 아무튼 라구엘은 여기 붙었다, 저기 붙었다 하면서 이간질했어. 고려와 루시퍼, 지만 사이에서 말을 바꿔가며 큰 그림을 그렸을 거야. 어디까지나 내 추측이지만. 두루뭉술 그랬다는 것만 알아서 너에게 더 해줄 말이 없네. 네가 상담소를 떠날 때, 루시퍼의 명으로 나도 마계로 돌아갔기 때문에 모르겠어. 라구엘이라면 다 알 거야. 자기가 무슨 짓을 했는지 말해줄 수 있을지도 모르지.

◆•▸▸▸▸♥◂◂◂◂•◆

릴리스는 인상을 쓴 채 다 마신 커피 잔을 머리 위에서 두어 번 턴 뒤에야 테이블 위에 내려놓았다. 나는 그녀에게 잠시 앉아 있기를 청하고 계산대로 뛰어갔다. 김이 폴폴 올라오는 핫 초코를 받아들고 돌아온 나를 릴리스가 빤히 쳐다보았다. 하얀 잔을 그녀 앞에 밀어주자 기다렸다는 듯 핫 초코를 마셨다. 나른한 햇살 아래 누운 고양이처럼 만족스러운 표정을 지으며 그녀가 물었다.

"의외로 쓸 만한 구석이 있구나, 너?"

나는 그녀가 핫 초코를 충분히 음미하도록 두었다. 달달함에 취한 릴리스가 반쯤 눈을 감고 등받이에 등을 기댔다. 이때다 싶어 주저하던 질문을 꺼냈다.

"제가 박 여사, 아니…… 그 천사를 만날 수 있을까요?"

"만나서 어쩌려고?"

나는 말을 여러 번 입 안에서 굴려본 후에야 천천히 답했다.

"사진 한 장을 발견했어요. 저랑 제 남편 될 사람이 나온 사진에서요. 거기에 다른 남자도 있었고, 남편 될 사람 말로는 제가 자기 아닌 다른 남자를 사랑했던 시간이 있었대요. 그런데 전혀 기억에 없는 거예요. 그래서……."

"그 남자를 찾고 싶어?"

훅 들어온 릴리스의 질문에 입을 다물었다. 그를 찾고 싶은 것일까? 잃어버린 시간을 되찾고 싶은가? 그를 만난들, 기억이 되돌아온들, 나는 선택할 수 있나? 지만이 아니라 루시퍼를? 고개를 저으며 말했다.

"그저 알고 싶을 뿐이에요. 그때 사랑하고 아파했을 내 모습을 알고 싶어요."

릴리스가 붉은 머리칼을 쓸어넘기며 가소롭다는 듯 웃었다. 그녀의 시선을 피하며 나는 식은 커피 잔을 만지작거렸다. 소심한 내가 이 정도로 속을 털어놓았다는 것은 장족의 발전이 아닐 수 없었다.

"방법이 없는 건 아니지."

고개 숙인 내게 그녀가 희망의 말을 꺼냈다. 릴리스가 내게 손짓했다. 가까이 오라는 신호에 테이블 가운데로 상체를 붙이고 그녀 앞으로 귀를 들이밀었다. 그녀가 속삭였다.

"라구엘을 바로 만나는 건 힘들지만, 다른 천사에게 비행을 저지르게 하면 옐로카드를 들고 뛰어올지도 모르지. 예를 들면, 가브리엘?"

처음 듣는 이름에 나는 눈을 동그랗게 떴다. 천사의 이름은 너무 흡사해서 쉽사리 외워지지 않았다. 그녀가 멀뚱히 바라보는 나에게 설명을 덧붙였다.

"있어, 미카엘 껌 딱지. 미카엘 이야기만 하면 꼬드기기 쉬운 놈이지."

"비서 같은 일을 하는 천사인가요?"

감독하는 천사가 있다면 비서나 수행원같이 다양한 업종이 있을는지 모른다고 생각해 물은 것이었다. 릴리스가 큰 소리로 웃으며 허리를 젖혔다.

"그런 건 없어. 가브리엘은 예언의 천사야. 얼마나 곱상하게 생겼으면, 어느 고문서에는 성별이 여자로 기록되어 있다니까? 인간들은 천사에게 성별을 붙여주고 싶은가 봐. 하긴, 이상하겠지. 인간과 마귀는 성별이 나뉘는데 천사만 그런 게 없다니까. 그 얄팍한 가브리엘을 부르는 거라면 내가 도와줄 수 있어."

으쓱하여 턱을 빳빳하게 치켜든 그녀에게 나는 두 손 모아 부탁했다.

"만나게 해주세요."

"좋아, 계약을 진행해볼까? 악마에게 부탁하려면 계약서를 써야지. 영화 같은 것도 안 봤어?"

"그, 그럼……. 영혼을?"

"영혼을 모아서 어디다 쓰니? 먹을 수 있는 것도 아니고. 네 피를 줘."

내가 기겁하며 뒤로 물러났다. 의자가 시끄럽게 뒤로 밀리 자 카페 안의 손님들의 눈길이 나와 릴리스에게 몰렸다. 릴리 스가 손날로 사람들을 위협했다. 몰린 시선을 그녀가 과하게 해결하는 동안, 나는 두 손의 땀을 닦느라 무릎을 문질렀다.

"어, 얼마나 드시려고……."

나는 오른손으로 목 언저리를 더듬으며 왼손으로는 이마의 식은땀을 훔쳤다. 상처가 나지 않았으면 하니까, 점이 있는 자 리에 이빨을 꽂아달라고 해야 하나? 점이 어디쯤 있더라? 딴 생각에 정신이 팔려 있는데, 릴리스가 말했다.

"네 피는 줘도 안 먹어. 선지라면 모를까. 칼에 묻힐 양이 필 요해서 그래. 조금만 주라. 인간의 피라면 가브리엘에게 상처 는 낼 수 있겠지."

그녀의 한쪽 입꼬리가 올라갔다가 내려왔다. 사악함을 마구 뿜다 평온한 표정으로 돌아온 그녀가 말을 이었다.

"가브리엘, 그놈 고자질 때문에 루시퍼가 타락천사가 되어 버린 거라고. 내 그놈의 몸에 상처 하나는 꼭 내고 싶었어. 그 런데 악마가 어떻게 천사의 몸에 상해를 입히겠니? 우린 그분 에게 버려진 존재인 것을. 하지만 인간은 다르지. 그분의 총애 를 듬뿍 받고 있는 존재의 피가 발린 검이라면 천사도 찌를 수 있지."

"검보다는 활이 좋겠어요."

내가 그녀의 계획을 정정했다. 말해놓고 나도 놀라 두 손으로 입을 가렸다. 달리 악감정이 있을 이유가 없으나 릴리스의 말에 동조하고 있었다. 마치 범죄를 공모하는 것 같은 기분이 들어 꺼림칙했다. 릴리스가 눈과 입을 모두 가로로 쭉 찢으며 칭찬했다.

"그거 좋은 생각인데?"

나는 뜻밖에 우쭐했다. 묘하게 신이 나서 나불거렸다.

"접근성을 고려해서 화살촉 끝에 제 피를 바르는 게 좋을 것 같아요. 검보다 화살촉 면적이 좁으니 피도 덜 필요할 테고."

확실히 평상시와 다른 나의 모습이었다. 무엇이든 나서서 하지 않고 수동적이던 내가 아니었나. 내 안의 또 다른 내가 꿈틀거리고 있는 것은 아닐까. 은근히 고려라는 이름을 신경 쓰고 있었다. 나를 가만히 보던 릴리스가 의미심장하게 웃었다.

"계약 성립, 당장 가자!"

릴리스가 일어서며 내게 손을 내밀었다. 그녀의 흰 손을 잡았다. 예기치 못한 상황 속으로 내가 나를 밀어넣고 있는 줄도 모르고.

우리는 당당히 교회로 들어갔다. 마녀의 손을 잡고 교회로 들어오다니. 나는 힐끔힐끔 그녀를 훔쳐보았다. 신성한 곳에 들어와서도 멀쩡한 그녀가 신기한 탓이었다. 역시 영화랑 현실은 다른 건가? 그런 나의 시선을 받던 릴리스가 돌아보며 말했다.

"여긴 악마 교회야. 그래서 악마가 무서운 거지. 어디에도 있을 수 있거든."

그녀가 나의 오른손과 왼손을 번갈아가며 살펴보았다.

"아무래도 왼손이 낫겠지?"

텁텁한 입맛을 다시며 내가 고개를 끄덕였다. 릴리스는 곧장 자신의 오른손 위에 불꽃을 만들었다. 빨강, 주황, 노랑, 초록, 파랑의 구분이 뚜렷하고 어린아이 몸통만 한 불꽃이 그녀의 손바닥 위에서 불타오르고 있었다. 릴리스는 불장난하는 골목대장처럼 신이 나서 다른 손을 불꽃 안으로 집어넣었다. 불꽃에서 나온 그녀의 왼손에 기다란 화살이 들려 있었다. 불속에서 화살을 뽑아내며 그녀가 내게 말했다.

"우리는 가브리엘을 불러낼 거야. 어떻게? 아주 멋지게!"

비장한 얼굴로 그녀가 불꽃을 꺼뜨렸다. 타는 냄새는 나지 않았다. 깔끔하게 사라진 불꽃이 신기해 그녀의 손만 주시하고 있었다. 그때, 릴리스가 내게 화살을 내밀며 부탁했다.

"화살촉에 피를 묻혀줘. 왼손 바닥에 화살촉을 그어봐. 날카롭게 벼린 화살촉이니 살이 잘 베일 거야."

그녀에게서 화살촉을 받았다. 나는 화살촉을 왼손 바닥에 문질렀다. 뭐, 얼마나 상처가 나겠어. 날이 여린 손바닥 살을 훑고 지나갔다. 따끔함에 눈이 질끈 감겼다. 그러는 동안 릴리스는 두 손을 입가에 대고 노래 부르듯 말했다.

"가브리엘은 미카엘을 사랑한대요, 사랑한대요. 가브리엘은 미카엘을 사랑한대요, 사랑한대요. 얼레리 꼴레리! 얼레리 꼴레리!"

혀를 날름거리며 허공을 놀리는 터라 나는 헛웃음이 나왔다. 손바닥이 아린 것도 잊었다. 멋지게 가브리엘을 불러낸다더니 어디가 멋진 모습인지……. 그녀가 노래를 불렀으나 천사는커녕 평화의 상징 비둘기 한 마리도 보이지 않았다. 그녀를 말리려던 참이었다. 등 뒤에서 육중한 문이 열리는 소리가 들렸다. 돌아보니 소녀인지 소년인지 분간이 가지 않는 사람이 걸어들어오고 있었다. 찢어진 청바지에 흰 셔츠, 흰 캔버스 운동화. 나는 등을 돌리고 여전히 해괴한 노래를 부르고 있는 릴리스의 어깨를 툭툭 쳤다. 그녀가 돌아보기도 전에, 낯선 사람이 입을 열었다.

"그만하지. 마녀와 함께 있는 인간, 너는 누구?"

그의 앞을 막아선 것은 릴리스였다. 그녀의 뒤에 숨었던 나는 들고 있던 화살을 릴리스의 손아귀에 쥐어주었다. 그녀가 뒷짐을 진 채 화살대를 세로로 돌려 등 뒤에 숨겼다.

"역시 껌 딱지야. 미카엘을 헐뜯으면 반드시 네가 나타난다니까. 아니지, 나는 진실을 말한 거지. 그렇지, 가브리엘?"

"미카엘과 있을 때는 말도 못 붙이던 것이. 가소롭군. 다시는 천사장의 이름을 함부로 부르지 마라. 용서는 이번 한 번뿐이다. 너와 놀아줄 시간이 없다. 일이 쌓여 있어."

돌아서려는 가브리엘에게 릴리스가 목청껏 약을 올렸다.

"일이 있는 게 아니라, 한시라도 미카엘이 보고 싶어 죽을 것 같아서겠지! 오, 사랑둥이 가브리엘. 안타깝게도 짝사랑이란 말이냐!"

천사와 악마의 신경전을 신기하게 바라보며 언제쯤 라구엘의 이름이 나올까 기다렸다. 가브리엘의 눈길이 내게 닿았다. 나는 얼른 피아노 뒤로 몸을 숨겼다.

"인간, 마녀와 어울려 놀지 않는 게 좋을 게다. 신용할 가치가 없는 존재들이거든."

가만히 생각해보면 악마를 믿고 천사를 멀리한다는 것이 나로서도 이해가 가지 않는 행동이기는 했다. 고개를 내밀고 보니 가브리엘이 내게 찡긋 윙크했다. 무덤덤한 릴리스는 가브리엘에게 바짝 붙어 섰다.

"너희 하얀 것들보다 우리 까만 것들이 약속을 잘 지킨다는 걸 모르나?"

"그 약속이 항상 대가를 바란다는 것은 알고 있지."

릴리스가 한 손으로 가브리엘의 멱살을 잡으며 본색을 드러냈다.

"라구엘 어디 있어?"

"왜, 나는 마음대로 불러내면서 라구엘은 부르지 못하나?"

"라구엘은 너처럼 멍청하지 않잖아."

릴리스의 뒷짐 진 손이 앞쪽으로 이동했다. 화살을 가브리엘에게 보이며 한쪽 입꼬리만 올려 웃었다.

"이렇게 해도 라구엘을 부르지 않으련?"

"릴리스, 마녀는 천사를 해하지 못해."

나긋나긋한 가브리엘은 작은 손으로 릴리스의 귀밑머리를 넘겨주었다. 멀리서 보면 사이좋은 자매 같아 보였다.

"나는 마녀이지만 악마이기도 하지. 주술이나 읊어대는 마녀쯤으로 봤다면 후회하게 해주마. 멍청한 가브리엘, 잘 봐. 내 손에 뭐가 들려 있는지."

여유만만한 가브리엘이 콧방귀를 뀌었다.

"그냥 화살이잖아."

"디테일이 없어, 너란 천사는. 봐, 인간의 피가 묻은 화살촉이 보이지 않니?"

화살촉 끝부분을 확인한 가브리엘의 얼굴이 하얗게 질렸다. 가브리엘은 사색이 되어 처음으로 말을 더듬었다.

"너, 너……."

이번에는 릴리스의 어투가 여유로워졌다. 화살촉을 가브리엘의 목전에 들이밀었다 뺐다 반복하며 그녀는 가브리엘을 농락했다.

"커다란 구멍이 뚫리겠지. 인간의 피는 너희에게 치명적일 테니까. 어디다 꽂아줄까? 목? 가슴? 배? 아니면 눈? 오늘 아침에 미카엘은 잘 보고 나온 거니? 오늘이 마지막으로 보는 건 줄 알았더라면 입맞춤이라도 해볼 걸 그랬다, 싶지?"

가브리엘이 살짝 물러서면 릴리스가 집요하게 다가가 화살
촉을 들이밀었다.

"라구엘 불러. 천사들끼리는 할 수 있잖아?"

"불러서 뭘 어쩌려고 이러는 거야."

"구멍 몇 개 만들고 시작할래? 어디부터 뚫어주랴?"

궁지에 몰린 가브리엘이 두 손을 높이 들었다.

"아, 알겠어. 알겠으니까 그 화살촉 좀 치워!"

릴리스가 기회를 주자, 가브리엘이 가슴에 달린 셔츠 주머
니에서 은빛 반짝이는 것을 꺼냈다. 입에 무는 것을 보니 호루
라기였다. 가브리엘이 힘차게 호루라기를 불었다. 볼이 부풀
어 올랐다가 가라앉았다. 호루라기는 아무 소리를 내지 않았
다. 의심의 눈초리로 노려보던 릴리스가 따져 물었다.

"제대로 한 거 맞아?"

가브리엘이 곧 울 것 같은 얼굴로 고개를 끄덕였다. 때마침
교회의 문이 열렸다. 햇살과 함께 굵직한 그림자가 나타났다.
성큼성큼 걸어들어오는 사람은 팔 근육이 우락부락한 사내였
다. 찢어진 눈에 두툼한 코, 덥수룩한 수염이 자리 잡은 콧잔
등과 턱이 강한 남성미를 풍기고 있었다. 가브리엘과 분명 같
은 옷인데 느낌은 확연히 달랐다. 그의 둥둥 걷어붙인 소매는
근육으로 터질 듯했다. 허벅지는 마른 여자의 허리둘레쯤 되
어 보였다. 육중한 그가 등장하자 가브리엘이 릴리스에게 눈

짓했다.

"왔지? 치워줄래?"

나는 릴리스가 거짓말을 한 것이라 생각했다. 결국은 찌를 거면서. 하지만 릴리스는 점잖게 물러났다. 가브리엘이 사내에게 달려가 안겼다. 그가 라구엘인 모양이었다. 나는 릴리스 곁으로 갔다. 가까이 다가온 라구엘 뒤로 가브리엘이 쏜살같이 숨었다. 흰 셔츠에 청바지, 똑같은 옷을 입고 있어 어울리지 않는 커플처럼 보였다. 험상궂게 생긴 라구엘은 천사보다는 악마가 어울릴 법한 모습을 하고 있었다.

"반갑습니다."

나를 뚫어지게 응시하면서 그는 릴리스에게 인사를 건넸다.

"내 인간이야. 그만 쳐다봐, 라구엘."

릴리스가 나의 손을 잡아끌었다. 제 뒤로 나를 감춘 그녀가 턱을 치켜들었다. 릴리스는 한쪽 팔을 뒤로 돌려 나를 제 등에 밀착시켰다. 어딘가 익숙한 자세여서 머리를 굴렸다. 쥐어짜 봐도 생각나는 것은 없었다. 이상하게 편안한 자세였다. 릴리스의 등에 붙어 어깨 너머로 라구엘을 훔쳐보았다. 그의 시선은 여전히 내게로 뻗어 있었다.

"그쪽도 오랜만입니다."

내가 끝내 대답하지 않자, 그는 릴리스에게로 눈길을 돌렸다.

"루시퍼를 찾겠다고 이 소란을 피운 거라면, 미안하지만 그가 어디 있는지 모릅니다."

모른다는 말에 릴리스가 펄쩍 뛰어 라구엘의 멱살을 잡았다. 그는 숨이 막혀 미간을 찌푸렸으나 릴리스의 손을 뿌리치지 않았다.

"몰라? 네가 모르는 게 말이 돼? 네가 데려갔잖아!"

숨이 통하지 않는지 라구엘의 얼굴이 시뻘겋게 변했다가 차차 파랗게 질려갔다. 덩치로 보나 힘으로 보나 릴리스를 이기고 남을 법한 그가 반항하지 않았다. 마지못해 멱살을 놓아준 그녀가 씩씩 거친 숨을 몰아쉬었다. 라구엘은 뒷걸음질하다 바닥에 주저앉았다. 겨우 숨통이 트인 라구엘이 쉿소리로 말했다.

"루시퍼는 그분의 뜻대로 되었습니다."

"그러니까 그 악독한 분의 뜻이 뭐냐고!"

달려들려는 릴리스의 허리를 뒤에서 붙잡았다. 허공에 발차기를 하는 그녀의 눈에 도망치려는 가브리엘이 띄었다. 릴리스는 손바닥 위에 불꽃을 띄운 후 불 속에서 활을 꺼내, 보이지 않는 활시위에 화살을 걸었다. 활시위를 놓자 인간의 피를 바른 화살이 가브리엘에게 날아갔다. 한 박자 빠르게 가브리엘이 감쪽같이 사라졌다. 화살은 바닥을 맞고 튕겨 나뒹굴었다. 가브리엘을 놓친 것이 분해 릴리스는 교회 의자를 발로 걸어차 부수었다. 난폭해진 그녀를 놔두고, 나는 라구엘 앞으로 다가가 무릎을 꿇고 앉았다. 그와 시선을 맞춘 뒤 조심스레 물었다.

"아는 대로 상세하게 이야기해주실 수 없나요?"

"무의미할 겁니다."

단호하게 거절하며 라구엘이 일어서려했다. 나는 서둘러 손을 뻗어 그의 두툼한 한 손을 붙잡았다.

"내 편이라고 했잖아요."

그는 박 여사였다. 일기장을 읽는 내내 마치 고려와 루시퍼의 사랑을 응원하는 듯 두 사람을 묶어주고 있던 것이 바로 박 여사라고 생각했다. 그런데 어째서 루시퍼와 고려가 헤어지도록 만들었단 말인가. 그라면 모든 것을 알고 있을 성싶었다. 그가 멈칫하며 말했다.

"고려의 편이었습니다."

"내 편이에요. 내가 고려였으니까. 말해주세요."

라구엘은 편안한 양반다리로 고쳐 앉았다. 잠깐의 침묵, 뒤이어 결심한 듯 입맛을 다셨다. 어느 새 릴리스가 다람쥐처럼 쪼르륵 다가와 라구엘 앞에 앉았다. 그가 손녀에게 옛날이야기를 하듯 우리를 둘러보더니 말문을 열었다.

———◦•◦•◦♥◦•◦•◦———

나는 빛을 감시하는 자, 빛으로 하여금 더 빛나지 않도록 관리하는 자, 잠식된 빛을 어둠으로 돌려보내는 자다. 나는 빛에서 났으나 빛을 경계하는 본분을 가졌다. 그분은 나의 힘을 감시

하셨고, 천사들은 나를 멀리했다. 천사의 이름을 가지고 천사를 감독하니 그들과 어울릴 수 없고, 타락한 천사를 어둠으로 돌려보내는 임무를 맡았으니 빛의 세계보다 어둠의 세계와 늘 가까웠다.

그래서인가, 나는 그 둘이 애달팠다. 모든 것을 가졌으나 아무것도 가진 것 없는 루시퍼, 가질 수 있으나 가지지 않으려는 인간 여자. 연약한 육체, 흔들리는 영혼, 어디에도 소속될 수 없는 존재. 나와 닮았다고 생각했다. 빛도 어둠도 아닌 채 살아가는 나와 둘은 달랐으나 같았고, 같았으나 달랐다.

하연의 껍데기에 담긴 루시퍼와 현정의 껍데기에 담긴 고려는 언젠가 사라져야 할 운명을 갖고 만났다. 정해져 있는 비극적인 결말을 향해 어째서 꾸역꾸역 앞으로 나아가는지. 창조된 비극은 무엇을 배우기 위함인가. 나는 줄곧 혼란스러웠다. 그 때문에 기회를 주고자 했다. 비극을, 운명을 거스를 수 있는 기회. 그것은 나의 영역을 벗어나는 일이었고, 나의 운명조차 한순간에 바꿔버릴 어마어마한 것이었다. 그럼에도 나는 그들과 함께 변하고 싶었다.

루시퍼의 원죄는 호기심이었다. 그가 인간계에 드나드는 것을 모르는 이 어디 있던가. 그분의 사랑을 나누어 가진 루시퍼와 인간이 어울리는 것을 누가 한 번이라도 말렸던가. 그분이 사랑하는 인간을 루시퍼가 사랑하는 것으로 보답하는 일이라 하지 않았나. 그분이 사랑하는 천사를 벌주는 것으로 살아가는 나보다 낫지 않은가? 나는 루시퍼가 인간계를 동경한 것이 잘못인지 모르겠다.

너희들도 루시퍼를 동경하지 않았나. 내게 속해 있지 않은 것, 가질 수 없는 것, 그러나 꿈꿀 만한 것을 누구나 한 번쯤 홀로 사랑하지 않았느냐는 말이다. 처음에는 다들 그분의 큰 사랑을 등에 업고 활개 치는 루시퍼에게 잘 보이려 안간힘을 썼다. 하지만 대부분의 사랑이 그렇듯, 주는 만큼 돌아오지 않으면 소리 없는 화가 쌓였다. 사랑받기 위해 태어난 존재가 사랑을 돌려주지 않았다는 이유로 시기 질투의 화살은 그를 표적으로 삼았다. 유일한 친구였던 가브리엘은 미카엘의 마음을 얻고자 그를 버렸다. 나는 진정 그분께 묻고 싶었다. 친구를 고발한 가브리엘의 마음은 깨끗한 것인가? 질투한 미카엘은 어째서 여적 천사장의 소임을 맡고 있는가? 루시퍼는 타락했는데, 그를 질투한 이는 아직 하늘에 있다는 것이 나는 이해할 수 없다.

마왕이 된 루시퍼는 그곳에서도 사랑 받았다. 천사들 중 더러는 루시퍼를 따라 타락하기를 자처하기도 했다. 인간들은 타락한 루시퍼마저도 숭배했다. 그에 대한 흉악한 말을 퍼뜨리며 잔혹한 군주의 이미지를 심었지만, 소용없었다. 미카엘은 루시퍼가 어디 있든 간에 인간들의 추앙을 받는 것이 못마땅했다. 때문에 그의 활시위는 점점 더 팽팽해졌다. 하필이면 그때, 다수 인간에 대한 루시퍼의 사랑이 한곳으로 집약되었다. 인간 전체에서 하나의 개인으로 옮겨간 그의 사랑에 죄가 있다면 있을 것이다.

그러나 나는 똑똑히 기억한다. 그분을 저버리더라도 한 인간을 사랑하겠노라 말하던 루시퍼를. 루시퍼가 사랑한 최초의 인간 여자는 기현정이었다. 타락한 천사들을 이끌고 벌을 주기 위해 지옥을 찾았을 때, 루시퍼는 나를 붙잡고 달뜬 얼굴로 말한 적 있었다.

나를 알아봐주는 인간이 있어, 라구엘. 아무런 형상이 없는 나를 그녀가 알아봐주었어.

헐벗었을 때, 있는 그대로의 자신을 알아보는 이가 있다면 누군들 사랑하지 않을까. 더군다나 동경하던 대상이 벼랑 끝에 선 외로운 자신의 옷깃을 잡아준다면, 상대의 손을 잡고 산을 내려오고 싶지 않은가 말이다. 루시퍼는 현정이 잡아준 옷깃을 잊지 못하고 그녀의 곁을 맴돌았다. 찬바람이 되어 그녀의 머리칼을 쓰다듬었다가, 꽃 위에 머물러 그녀의 시선을 훔쳐 받다가, 어둔 밤길 주홍빛 가로등에 스며들어 그녀를 껴안았다.

그의 말을 듣고 나는 몰래 기현정을 찾아갔었다. 혼자 전전긍긍하는 루시퍼가 안쓰러운 탓이었다. 아름답지도, 선하지도, 유일하지도, 가치 있지도 않은 여자였다. 어디에서나 볼 수 있는 흔한 인간. 보편적인 생명의 아름다움에 적당한 선과 악의 조화를 가진 여자였다. 오히려 자신을 무가치하게 생각하는 소심하고 내성적인 여자였다. 인간 여자에게 루시퍼는 공기에 지나지 않았다. 루시퍼의 지난한 짝사랑 또한 언젠가는 사그라지리라 여겼다. 영원을 사는 그와 달리 인간의 생은 짧았으므로.

그런데 사고가 생겼다. 현정의 교통사고는 안타까운 일이었다. 무난하게 살아도 눈 깜짝할 사이에 사라질 생이 돌연 뚝 끊겨졌다. 그때 알았더라면 좋았을 것을. 나는 루시퍼의 마음 깊이를 헤아리지 못하고 있었다. 사랑했던 인간의 사고를 통해, 그는 인간의 유한한 삶을 체감했을는지도 모른다. 영원의 정원 구석에 인간이라는 꽃씨를 심고, 겨우 한 번 물을 주었더니 싹이 텄다. 사랑하지 않을 수 없는 초록의 생명. 혹여 궂은 날씨에 꽃피우지 못할까 애지중지 마음을 쏟다 날씨를 보려고 하늘을 보고 고개를 내리니 언제 꽃이 피었는지 이미 시든 꽃잎이 뚝뚝 떨어졌다. 그것이 인간의 삶이고, 그것이 영원을 사는 루시퍼가 보는 안타까움이었다.

루시퍼는 하지 말았어야 할 선택을 했다. 그가 나서서 현정의 생명을 연장시켰다. 없는 생명을 만들어낼 수는 없는 노릇. 그는 죽어가는 하연에게 형상을 드러냈다. 하연이 교통사고를 낸 주범이었으므로 벌을 받아 마땅하다 생각했는지 모르겠다. 그는 하연의 죄책감을 이용했다.

나는 지옥의 군주, 루시퍼. 죄인은 들어라. 선택의 기회를 주마. 네 목숨을 걸어라. 건너편 차에 타고 있는 여자를 살릴 수 있다. 그녀를 네가 살릴 수 있다. 어찌하겠느냐? 나와 계약을 하겠는가?

루시퍼가 악마로서 계약을 제시한 것은 이것이 최초였다. 심지어 루시퍼는 하연의 죽은 육체를 빌리기까지 했다. 살아난 현정과 함께 잠시나마 같이 숨 쉬며 살아보고 싶었을 터였다. 나는 루시퍼의 편이었다. 그를 이해했으나 그분의 뜻을 거역할 수 없었다. 그의 죄에 대한 벌은 무시무시한 것이었다. 루시퍼의 안에서 현정에 대한 전부가 지워졌다.

기억을 잃고 인간의 몸에 갇힌 채 깨어났다. 중요한 것을 잃은 그는 공허함에 몸부림쳤을 것이다. 무엇 때문에 유한한 삶에 뛰어들었는지 모를 테니 삶의 이유가 사라진 것과 진배없었다. 그토록 아끼고 사랑하던 인간들 사이에서 도리어 그들을 증오하고 미워하며 살아야 했다. 나는 그가 가여웠다. 그는 오로지 구원받기 위해 인간을 치유해야 하는 소명을 받았다. 루시퍼에게 하늘로 돌아갈 수 있으리라는 헛된 기대를 하게 만든 그분을 나는 줄곧 원망했다.

신의 뜻일까. 기억을 잃은 루시퍼는 현정의 또 다른 자아인 고려를 만나고야 만다. 억지로 그의 기억을 지워놓고 왜 이들을 다시 만나게 하셨는가? 현정이 아닌 고려가 루시퍼를 사랑하게 된 것은 죄인가, 벌인가? 둘은 서로 사랑했다. 사막에서 만난 꽃. 차라리 목을 축일 오아시스를 만나게 하실 것이지. 그분은 목마른 자에게 꽃을 보내셨다. 꽃은 시들 터였다. 그들을 돕기 위해 내가 나섰다. 시들더라도 천천히 시들기를 바라는 마음에서.

나는 루시퍼에게 접근하여 살 길을 마련해주었다. 이것은 그분의 뜻이기도 했다. 루시퍼가 천 명의 상처를 치유하는 소명을 잘 이행할 수 있도록 도운 것이다. 뒤이어 여자를 끌어들였다. 현정은 고려가 되어 있었다. 오히려 좋았다. 끌려다니는 현정이 아니라 끌고 다니는 고려라면 루시퍼를 적극 사랑해줄 것이라고 믿었으니까. 두 사람이 사랑하고 있다는 것을 알아챘을 때, 나의 첫 계획은 둘에게 유한한 행복을 부여하는 것이었다. 루시퍼는 하연의 육체 안에서 하연으로 살 것. 현정은 고려로서 삶을 마감할 것. 두 사람이 아이를 낳고, 그저 그런 인간들처럼 살다가 가는 것을 바랐다. 그것이 그들을 위한 길인 줄 알았다.

갑작스레 과거 현정의 세계에 살던 지만이 등장했을 때 놀라기는 했으나 계획을 수정하지는 않았다. 내가 죄를 짓게 될지언정 그 둘을 위해 행복한 미래를 설계해주고 싶었다. 하지만 이제 와서 돌아보면, 나는 결국 그분의 뜻대로 이루어지는 미래를 향해 걸어가고 있었던 것뿐이었다는 생각이 든다.

얼마 뒤 미카엘이 박천사라는 이름으로 나를 찾아왔다. 마지막 한 명의 상처 치유를 앞두고 조바심이 났으리라. 내게 그를 심판으로 인도하지 말 것을 당부했다. 왜 루시퍼가 행복한 꼴을 보지 못하는 것인지, 미카엘은 나를 들쑤셨다. 기어코 루시퍼를 만난 그는 모든 것을 말해버린 듯했다. 나는 미카엘과 대화를 나누고 난 루시퍼를 찾아갔다. 박 여사의 모습이 아닌 라구엘, 나의 본모습으로.

———▸▸▸▸♦◂◂◂◂———

"루시퍼는 날 보더니 놀라더군요. 어떻게 내가 나일 수 있는지 말입니다. 하지만 지체할 겨를이 없었습니다."

라구엘은 근육질의 어깨를 축 늘어뜨렸다. 나는 뜸 들이는 그의 뒷말을 재촉했다.

"미카엘과 루시퍼가 어떤 대화를 한 건지 알 수 없나요?"

"아마도 잃어버린 루시퍼의 모든 기억에 대해 말하지 않았을까 싶습니다."

"루시퍼에게 따로 들은 말이 없나 보군요."

"그에게 들은 건 고려와 함께 이곳을 떠나기로 약속했다는 말뿐이었습니다. 두 사람이 새로운 삶을 살 계획이고, 약속을 지킬 거라고 했습니다."

"하지만 지키지 못했잖아요."

김이 샜다. 나의 일이 아니었고, 현재와 연관이 있는 일도 아니었음에도. 이때, 팔짱을 낀 릴리스가 콧방귀를 끼며 미카엘과 가브리엘에 대해 말했다.

"루시퍼와 미카엘이 만나는 당일, 두 천사가 아주 작당을 하더라고. 루시퍼의 잃어버린 기억을 되돌려주자는 거였지. 그렇다면 어떻게 해서든 인간계에 남으려 할 거라고. 사고를 칠 거라고 말이야."

이에 라구엘이 고개를 끄덕이며 릴리스의 말에 동조하며 나섰다.

"미카엘은 루시퍼에게 심판의 기회를 뺏고 싶었을 겁니다. 죄를 쌓게 해서 소멸로 이끌려는 의도가 다분했습니다."

"소멸이라면 없어진다는 말인가요? 영원히?"

"그분이 마음먹는다면 못할 것도 없지요. 아무튼 루시퍼는 미카엘의 의도대로 된 격이었습니다. 루시퍼는 끝까지 고려를 포기하지 않으려 했지요. 그래서 내가 말할 수밖에 없었습니다. 그녀를 위해 포기하라고 말하는 편이 먹힐 줄 알았습니다. 그녀의 삶이 따로 있다고. 그것을 루시퍼가 가로채면 안 된다고도 했습니다. 고려는 허상이고 현정이 진짜니까. 현정은 루시퍼가 아니라 지만을 사랑했다고."

내가 지만을 사랑했다는 말이 낯설게 들렸다. 결혼식 날짜를 잡아놓은 예비 신부가 느끼기에는 어색한 기분이 가슴을 답답하게 했다.

"나는 그의 마지막 내담자가 고려여야 한다고 말했습니다. 고려를 현정의 삶으로 보내주자고 하자, 오래 망설였습니다. 놓고 싶지 않았을 겁니다. 어쩔 도리가 없기도 했을 테지요. 그녀, 당신을 위한 일이니까. 게다가 악마의 계약서가 이미

99장이나 모여 있었습니다."

내가 엉덩이를 들썩여 그의 앞으로 붙어 앉으며 물었다.

"어떻게 된 일이죠? 고려는 모두 루시퍼를 위한 일이라고 생각하고 있었어요."

"혹시나 하는 마음에 제가 고려를 속였던 겁니다. 고려를 이용해 상처 치유의 증거인 계약서를 미리 모아두었습니다. 여차하면 그를 심판으로 이끌어야 했으니까요. 그것이 최선이라 생각했습니다."

릴리스가 그를 욕하며 이를 갈았다.

"비열한 놈, 그게 정말 루시퍼를 위한 일이라고 생각했나? 그래, 사랑한 적이 있어야 알겠지. 네 자랑스러운 그분을 빼면 누구를 마음에 담아봤겠나!"

나는 가슴 한구석이 따끔거렸다. 내가 그들의 사랑을 말아먹은 못난 존재 같아서였다. 차라리 나같이 흐리멍덩한 사람이 없어지는 편이 나았을까? 나는 없어지고 고려가 루시퍼와 사랑을 이루었더라면…….

"그 사람, 아니 루시퍼가 저와 만난 적이 있다고요? 고려 말고 저요."

고려보다 내가 먼저 그를 만났다는 말이 두고두고 뇌리에서 벗어나지 않았다. 발끝이 땅에서 붕 뜨는 것 같기도 하고 얼굴이 화끈화끈 달아올랐다.

"그가 인간의 몸을 입기 전이자 당신의 교통사고가 있기 전의 일입니다. 우연히 마주친 인간 여자가, 보이지 않는 자신에게 아는 척을 했다고 말입니다. 하지만 자세한 것은 모릅니다."

이때 릴리스가 끼어들었다.

"악마의 별을 삼키고 있었으니까. 루시퍼의 기척을 느끼고 놀라 혼잣말한 거겠지."

나는 고개를 끄덕였다. 그 혼잣말이 오늘에 이르렀다. 기나긴 사연과 짧은 사랑, 잊힌 기억으로. 불현듯 일기장의 마지막이 생각났다. 고려와 루시퍼가 떠나기로 약속한 며칠 뒤부터 일기는 중단됐다. 그는 식당을 예약하고 고려를 혼자 보냈다. 상처를 주기 위함이었던가? 청혼할 것처럼 굴어놓고 실망을 주어 정을 떼려는 것이었나? 내가 그것을 물었을 때, 라구엘은 뜻밖의 대답을 내놓았다.

"그걸 주려고 했을 겁니다. 그리고 깨끗하게 정리하려 했겠죠. 현정의 반지인 줄도 모르고 소중히 끼고 있었지만, 기억이 돌아와 알게 된 이상 돌려줄 생각이었던 겁니다. 상자 안에 금반지를 넣어 보내려 했습니다. 하지만 돌려주지 않았더군요."

나는 그 남자의 마음을 가늠하고자 애썼다. 머릿속에 야윈 하연의 모습이 떠올랐다. 머뭇거리는 그, 울 것 같은 얼굴, 동그랗게 말린 어깨, 쑥 들어간 배, 엉거주춤 선 다리. 모습은 상상이 되지만 그의 마음까지는 그려볼 수 없었다.

"모두 떠난 후 루시퍼는 어떻게 되었나요?"

내가 묻자 릴리스가 무릎을 모아 가슴에 바짝 붙였다. 그녀의 침 삼키는 소리가 내게까지 들렸다. 덩달아 나도 긴장해서 마주 잡은 손바닥에서 땀이 나고 있었다.

"나는 심판을 받을 수 있도록 루시퍼를 하늘 문으로 인도했습니다. 그 뒤는 알 수 없고요."

"루시퍼의 마음이 가상하다고 다시 천사로 돌려놓은 건 아닐까?"

릴리스가 끼어들었다. 지하에는 루시퍼가 없으니 그녀가 이토록 애타게 찾는 것이리라. 릴리스의 질문에 라구엘은 고개를 저었다.

"천사 목록을 제가 갖고 있습니다. 매일 같이 확인하지만 새롭게 오른 이름은 없습니다."

그럼 지상에 있는 것은 아닐까? 나는 입 밖으로 꺼내려던 물음을 삼켰다. 악마의 별을 회수한 릴리스가 아무것도 느끼지 못했다면 그 또한 아닐 것이었다. 더군다나 인간 세상으로 돌아왔다면 그가 하연의 몸을 저렇게 방치할 리도 없을 것 같았다. 나는 슬며시 새어나오던 나의 바람을 가라앉혔다. 그를 만난들 뭘 어쩌겠다는 거야. 나는 나에게 만족하지 않지만, 그렇다고 내가 아닌 나를 받아들일 용기도 없었다. 그는 소멸했을지도 몰라. 어째서 슬픈지도 모를 슬픈 생각을 살살 눌러 가슴 깊은 곳으로 밀어넣었다. 어느 것이 나의 생각이고 감정인지 헷갈리기 시작했다. 나는 현정이었다가 고려였다가 오락가락했다. 얼른 머리를 흔들어 고려의 것을 떨쳐냈다. 고려와 관

306

련된 것들은 허상이었다. 나는 기억하지 못하는 허상. 진짜 나를 지켜야 한다는 생각이 치밀었다.

곧 지만과의 결혼식이 있다. 루시퍼가 연명해준 나의 삶을 지만과 쓰겠지. 지만은 나를 사랑했다. 나의 사랑을 얻기 위해 루시퍼를 흉내 냈을지언정, 그는 현실에 있는 사람이고 좋은 조건을 갖고 있다. 나의 흉을 알고도 감싸주는 남자를 두고 천사나 악마 따위를 생각하고 있다니. 붕 떠 있던 생각이 현실로 돌아오자, 눈앞에 있는 것들이 믿기지 않았다. 옆에 앉은 여자는 마녀이고, 앞에 앉은 남자는 천사란다. 방금 전까지 현실적으로 내게 부닥쳐오는 문제들이 헛것 같아 묘한 기분이 되었다. 루시퍼가 무엇이고, 누구이든 간에 나와는 상관없는 일이다. 상관없는 일이야. 상관없는데……. 오늘 하루, 무엇 때문에 이렇게 바삐 쫓아다녔나. 나는 힘이 풀린 다리 탓에 두 손으로 땅을 짚으며 일어났다.

"그, 그만 가봐야겠어요. 가서 밥을 해야 해요."

지만이 집에서 저녁을 먹었는지 모르겠다. 싸운 후로 거의 얼굴 보고 지내지 않았으니, 내가 전화를 건다면 그가 기뻐할 것 같았다. 돌아가는 길에 지만에게 전화해 집에서 저녁 식사를 할 것인지 물어봐야 하나. 장을 봐 갈까. 무슨 반찬을 차릴까. 현실적인 문제들이 쏟아질수록 나는 무너질 것처럼 위태롭게 걸었다. 멀뚱히 서 있는 라구엘과 릴리스를 지나 비척비척 걸었다. 교회 문이 저만치 보였다. 저 문을 열고 나가면 내가 속한 세상으로 나갈 수 있으리라. 여기는 나의 세상이 아니야. 내가 신경 쓸 일은 하나도 없어. 떠나가는 나에게 라구엘이 소리쳤다.

"루시퍼는 당신 곁에 있을지도 몰라요!"

나는 돌아보지 않았다. 말도 안 되는 소리. 더는 천사, 악마, 인간도 아닌 존재가 자연이 되었단 말인가. 황급히 교회 문을 열었다. 커다란 문이 요란하게 열리며 햇살이 밀려들어왔다. 눈부신 빛에 눈살을 찌푸리며 밖으로 나섰다. 선선한 바람에 흘렸던 땀이 식었다.

❧

"고려야, 내 잠깐 화장실. 우리 부스 좀 봐도."

긴 생머리의 여자가 바삐 일어서며 옆 부스의 여자에게 말했다. 화장실로 급히 뛰어가는 여자에게 눈인사를 전한 여자는 갈색 눈동자의 틀림없는 고려였다. 그녀는 경상도의 어느 장미 축제에 모습을 드러냈다. 턱 선에 맞춰 짧게 자른 단발머리, 노랗게 탈색한 머리, 짙은 립스틱, 눈가의 주름이 지나간 시간을 알려주었다. 현정이 결혼식을 앞두고 사라진 지 근 1년만의 일이었다.

고려는 축제장에 이벤트성 소규모 부스를 차려놓고 수제 헤어핀을 진열했다. 붉은 리본으로 꽃잎을 만들고 가운데에 각

종 보석을 붙여 값비싼 것부터, 심플한 리본으로 구성하여 저렴한 것도 있었다. 지나가는 사람들이 자주 힐끔거렸으나 사지는 않았다. 진열을 끝낸 그녀는 앙상한 다리의 원형 의자에 앉아 책을 꺼냈다. 다리를 꼬아 올리고 그 위에 책을 얹었다. 살포시 눈을 내려뜬 채 책을 읽는 고려. 움직임이 크지 않고 고요했다.

"현정아."

행인들 사이로 남자 하나가 툭 튀어나왔다. 뜻밖의 이름에 놀랐는지 고려가 고개를 쳐들었다. 다가오는 남자는 지만이었다. 그가 고려를 보며 말했다.

"그만 돌아가자."

그녀가 읽던 책장 바로 아랫부분을 삼각형 모양으로 살짝 접었다. 책을 덮고 테이블 위에 올려둔 채 일어섰다. 《나의 천사, 루시퍼에게》라는 제목의 소설이었다.

"너나 돌아가."

거칠게 말하는 여자는 자기주장이 또렷한 고려였다. 지만이 아랑곳없이 말했다. 그는 부러 이름을 강조하며 말하고 있었다.

"기현정, 너 언제까지 이러고 살 거야."

그녀가 테이블을 돌아 나와 부스 밖으로 지만을 밀어냈다. 때마침 화장실에 다녀온 옆 부스 여자가 두 사람을 훔쳐보며 제 부스로 들어갔다. 고려는 여자에게 자신의 부스를 부탁한 뒤 지만을 끌고 나왔다.

현정에게 고려로 살겠다는 다짐은 번개처럼 왔다. 결혼식을 앞둔 날이었다. 비가 왔다. 튼튼한 장대 우산을 골라 쓰고 식자재를 사러 나갔다. 내일 아침 먹을 식빵과 저녁 찬거리가 필요했다. 늘 다니는 길이라 별생각이 없었다. 멍하니 걷다 그만 웅덩이를 보지 못해 발을 빠트렸다. 운동화가 흠뻑 젖고 양말마저 축축해졌다. 그녀는 장바구니를 내동댕이쳤다. 눌러놓았던 쓰레기 봉지 옆구리가 터졌다. 복구할 수 없는 지경에 이르러서야 새로운 쓰레기 봉지가 필요한 것이 아니라, 더는 쓰레기 봉지로 살고 싶지 않다는 욕망을 느꼈다.

초록이 깔린 위로 새빨간 장미가, 그 너머로 연분홍 장미가 펼쳐져 있었다. 초조해하는 지만과 달리 고려는 차분한 얼굴로 그를 설득해갔다.

"벌써 열 번도 넘게 말한 것 같은데……."

그렇게 시작한 고려의 말이 길어졌다. 너에게는 미안하다. 결혼을 물린 것은 온전히 나 때문이다. 나는 단 한 번도 나를 찾으려 노력한 적이 없다. 나를 찾는 시간을 갖고 싶다. 고려라는 이름으로 새롭게 살아보고 싶다. 변하려고 노력 중이다. 현정의 기억으로 고려의 방식을 차용해 살아갈 생각이다. 기다리지 마라. 그때 나는 누구라도 상관이 없었던 것 같다. 그저 사랑받고 싶어 너를 택했다. 하지만 이제는 아니다. 제일 먼저 나를 사랑하기 위해 살 것이다. 그 다음, 다른 사람을 진정으로 사랑해보고 싶다. 지만은 한참 고개를 주억거리며 듣다가 물었다.

"그게 나일 수는 없어? 나는 얼마든지 기다릴 수 있어."

고려가 허탈하게 웃으며 답했다.

"그래, 기다려. 대신 시간이 지나가길 바라는 마음으로 기다려. 그러다 네 마음 흔드는 여자가 나타나면 그때 나를 툭툭 털어버려."

그녀가 제 어깨 양쪽을 털어 보이며 말하자, 어정쩡한 표정으로 지만도 웃었다.

"가끔 전화 걸어도 괜찮을까?"

고려의 주먹이 지만의 팔뚝을 가볍게 쳤다.

"물론이지. 친구잖아."

돌아서려다 말고, 지만이 어렵사리 말문을 열었다.

"루시퍼는……."

그녀는 지만의 말을 무시했다.

"부스 너무 오래 비워뒀네. 얼른 가! 배웅 안 한다."

머리 위로 손을 올려 크게 흔들며 지만에게서 멀어졌다. 멀뚱히 선 그를 두고 고려는 자신의 부스로 돌아왔다. 옆 부스의 여자가 궁금한 눈초리로 누구였냐며 묻기에 친구라며 대꾸하고 의자에 앉았다. 책 표지를 가만히 쓰다듬던 고려는 구석에 놓아둔 까만 가죽 가방을 끌어왔다. 가방 안에는 빨간 일기장과 둥근 기둥 모양의 종이 필통, 이어폰, 휴대폰 등등이 들어 있었다. 필통 안에서 연필을 꺼내고서는, 가방을 있던 자리에 돌려놓았다. 테이블 위에 놓인 소설책의 맨 마지막 페이지를 펼친 그녀는 무언가 열심히 적기 시작했다. 연필이 종이에 닿으며 사각사각 소리를 냈다.

—▶▶▶▶♥◀◀◀◀—

나의 천사, 루시퍼에게

당신은 나의 천사입니다. 나를 살렸고, 나를 살게 했고, 나를 진짜 나로 살고 싶게 했으니까요. 당신이 누구에게 어떤 식으로 불리든 상관없습니다.

당신을 잃고 나는 울지 않았습니다. 나는 떠나가는 당신을 기억하지 못했으니까요. 돌아오는 기억은 없었습니다. 기억은 밑바닥에 가라앉았다가 휘젓는 무언가에 의해 수면 위로 떠오르는 것이겠지요. 기억하지 못하나 잊은 것은 아니라는 모순에 나는 종종 의아합니다. 가라앉은 기억의 앙금만큼 나는 당신을 그리워하고 있는 모양입니다. 이상한 일입니다. 만난 적 없는 당신을 그리워하고 있다니…….

당신을 잊고 나는 잘 살았습니다. 이미 선택해놓은 길로 가지 않았을 뿐, 별반 달라진 것은 없습니다. 말갛게 비어 있는 삶을, 카랑카랑 소리 내가며 참 고단하게도 버티며 살고 있으나, 그전처럼 무겁지는 않습니다.

원래 이름을 버리고 고려로 살기 시작한 지 얼마 되지 않았을 때, 릴리스가 찾아왔었습니다. 뜬금없이 그런 말을 하고 갔습니다. 루시퍼는 입맞춤으로 인간들의 상처를 삼킨다고요. 그리고 마지막 내담자와의 상담은 아주, 아주, 아주 많이 길었답니다.

나는 가끔 나의 입술을 만지곤 합니다. 상상해봤다고 하면 비웃으시겠습니까? 나는 유일하게 당신을 느꼈던 내 입술을 매일 의식합니다. 립스틱을 바를 때, 세안을 할 때, 거울을 볼 때 내 입술 위로 당신이 느껴질까 해서. 그날, 나의 입술은 촉촉했을까요? 혹 거칠었다면 어쩌지 걱정합니다. 마지막 입맞춤을 나에게 나눠준 당신은 어떤 기분으로 나의 뒷모습을 보았을까요. 다른 사람이 되어 위태롭게 돌아나가는 나를 어떻게 붙잡지 않고 견딜 수 있었을까요.

앞으로 나는 다른 남자를 만나 당신의 자국이 남은 입술 위로 또 다른 자국을 남길지도 모르겠습니다. 그러나 당신의 마지막 입맞춤은 언제나 나로 남겠군요. 그렇게 생각하면 기분이 훨씬 나아집니다. 못됐나요?

나는 당신을 잊은 적 없었던 것 같습니다. 기억하지 못하더라도 잊지는 않았나 봅니다. 드러내놓지 않고 깊은 물속에서 고려는 현정을 조종하고 있었습니다. 나도 모르게 당신이 했던 말을 출처도 모른 채 지껄였겠지요. 잊지 못한 당신을 잊었다고 오해하면서.

고려를 대신해 사과하고 싶은 일이 있습니다. 그 말을 하지 않았던 것 같습니다. 함께일 때 말하지 못해 미안합니다. 당신이 아는 그 여자는 아니겠지만, 또 다른 의미로 당신이 사랑한 여자일 테니 감히 제가 대신하렵니다.

사랑했습니다.

나 아닌 나도, 여기 있는 나도 당신을.

▬ ▸ ▸ ▸ ♥ ◂ ◂ ◂ ▬

내가 그녀를 찾아온 것은 좋은 소식을 전하기 위해서였다. 장미가 너무 그득하여 벌들이 한창인 축제장에 나는 인간의 형상을 하고 고려 앞에 섰다. 단박에 나를 알아본 그녀가 웃으며 일어섰다.

"라구엘!"

이곳에서 그렇게 불리니 영 쑥스러웠다. 지금의 우락부락한 모습으로는 박 여사라고 불러달라 할 수도 없는 노릇이라 검지로 내 입술을 막으며 쉿, 소리를 냈다. 그녀가 해맑게 웃었다. 고려라고 불러야 할지, 현정이라 불러야 할지 몰라 그녀의 이름을 불러주지 않았다. 다만 보기 좋았다. 밝음과 어둠, 발랄함과 차분함, 슬픔과 기쁨이 공존하는 인간은 언제나 아름다웠다. 책을 읽고 있었나. 그녀의 손에는 책 한 권이 들려 있었다.

"독서 중입니까?"

테이블로 다가가 물었다. 테이블에는 손으로 만든 핀들이 줄을 지어 진열되어 있었다. 자세히 보니 서툰 곳이 눈에 보였다. 아무렴, 고려만큼 손재주가 좋지는 않을 것이었다. 고려는 손재주가 좋았다, 목걸이를 직접 만들어 하고 다녔을 만큼. 아무리 고려의 이름을 갖다 쓴다고 해도 그녀는 현정이니까.

"이거, 그때 말한 책이에요. 고려가 썼다면 멋졌겠지만 저는 처음 쓰는 거라 아주 엉망이에요."

현정이 고려의 일기장을 보고 수정하여 내어놓은 장편 소설이었다.

"나왔습니까?"

그녀가 건넨 책을 받았다. 그런데 작가 이름이 이상했다. 듣도 보도 못한 이름을 멍하니 바라보고 있노라니 그녀가 부연 설명했다.

"아는 언니 이름을 빌렸어요. 어딘가 내 이름으로 책이 나온다는 게 좀 오글거려서."

"오호, 필명 같은 거군요."

"아니요, 다시 쓸 생각은 없어요. 이건 그냥……."

쓸쓸하게 웃는 그녀의 기분을 바꿔주고 싶었다. 나는 전하려던 소식을 입에 물고 막 입을 열려던 참이었다. 불쑥 우리 둘 사이에 남자 하나가 끼어들었다.

"고려, 맞죠?"

나는 남자의 이마를 보고 깜짝 놀라 뒤로 자빠질 뻔했다. 그녀가 휘청하는 나를 테이블 건너에서 손을 뻗어 잡았다.

"왜 그래요?"

나의 시선은 남자에게 가 있었다. 남자가 나를 이상한 눈으로 보았다. 내가 우람한 생김새답지 못하게 예민하다고 생각하는 모양이었다. 남자는 좁은 테이블과 부스 사이를 종종 걸음으로 비집고 들어갔다. 그녀의 곁에 바싹 붙어서 그가 한 번더 물었다.

"고려, 맞죠? 그렇죠?"

까무잡잡한 피부에 동그란 눈을 가진 남자는 앳돼 보였다. 그의 목소리가 오묘했다. 단단한 목소리를 부드럽게 흐트러지는 음색이 감싸고 있었다. 그녀가 어정쩡하게 고개를 끄덕였다. 그가 검지로 앞머리를 일렬로 가지런히 정리하고 인사했다.

"안녕하세요. 축제 기간 동안 보조 업무 맡을 차우현입니다."

고려가 선뜻 남자에게 악수를 청했다.

"아, 들었어요. 축제 사무소에서 아르바이트를 뽑아 배치해 줄 거라고 했거든요. 오가는 사람만 많고 장사는 잘 안 되는 편이라 필요 없다고 했는데. 아무튼, 반가워요. 저는 고려예요. 잘 부탁해요."

두 사람이 한 손씩 맞잡고 흔드는 모습을 지그시 바라보았다. 좋은 그림이었다. 그녀가 한시름 놓은 표정으로 우현에게 말했다.

"손님이 와서 나가려던 참이었어요. 옆 부스 언니에게 안 맡겨도 되겠네. 자리 좀 맡아줘요."

그가 끄덕이며 그녀가 앉아 있던 의자에 걸터앉았다. 그녀는 염려하는 기색을 숨기지 못하고 테이블을 돌아 나왔다. 나의 팔을 붙잡고 어디 가서 커피라도 한잔하잔다. 나는 그녀에게 끌려 부스를 나서고 있었다. 그때, 우현이 그녀를 불러 세웠다.

"아, 저기요. 죄송한데 혹시 근처 슈퍼 보이면 뭐 좀 사다주실 수 있어요?"

기가 찬 그녀가 비꼬듯 되물었다.

"뭘 사다줘요?"

"초콜릿! 카카오 성분을 읽어보고 사주면 좋겠지만 그렇게까지 바라지는 않을게요. 그리고 참! 이거 읽고 있어도 될까요? 소설이죠? 아무것도 안 하고 가만히 앉아 있는 건 지겨워서."

그가 그녀의 책을 두 손에 들고 번쩍 치켜들었다. 황당해하는 그녀를 다독이며 내가 대신 그래도 좋다고 말해주었다. 요즘 애들은 정말 개념이 없다고 투덜거리는 고려의 이야기를 듣는 내내 나의 입가에 미소가 지워지지 않았다. 이렇게, 끊긴 실이 다시 이어지는 것이구나. 나는 그녀에게 전하려던 말을 삼켰다.

이마의 표식, 나에게만 보이는 것은 아니었다. 천사들에게는 밝은 빛으로, 인간들에게는 작은 상처로 보일 터였다. 새로운 삶과 몸을 받은 존재는 인간들의 삶 속 여기저기에 끼어 있었다. 그들은 이전의 기억을 완전히 잃었으나 이전의 삶과 이어져 있기도 했다.

당신 곁으로 그가, 루시퍼가 돌아왔습니다.

그녀에게 말하지 않아도 될 것 같았다. 인연은 저절로 이어져 있었다. 그분은 루시퍼에게 다른 삶을 내려주신 것이다. 비극은 그분의 시험이었나. 사랑의 끝에서도 다시 사랑할 자신이 있는지 확인하고 싶으셨던 것인가. 나는 장미꽃 사이를 거닐며 툴툴거리는 그녀를 마음속으로 힘껏 축복했다.

새로 들어온 아르바이트생이 마음에 들지 않아 불평하면서도 고려, 너는 초콜릿 한 봉지를 사들고 돌아오겠지. 흐물흐물 녹은 초콜릿을 보고 그는 한탄하겠지. 그래놓고 맛있게 초콜릿을 먹을 거야. 네가 쓴 너와 너의 이야기, 너와 그의 이야기를 그가 읽을 테고. 너는 부끄러워 책을 빼앗으려 하겠지만, 그는 너의 책을 좋아하게 될 거야. 왜냐하면 너희들의 이야기니까. 너는 그인 줄 모르고 그와 새로운 사랑을 하게 되겠지. 행복이 이런 것인가 싶다가 잘못된 선택이었다, 후회하기도 하겠지. 그러나 결국 끝까지 살아봐야 아는 것. 인생이 그런 것 아니겠느냐. 가진 것을 가진 줄 모르고, 버린 것을 버린 줄 모르고, 힘든 것을 힘든 줄 모르고 살게 되는 것.

살아지니 살지 말고, 살기 위해 힘껏 살아라.

무너지지 마라. 무너지지 말고 사랑해라.

나는 허공에 떠 있다. 아니, 나는 허공 그 자체다. 하연은 죽은 듯이 누워 있다. 몸은 살았으나 영혼이 없는 껍데기. 나는 그를 내려다보고 있다. 나로 인해 고생이 많았다. 인사를 하러 왔다. 그는 곧 숨이 끊어질 것이다. 그분의 뜻이다. 이제 그만 그의 몸을 편안하게 해주어야 하므로.

병실 문을 열고 그녀가 나타났다. 나는 없는 숨을 죽인다. 그녀는 현정인 동시에 고려다. 두 여자 모두 내가 사랑했던 여자다. 육체를 잃고 기억을 돌려받은 나는 현정과 고려를 사랑한다. 공기가 된 나는 사랑하는 그녀를 끌어안는다. 그녀의 입김, 열기가 내게 스며든다. 무표정을 가장하지만 우는 얼굴로 하연의 이불을 끌어다 덮어준다. 의자를 가져다 곁에 앉는 그녀는 나를 느끼지도 못하겠지. 그녀는 자리에서 일어난다. 두 번 다시 오지 말아야지 다짐하는 듯하다.

그녀가 머뭇거리다 반지를 뺀다. 조심히 그의 침대 머리맡에 반지를 남겨두고 병실을 나선다. 하연을 잊겠다는 것인지, 하연에게 고맙다는 것인지. 그녀의 마음을 알 수 없다. 나는 반지를 밀었다. 너의 발에 맞춰 반지가 구른다. 땡그랑 소리에 반지를 돌아본 너는, 눈으로 쫓다 줍기 위해 따라온다. 나는 구르는 반지를 밀고 바로 옆 병실까지 간다. 반지를 병실 침대 밑으로 쑥 밀어넣었다. 네가 당황해서 병실 문 앞에 선다. 너는 곧 문을 열고 병실 안으로 들어올 것이다.

나는 그분이 마련해주신 곳으로 안착한다. 선량한 부모가 청년을 걱정스레 보고 있다. 나는 청년의 몸 위에 눕는다. 청년의 영혼은 천국에 다다랐을 것이다. 병실 천장이 인간들 몰래 빛난다. 그분의 신호다. 나는 눈을 감는다. 다시 눈을 뜨면 인간으로 살게 될 것이다. 이전의 기억은 잊겠지만, 뚜렷하게 각인된 목적은 절대 잊지 않으리라. 선량한 부모를 기쁘게 해주고, 사랑하는 내 여자를 행복하게 해줄 것이라 다짐하며 눈이 떠지길 기다린다. 병실 문이 열리는 소리가 들린다.

"죄송합니다. 제가 반지를 떨어뜨렸는데 이리로 굴러와서. 침대 밑으로 굴러가는 걸 봤어요. 실례해도 될까요? 제게 중요한 반지라서요."

인기척이 들린다. 부모의 발자국 소리가 멀어진다. 그녀의 열기가 느껴질 만큼 가까워졌다. 나는 서서히 몸이 무거워지는 것을 감지한다. 추를 단 돛이 느긋하게 가라앉는 양, 나는 깊어져간다. 그녀를 향해 깊어져간다.

━ ✦ ✦ ✦ ━ ✦ ━ ✦ ✦ ✦ ━

삐 ― 기다란 소음이 병실을 울리자 초췌한 중년 여자가 비명처럼 이름을 불렀다.

"우현아!"

멀뚱히 섰던 젊은 여자는 구하던 것을 얻지 못하고 침실에서 멀리 밀려난다. 흰 가운 자락을 날리며 의사들이 들어와 부산하게 움직이지만 침대에 누운 남자는 고요했다. 의사들 사이로 비집고 드는 부인을 중년 남자가 말린다. 울고 불며 주저앉은 부인의 머리 위로 소리가 살아났다. 일정하게 삐, 삐, 삐 뛰는 것은 아들의 심장 박동 소리다.

"감사합니다, 하느님."

눈물 젖은 얼굴로 누군가에게 감사를 외치는 부인, 그녀 곁에서 놀란 가슴을 진정시키느라 깊은 숨을 몰아쉬는 남편. 의사가 한 차례 설명을 하고 지나가자 부부는 마주 잡은 손을 떨었다. 이러지도 저러지도 못한 채 서 있는 젊은 여자를 의식한 남편이 침대 밑으로 기어가 반지를 대신 찾았다. 무릎에 묻은 먼지도 털지 않고 반지를 내민 남편은 어서 낯모를 여자가 병실에서 나가주길 바라는 눈치다. 여자는 고개를 까닥여 감사를 표하고 병실을 나선다. 문을 여닫으며 여자는 침대에 누운 남자에게 눈길이 간다. 부모의 몸통에 가려 남자의 얼굴은 보이지 않는다. 여자가 완전히 문을 닫고 돌아서자 등 뒤에서 또 한 차례 소란이 들린다.

"우, 우현아! 여보, 우리 아이가 눈을 떴어요! 죽지 않았어요. 어서 의사 선생님 불러와요!"

여자가 돌아보니 남편이 병실을 뛰어나가고 있다. 남편은 투명인간처럼 여자를 지나쳐 달려갔다. 여자의 발길은 저절로 방금 나온 병실로 향한다. 부인의 두툼한 등 뒤에 선 여자는 그와 눈이 마주친다. 방금까지 시체처럼 누워 있던 남자가 일어나 앉아 부인의 어깨 너머로 여자와 눈을 마주한다. 부인은 연신 기적이라고 소리치느라 정신이 없다. 남자와 정면으로 눈이 마주친 여자는 소스라치게 놀라 얼른 뒤돌아선다. 1초 전에 봤던 남자의 얼굴이 기억나지 않는다. 여자의 심장이 자꾸만 뛴다. 이상한 일이라며 여자가 돌아선다. 기적 같은 상황을 눈앞에서 마주한 탓이라고 여기며 발걸음을 돌린다.

남자는 침대 위에 앉아 멍한 눈으로 여자가 사라진 쪽을 바라본다. 눈을 뜨고 처음 본 사람이 그 여자다. 곧이어 제 앞에 엎드려 울고 있는 늙은 여자를 본다. 여자가 고개를 들고 남자의 두 볼을 감싸며 물었다.

"엄마야. 기억나니?"

남자는 머리를 흔들었다. 덥수룩하게 자란 앞머리가 이마를 간지럽혔다.

"엄마 모르겠어?"

의사가 들이닥치고 남자의 아빠가 뒤이어 따라 들어온다. 남자는 여전히 초점 없는 눈으로 문 밖을 보고 있다.

"우현 씨, 여기가 어디인지 기억납니까? 아니면 다른 기억 나는 게 있나요? 말해보겠어요?"

고개를 갸우뚱거리던 남자가 의사의 물음에 답한다.

"장미꽃이요."

어리둥절한 의사가 부모를 돌아본다. 장미꽃에 대한 기억의 뿌리를 부모에게서 찾으려는 듯. 부모가 의사에게 고개를 저어 보인다. 의사는 하는 수 없이 또 묻는다.

"본인이 누구인지는 아시겠습니까?"

남자가 옅은 미소를 지으며 머리를 끄덕였다. 감동하는 부모들을 지나 그의 시선이 병실문 밖으로 향한다. 인연의 꼬리가 붙은 여자를 따라 우현의 눈길이 뒤따른다.

번외

루시퍼의 첫사랑

나의 사랑, 현정에게

사랑은 끝없는 무지(無知)로 나타났다.

우선 내가 왜 이러는지 몰랐고, 알 수 없어 닿지 못하는 네 곁을 맴돌았다. 까만 구멍 안으로 끊임없이 빠지는 듯했다. 들여다보고 있으면 온갖 물음표와 함께 생각 없이 현혹되었다. 무얼 좋아하고 싫어하는지 앎에 다가가려 애쓰지만 결코 완전히 알고자 하지 않았다. 신비한 영역을 애지중지하며 모르는 것을 모르는 것으로 두어 나는 너를 사랑했던 것 같다. 현정아.

좁은 골목길, 주홍빛 가로등 불빛이 너를 내리찍듯 비추고 있었다. 나는 저만치 뒤쪽 어둠 속에서 바람 따라 흘러 내가 가야 할 길을 가던 중이었고, 네가 뒤를 돌아보며 어둠 속 내게 묻고 있었다.

당신은 누구냐고, 어디를 가고 있냐고.

형체 없이 떠도는 나에게 너는 말을 걸었다.

나는 거리낌 없이 어둠 속에서 미끄러져 나왔다. 주홍 불빛은 너의 그림자를 길게 만들 뿐, 나의 존재를 드러내지 못했다. 나는 너의 눈앞에 섰다. 당연히 너의 눈에 보일 리 없었다. 가늘게 뜬 눈으로 어둠을 헤집는 너의 모습을 나는 오랫동안 바라보고 있었다.

나는 지상에서 육체를 얻지 못한 공기와 같은 존재, 너는 내가 지나온 길을 볼 수 있는 유일한 존재였다.

도대체 어떻게 나를 느낄 수 있는지 의문이지만 그분이 아닌 무언가, 어떤 존재에게 나의 실재를 확인받은 것은 처음이었다. 그것은 내게 엄청난 일이었다. 그 뒤로 너의 주변을 맴돌았다. 너의 하루를 함께하고 너의 꿈속을 홀로 거닐었다.

너는 어떤 것일까.

인간이란 어떤 존재일까.

내 안에 처음으로 또 다른 존재에 대한 궁금증이 생겨났다. 나는 너로 인해 갖지 말아야 할 궁금증을 가졌고 꿈꾸지 말아야 할 것을 꿈꿨으며 심지어 행동하고야 말았다. 나의 모든 힘, 아니 가진 줄도 몰랐던 능력이자 나의 전부를 던져 너를 사랑하고야 만 것이었다.

그러니 이 모든 일의 근원에는 네가 있었다. 네가 존재하고,

나의 존재를 너로 인해 욕심냈기에 오늘이 생긴 거라고. 너를 살리고 내가 소멸하는 한이 있어도 좋다고. 너에게 속삭인다.

현정아, 네가 나의 전부였다고.

끝

나의 천사 루시퍼에게

1판 1쇄 인쇄 2018년 9월 13일
1판 1쇄 발행 2018년 9월 20일

지은이 정진향
펴낸이 김영곤
펴낸곳 (주)북이십일 아르테
미디어사업본부 본부장 신우섭
책임편집 이상화 **미디어믹스팀** 강소라 이은
미디어마케팅팀 민안기 정지은 정지연
영업팀 권장규 오서영
해외기획팀 임세은 장수연 이윤경
홍보기획팀장 이혜연 **제작팀장** 이영민

출판등록 2000년 5월 6일 제406-2003-061호
주소 (우 10881) 경기도 파주시 회동길 201(문발동)
대표전화 031-955-2100 **팩스** 031-955-2151

ISBN 978-89-509-7751-1 03810

아르테는 (주)북이십일의 문학 브랜드입니다.

(주)북이십일 경계를 허무는 콘텐츠 리더

아르테 채널에서 도서 정보와 다양한 영상자료, 이벤트를 만나세요!
북이십일과 함께하는 팟캐스트 '[북팟21] 책 이게 뭐라고'

페이스북 facebook.com/21arte **블로그** arte.kro.kr
인스타그램 instagram.com/21_arte **홈페이지** arte.book21.com